Sneeuwblind

Linda van Rijn

Sneeuwblind

Thriller

uitgeverij
marmer

Hoofdstuk 1

TOEN ZE DE HOUTEN LUIKEN OPENKLAPTE EN DE FELLE zon in haar gezicht scheen, voelde Kim van Rooij niet voor het eerst hoe haar adem stokte. Na precies een week in het Oostenrijkse bergdorp dat ze haar nieuwe woonplaats mocht noemen, was de magie van het uitzicht nog lang niet uitgewerkt. Ze staarde er ademloos naar. De hoge bergtoppen in de verte, die puntig en ruig afstaken tegen de strakblauwe lucht. De blauwige gloed die over de besneeuwde bergen aan de schaduwkant lag, de zon die dichterbij haar stralen felwit liet weerkaatsen op het sneeuwdek – het was allemaal even prachtig. Levi had verteld dat hij het huis vijftien jaar eerder als bouwval had gekocht, waarbij iedereen hem voor gek verklaarde. Hij had het bijna tot de grond toe afgebroken om het daarna vrijwel eigenhandig weer op te bouwen tot wat het nu was. Pas toen het helemaal af was, hadden zijn vrienden en familie begrepen waarom hij ervoor was gevallen. De plek aan de rand van Lech, waar je het dal achter je liet en al uitzicht had op de prachtige bergen, was fenomenaal. Dat Levi – en zijn vrouw Luisa toen nog – bij het ontwerp in gedachten hadden gehouden dat ze zoveel mogelijk van het uitzicht wilden kunnen genieten, betekende dat elk raam op de juiste plek was gemaakt. Hier, vanaf de slaapkamer op de tweede verdieping, was het uitzicht het mooist, maar ook als je uit het woonkamerraam keek, had je het gevoel alsof je tegen een schilderij aan zat te kijken.

'Wen je hier ooit aan?' had Kim eerder die week aan Levi gevraagd, toen ze samen vanaf het balkon op de eerste verdieping naar de bergen hadden gestaard.

Hij had haar van achter vastgepakt en een kus in haar nek geduwd. 'Net zomin als ik ooit aan jouw schoonheid zal wennen', had hij geantwoord.

Kim had erom moeten lachen. 'Voor een bergbewoner ben je best romantisch.'

Levi op zijn beurt had ook gegrinnikt. Haar opmerking was niet zomaar uit de lucht gegrepen, maar kwam voort uit de reacties die ze van sommige vrienden en kennissen had gekregen, toen ze had aangekondigd dat ze naar Oostenrijk zou verhuizen. De meesten van hen waren blij voor haar geweest dat ze de liefde had gevonden en gunden haar het geluk, maar sommigen hadden duidelijk laten merken dat ze totaal niet geloofden in een goede afloop.

'Wat moet je met zo'n bergbewoner?' had een nichtje gevraagd. Kim had op haar tong moeten bijten om geen sarcastische opmerking over de eigen situatie van dat nichtje te maken. Ze was onlangs gescheiden van een notoire vreemdganger die nu pertinent weigerde om alimentatie te betalen voor hun twee kleuters. Was dat dan beter, omdat deze situatie zich gewoon in Nederland afspeelde?

'Ze moest wel ver weg zoeken tot ze eindelijk een vader had gevonden.' Die nare uitspraak kwam van een kennis, die zich had vergist in de groepsapps en haar gif had gespuid in een appgroep rondom een reünie die nooit van de grond was gekomen, en waar Kim ook in zat. Kim had niets teruggestuurd, maar had de groep onmiddellijk verlaten, waarna de kennis – een collega van vroeger met wie ze na haar vertrek bij de werkgever nog een tijdje was omgegaan – haar privé nog een hele rij berichtjes had gestuurd om haar excuses aan te bieden. Kim had alleen maar geantwoord dat ze haar ook veel geluk wenste, om haar daarna te blokkeren.

'Allemaal jaloezie', had haar moeder gezegd toen Kim haar over de opmerkingen had verteld. 'Sommige mensen zien anderen nu eenmaal liever niet al te gelukkig worden, omdat dat ze herinnert aan wat er in hun eigen leven kennelijk ontbreekt. Dat is geen mooie eigenschap.'

Kim wist dat ze gelijk had en had zichzelf geen negatieve gedachten over dit gif meer toegestaan. Het was simpelweg haar tijd en energie niet waard, en bovendien hadden de mensen die er voor haar echt toe deden, haar meteen gesteund. Ze wist dat het voor haar ouders helemaal niet makkelijk was om haar – en vooral ook Owen – te zien vertrekken. Ze waren verzot op hun kleinkind en hoe vaak ze ook naar elkaar hadden benadrukt dat Oostenrijk niet het einde van de wereld was, ze zouden hem natuurlijk niet meer wekelijks zien, zoals in Nederland wel het geval was geweest. Toch hadden ze Kim nooit iets van hun verdriet daarover laten merken en toen Kim het zelf had aangekaart, hadden ze gezegd dat ze haar hadden opgevoed met het vermogen om haar eigen keuzes te maken en voor haar eigen geluk te gaan, en dat ze trots waren dat ze dat nu zo duidelijk deed. Iets mooiers hadden ze niet kunnen zeggen en Kim was hun dankbaar dat ze het voor haar zo makkelijk maakten om haar beslissing te nemen.

'Mama!' Vanuit de kamer naast de hare haalde de stem van Owen, haar driejarige zoontje, haar uit haar gedachten. Meteen daarna hoorde ze zijn rennende voetstapjes en het volgende moment sloeg hij zijn armen om haar benen heen. Ze draaide zich om en tilde hem lachend op. 'Goedemorgen liefje', zei ze met haar neus in zijn donkerblonde krullen. 'Heb je lekker geslapen?'

Owen gaf geen antwoord, maar wurmde zich in plaats daarvan los om zijn tocht door zijn nieuwe huis voort te zetten. Op zoek naar Tristan, wist Kim, want in de korte tijd dat ze hier waren, had Owen een grote fascinatie voor zijn stiefbroer ontwikkeld.

Stiefbroer. Het woord klonk nog vreemd en onwennig. Ze gebruikte het ook bijna niet, omdat ze het aan de jongen zelf wilde overlaten of hij zo genoemd wilde worden. In het afgelopen jaar had hij tijdens de vele bezoeken zeker een band met Owen opgebouwd, maar van logé naar stiefbroertje was een stap die tijd kostte en Kim wilde niets overhaasten. Met zijn veertien jaar zat Tristan sowieso al in een fase van zijn leven waarin hij moest uitvinden wie hij nu eigenlijk was, en de grote verandering die in zijn leven plaatsvond nu Kim en Owen ineens in zijn huis woonden, zou dat vast niet makkelijker maken. Een paar weken voor de verhuizing was Kim in Oostenrijk geweest en had ze aan Tristan gevraagd of hij met haar wilde gaan skiën. Zoals zoveel Oostenrijkse kinderen was Tristan zo'n beetje geboren met latten aan zijn voeten en vond hij het heerlijk om vrijwel dagelijks de bergen in te gaan. Hij had wel wat bevreemd gekeken bij Kims verzoek, omdat ze meestal met z'n vieren gingen, maar hij had geknikt en samen hadden ze de gondel naar boven genomen. Kim had gevraagd wat zijn favoriete afdaling was, welke mooie routes ze echt moest proberen en of hij van offpiste skiën hield. Tegen de tijd dat ze boven op de berg waren aangekomen, had de jongen zijn aanvankelijke reserves wat laten varen en had hij vol passie verteld over de routes die volgens hem door de mooiste delen van de bergen voerden. En als je wilde, kon je ook grote delen offpiste gaan, maar dat deed hij zelf liever niet. Kim had hem eens goed aangekeken, waarna hij had geglimlacht en er verder het zwijgen toe had gedaan. Ze wist inmiddels dat veel jongeren op zoek naar avontuur wel degelijk met grote regelmaat buiten de pistes gingen, ook op plekken waar dat niet altijd veilig was. Wie in Oostenrijk werd geboren, groeide op met de schoonheid maar zeker ook met de gevaren van de bergen, die je nooit moest onderschatten. Veel Oostenrijkers kenden de grens tussen avontuur en gevaar wel, maar zekerheid was er nooit. Lawines konden zomaar ontstaan, en Kim had daarbij gedacht aan prins Friso, in Nederland het meest bekende voorbeeld van hoe gruwelijk het mis kon gaan in de bergen.

Kim had het onderwerp laten rusten – het was immers niet aan haar om Tristan te vertellen wat hij wel en niet mocht doen. Ze waren met de gondel boven aangekomen en hadden Tristans route gevolgd, die inderdaad over prachtige pistes had geleid. Onderweg had Kim hem getrakteerd op een lunch bij een restaurant dat aan de piste gelegen was en adverteerde met het mooiste uitzicht van Oostenrijk. Kim wist niet of dat klopte, maar spectaculair was het wel.

Achter een bord Käsespätzle had ze het onderwerp aangesneden dat ze echt met Tristan wilde bespreken. Ze had geaarzeld, gezocht naar het moment. Met zijn skibril op zijn zwarte muts geschoven had hij genoten van de zon op zijn gezicht en de verschillende bergtoppen aangewezen. Hij kende ze stuk voor stuk bij naam en vertelde over hun specifieke kenmerken. De Trittwangkopf, die ruim 2400 meter hoog was. En de Erlispitze van 2600 meter, of de Valluga die zelfs nog tweehonderd meter verder omhoog reikte. Kim had naar hem gekeken, naar dezelfde stevige kaaklijn als zijn vader, zijn helderblauwe ogen, de eerste donshaartjes op zijn wangen.

Toen het gesprek even was stilgevallen, had ze het uiteindelijk toch gebracht op dat ene onderwerp. 'Over een paar weken komen wij bij jullie wonen', had ze gezegd, en meteen was Tristan op zijn hoede geweest, dat kon ze in zijn blik lezen. Alle gesprekken die Levi hierover met zijn kinderen had gevoerd, had hij alleen gedaan. Daarbij had hij Kim eerlijk verteld dat Tristan en zijn zus Katarina aan het idee hadden moeten wennen, maar uiteindelijk hadden ingestemd. Dat was belangrijk voor Levi: zonder de toestemming van zijn kinderen zouden Kim en Owen niet bij hem zijn ingetrokken. Kim was blij dat de kinderen hadden ingestemd, maar ze vond het belangrijk om ook zelf met hen in gesprek te gaan. En om duidelijk te maken dat ze niet van plan was om de sterke drie-eenheid te verstoren die ze met hun vader vormden of, en dit lag natuurlijk gevoelig, de plek van hun moeder in te nemen.

'Best', had Tristan gezegd toen Kim hem op dat terras had gevraagd hoe hij tegen hun aanstaande verhuizing aankeek. Ze had expres een stilte laten vallen om hem de kans te geven hier dieper op in te gaan, maar zoals het een puber betaamde, was hij niet erg spraakzaam geweest over zijn gevoelens. In plaats daarvan was hij weer over de tocht door de bergen begonnen, waarover hij wel honderduit praatte. Even had Kim overwogen het hele onderwerp van de verhuizing te laten rusten, maar dat had ze niet gedaan. Ook al leek Tristan er niet al te veel woorden aan vuil te willen maken, zij wilde dat bepaalde dingen werden uitgesproken.

'Ik begrijp heel goed dat het voor jullie een enorme

omschakeling is', had ze voorzichtig gezegd. 'Niet alleen dat ik bij jullie intrek, maar zeker ook dat er straks een jongetje van drie in huis woont.'

Tristan had wat geknikt en gebromd. 'Ik vind hem wel leuk', had hij toen gemompeld.

Kim had geglimlacht. 'Hij jou ook. Hij raakt echt niet uitgepraat over jou.'

Er was ook een glimlachje over Tristans gezicht gegleden.

'Maar als hij te veel van jouw aandacht opeist, mag je ook duidelijk tegen hem zijn. Je bent niet fulltime beschikbaar voor hem en dat moet hij leren. Het zal voor ons allemaal even zoeken zijn tot we met elkaar een balans hebben gevonden, en daarbij is het belangrijk dat je je grenzen aangeeft. Niet alleen aan Owen, maar ook aan mij.'

Tristan had een paar keer geknikt en weer had hij iets gemompeld dat niet verstaanbaar was. Een ober had hun borden weggehaald – dat van Tristan leeg, dat van Kim nog halfvol, deels omdat de Oostenrijkse lunches overvloediger waren dan ze gewend was, deels omdat dat andere onderwerp haar een knoop in haar maag bezorgde.

'Er is nog iets dat ik wil bespreken', had Kim toen gezegd. 'Ik vind het belangrijk dat je weet dat ik niet ben gekomen om de plek van je moeder in te nemen.'

Tristans gezicht was meteen verstrakt, nog meer dan eerst. Hij had haar vluchtig aangekeken en daarna zijn blik op zijn geliefde bergtoppen gericht. Kim had hem de kans gegeven iets te zeggen, maar er was alleen een diepe stilte gevallen die zo ongemakkelijk was, dat het leek of hij onder haar huid was gekropen en daar jeuk veroorzaakte.

'Ik snap dat dit een moeilijk onderwerp is', had ze uiteindelijk gezegd. 'En je hoeft ook niet te antwoorden. Maar ik wil gewoon dat je het weet.'

De ober was opgedoken met de dessertkaart, maar Tristan had gezegd dat ze nog een flink eind voor de boeg hadden en dat hij wilde gaan. Terwijl hij naar de ski's in het rek voor het terras was gelopen, had Kim de rekening betaald. Tegen de tijd dat ze zich bij hem had gevoegd, was zijn blik weer normaal en had hij het onderwerp duidelijk achter zich gelaten.

'Hoe ging het?' had Levi 's avonds gevraagd en toen Kim het hem had verteld, had hij geglimlacht. 'Klinkt als Tristan.'

'Ik hoop dat mijn boodschap hem wel heeft bereikt, ook al gaat hij er dan niet op in.'

'Dat zit wel goed', had Levi gezegd. 'Geloof me, ik ken hem langer dan vandaag.'

Het gesprek met Katarina, een dag later op een ander terras langs een andere piste, was soepeler verlopen. Het meisje was zestien en wijs voor haar leeftijd, en ze had tegen Kim gezegd dat ze blij was dat haar vader haar was tegengekomen. Dat ze hem nog nooit zo gelukkig had gezien en dat hij ineens zong onder de douche en veel meer lachte. Kim had bijna fysiek gevoeld wat die opmerking met haar deed – alsof er een warme golf door haar heen trok. 'Bedankt dat je dat zegt', was haar antwoord geweest, en ze had moeite gehad haar tranen te bedwingen.

Maar ook Katarina was niet erg spraakzaam geweest waar het haar moeder betrof. 'Dat denk ik ook niet', had ze geantwoord toen Kim had gezegd dat ze niet was gekomen om de plek van haar moeder in te nemen. En daarna, toen Kim haar boodschap nog wat extra had willen benadrukken: 'Maak je maar geen zorgen.'

En daarmee was het onderwerp duidelijk afgedaan. 'Ik vind dat je al best ver gekomen bent met ze', was Levi's antwoord geweest, toen Kim zei dat het niet makkelijk was dit met zijn kinderen te bespreken. 'Het is een gevoelig onderwerp, gun ze wat tijd.'

Kim wist dat hij gelijk had. Tijd was vaak een oplossing, maar ze had moeite zichzelf en de kinderen die tijd te gunnen. 'Je wil het te graag goed doen', had Levi al eens opgemerkt. 'En daardoor denk je dat je daadwerkelijk iets moet doen. Maar achteroverleunen en Tristan en Katarina de ruimte gunnen is al meer dan genoeg. Je hebt het onderwerp bespreekbaar gemaakt, en dat is goed voor nu. Ze weten dat als ze er iets over willen zeggen, ze bij jou terechtkunnen. Ook als ze iets wat jij doet of zegt niet prettig vinden. Dat is al heel wat. Ik denk dat je te streng bent voor jezelf.'

Allemaal ware woorden, en Kim probeerde ze regelmatig voor zichzelf te herhalen. Ruimte gunnen, openstaan, niet opdringen – dat was wat haar te doen stond. En zichzelf inhouden, vooral niet op hun huid zitten. Levi had gelijk, het wás natuurlijk ook een gevoelig onderwerp.

Ook bij hem, al kon hij goed praten over het verlies van zijn eerste vrouw.

'Goedemorgen schoonheid', hoorde ze de vertrouwde stem van haar vriend achter zich, en Kim realiseerde zich dat ze al een tijdje voor zich uit naar buiten stond te staren. Levi was een uurtje geleden vertrokken om te gaan wandelen. Nu kwam hij fris van de bergen achter haar staan en sloeg zijn armen om haar heen. 'Nog steeds niet gewend?' vroeg hij plagerig.

Kim draaide zich om en vlijde zich in zijn omhelzing. 'Ik heb verse broodjes meegenomen', zei Levi. 'Kom je ontbijten?'

Tristan en Katarina lieten zich aan de ontbijttafel niet zien, de een omdat hij al eerder na een snel broodje met twee vrienden was gaan skiën, de ander omdat ze, zoals het een zestienjarige betaamt, de gewoonte had om lang uit te slapen. Owen daarentegen vormde het stralende middelpunt van de ontbijttafel en werkte twee broodjes achter elkaar naar binnen. Levi bekeek het tafereel met een glimlach en gaf Owen een high five toen die naar zijn bord wees en op z'n Duits 'mehr!' riep. Kim grinnikte. Voorafgaand aan hun vertrek had ze veel gegoogeld op de vraag hoe ze Owen het best Duits kon aanleren en uiteindelijk was haar conclusie geweest dat ze het maar het best wat op z'n beloop kon laten. Kinderen van Owens leeftijd leerden vaak snel als ze een nieuwe taal maar genoeg om zich heen hoorden. Wat dat betreft zat het wel goed, want in huis werd uiteraard geen woord Nederlands gesproken. En het was grappig om te zien dat Tristan en Katarina al hun eigen manier hadden om met Owen te communiceren. Die manier was een mengeling van woorden en gebaren en als ze er echt niet uit kwamen, zocht een van hen het woord op op internet, waarna de automatische stem van Google Translate aan Owen duidelijk maakte wat ze bedoelden. Dat laatste vond Owen prachtig en hij kon dan ook niet vaak genoeg met zijn kleine vingertje op het scherm drukken om het woord of de zin nog een keer te horen. Als Tristan of Katarina dan een poging deed om Nederlands te spreken, klapte hij in zijn handjes van plezier.

'Hoe laat komt Frieda?' vroeg Levi met een blik op de klok. Het liep tegen halftien.

'Om halfelf', zei Kim en even voelde ze een steekje in haar buik. Hoewel ze een heel goed gevoel had overgehouden aan haar ontmoetingen met Frieda, en hoewel Levi haar al jaren kende en zei dat ze een van de liefste mensen van het dorp was, vond Kim het toch spannend om haar zoontje achter te laten bij zijn nieuwe oppas. Ze wist dat Owen makkelijk contact maakte en bovendien gewend was dat anderen op hem pasten – in Nederland was hij altijd vrolijk naar het kinderdagverblijf gegaan als Kim werkte – maar toch was het hier anders. Frieda sprak geen Nederlands en dat maakte het voor haar moeilijker om Owen te leren kennen en begrijpen. Aan de andere kant had de vrouw, die midden vijftig was, tientallen jaren ervaring met kinderen en zou ze met handen en voeten vast een eind komen, zo had Levi haar voorgehouden.

Frieda was de vrouw van August, die al jaren als barman bij Levi werkte. Een goede, betrouwbare werknemer met een groot hart voor de bar en, zo mocht hij zelf graag met een grote grijns verkondigen, de meeste sjans van alle barmannen. Dat hij met afstand de oudste was en ook niet zozeer het afgetrainde lijf had van veel van zijn jongere collega's, deerde hem allerminst. Toen Kim hem had ontmoet, had ze hem meteen gemogen. En toen zij en Levi twee maanden geleden hadden verteld dat Kim naar Lech zou verhuizen, had hij haar spontaan omhelsd en gezegd dat hij altijd had gehoopt dat zijn baas en goede vriend zo'n groot geluk ten deel zou vallen. Kim had zich niet méér welkom kunnen voelen dan met deze opmerking. Dat zijn vrouw, een lieve en zeer ervaren oppas, beschikbaar was om op Levi te passen, kwam zo goed uit dat August maar bleef zeggen dat het allemaal zo had moeten zijn.

'Hé', zei Levi, die merkte dat Kim wat bedrukt reageerde. 'Als je wil, kan je ook hier blijven, hoor.'

'Nee joh.' Kim wuifde zijn woorden weg. 'Nee, het komt wel goed. Je kind loslaten blijft voor een moeder gewoon altijd lastig.'

Ze glimlachte erbij, tot de lading van haar eigen woorden tot haar doordrong en ze zichzelf wel voor haar kop kon slaan. Wat ontactvol van haar om zoiets te zeggen, terwijl ze precies het verhaal van Levi's eerste vrouw kende. 'Sorry', zei ze zacht. 'Ik wilde niet...'

Nu was het Levi's beurt om haar woorden weg te wuiven. 'Ik begrijp wat je bedoelt.' Hij stond op om de ontbijtboel op te ruimen. Kim tilde Owen uit zijn stoel, die stiekem zijn laatste stukje brood op de grond had gegooid en nu om Tristan vroeg. Toen hij begreep dat zijn nieuwe held niet thuis was, ging hij met de trein spelen die hij als welkomstcadeau van Levi's moeder had gekregen.

Precies een uur later meldde Frieda zich en na vijf minuten begreep Kim al niet meer waar ze zich zorgen om had gemaakt. De vrouw wist Owen onmiddellijk voor zich te winnen en ging op zo'n natuurlijke manier met hem om, dat het leek of die twee elkaar al maanden kenden. Owen liet eerst zijn trein en daarna zijn kamer zien en Levi kneep even in haar arm. 'Zie je nou wel?'

Kim knikte en glimlachte en even later liepen ze met z'n tweeën de deur uit. 'Op weg naar ons nieuwe leven als collega's', zei Kim voor de grap, en in haar buik voelde ze een kriebel die zowel nervositeit als opwinding in zich had.

Hoofdstuk 2

Het dreunen van de muziek vulde Kims oren, de lichten boven de bar knipperden mee op het ritme ervan en de acht barmannen en -vrouwen, die voornamelijk cocktails stonden te maken, hadden geen moment rust. 'Hoogseizoen in Lech', had Levi eerder met een grijns tegen haar geroepen, toen Kim heel even stond uit te blazen in de kleine opslagruimte naast de keuken. Hij had gelijk. Wat dat betreft had ze misschien beter in de zomer kunnen verhuizen in plaats van tijdens het drukke winterseizoen. Aan de andere kant leerde ze nu in rap tempo de kneepjes van het vak. Soms kon ze niet geloven dat ze nog maar een week geleden haar eerste werkdag in de bar had gehad. Het leek of ze er al maanden geleden aan de slag was gegaan.

Elke avond druk, had Levi gezegd toen Kim helemaal in het begin eens had gevraagd hoe zijn werk eruitzag. Druk, had Kim toen gedacht, iedereen was druk. Zijzelf was ook erg druk geweest met haar werk als fotograaf van huizen die in de verkoop kwamen. Soms fotografeerde ze er wel drie op een dag, en met de selectie en nabewerking van de beelden erbij betekende dat regelmatig nachtwerk. Maar toch was dat een andere manier van druk zijn dan een afgeladen bar waar avond aan avond een rij voor de deur stond, waar cocktails werden verkocht met dermate hoge prijzen dat de kwaliteit van elk drankje onberispelijk moest zijn – iets waar Levi zijn barpersoneel eindeloos lang in had getraind – en waar de hele avond lang altijd wel iets aan de hand leek te zijn. Kims rol was die van assistent-manager naast Levi, wat in de praktijk betekende dat alle brandjes die gedurende de avond geblust moesten worden, net zoveel bij haar als bij hem terechtkwamen. Een gast die boos was omdat er volgens hem te weinig martini in zijn cocktail was gedaan, een storing in het creditcardapparaat, een verstopt toilet, een kok die ziek naar huis moest – Kim had zich nooit gerealiseerd hoeveel er achter de schermen van de horeca moest worden opgelost om alles voor de schermen vlekkeloos te laten verlopen.

Ze keek op de klok. Het was iets na twaalf uur en het leek alleen maar drukker te worden, wat voor een zaterdagavond niet ongebruikelijk was. Vorige week zaterdag was haar eerste werkdag geweest en ze wist niet wat haar overkwam. ‘Gaat dit elke avond zo?’ had ze aan

Levi gevraagd, maar hij had haar gerustgesteld. En op de doordeweekse dagen had ze zelf ook gemerkt dat er iets minder mensen kwamen en dat ze ook wat eerder naar huis gingen. Zelf werkte Kim doordeweeks altijd tot elf uur 's avonds om daarna de oppas af te lossen, Levi bleef vaak tot sluitingstijd. In het weekend werkte Kim tot twaalf uur, en was Levi vaak pas in de vroege uurtjes thuis. Gelukkig hadden ze afgesproken dat ze de maandag altijd samen vrij zouden houden, dan had August de leiding over de bar. Kim was ook op dinsdag en woensdag vrij, omdat ze Owen niet vijf keer per week bij Frieda wilde achterlaten. Als de drukte van het hoogseizoen straks tegen het voorjaar afnam, kon ook Levi de zaak op dinsdag en misschien woensdag aan het personeel overlaten. Dan zouden ze ook wat meer tijd voor elkaar hebben, want Kim had in de eerste week al gemerkt dat dat er nu in het hoogseizoen niet meteen in overvloed zou zijn. Dat was niet erg, ze had zich erop ingesteld. En Levi was er ook altijd eerlijk over geweest dat hij in het hoogseizoen veelal werd opgeslokt door de bar.

'Ik ga zo', zei ze tegen Levi, die ze in de keuken tegenkwam. 'Ik wil niet te laat zijn voor Frieda.'

'Ja, tuurlijk schat.' Hij drukte een kus op haar mond. 'Ik zie je straks.'

Kim liep naar de bar en met haar pasje logde ze zichzelf uit uit het systeem. De eerste dag had Levi haar precies uitgelegd hoe het kassasysteem werkte en dat ieder personeelslid zijn of haar eigen pas en account had. Op die manier kon altijd worden nagekeken wie wat had afgerekend, en zou er in het geval van een kasverschil nooit discussie hoeven te zijn over wie verantwoordelijk was. In het verleden was het helaas gebeurd dat Levi door zijn eigen personeel was bestolen en nadat dat aan het licht was gekomen en hij het betreffende personeelslid had ontslagen, had hij geïnvesteerd in een systeem dat vrijwel waterdicht was.

'Ga je naar huis?' vroeg Petra, Levi's zus, die razendsnel een bestelling intypte op het touchscreen van de kassa.

Kim knikte. 'Frieda aflossen. Het is al kwart over twaalf.'

'Zie je morgen!' Petra zwaaide in het voorbijgaan en liep snel naar een groepje Franse toeristen. Kim pakte haar jas, zei het barpersoneel gedag en liep de steenkoude lucht van de Oostenrijkse nacht in.

De vrieskou verdreef de hitte van de bar van haar wangen en uit haar hoofd. Hoewel ze moe was, voelde ze zich meteen opgefrist. Her en der kwam uitgaanspubliek voorbij, soms zachtjes pratend, soms luidruchtig en dronken. Kim passeerde diverse bars en ving vlagen op van Duitse schlagers en Nederlandse après-ski-hits. In haar zak liet haar telefoon een korte ping horen. Terwijl ze liep las Kim het berichtje. Het was van Petra: Kim was vergeten haar sleutelbos van de bar mee te nemen, Petra beloofde hem op kantoor te leggen. Kim mompelde een verwensing aan haar eigen adres en checkte even in haar tas, waar de sleutels inderdaad ontbraken. Dat was nou stom van haar, juist omdat Levi bij zijn personeel zo hamerde op zorgvuldigheid. Gelukkig was het Petra die ze had gevonden en niet een van de anderen. Kim werkte nog maar een week met haar, maar ze had al gemerkt dat Petra er alles aan deed om haar zich thuis te laten voelen. Petra was ook degene geweest die haar spontaan had omhelsd toen Kim haar twee maanden geleden had verteld dat ze de knoop had doorgehakt en met Owen naar Oostenrijk zou verhuizen. Petra had al veel vaker stille en minder stille hints gegeven dat ze dat wel zag zitten, zeker omdat zij – zoals ze graag mocht verkondigen – degene was geweest die Kim en Levi bij elkaar had gebracht. Deels klopte dat ook, al had Kim haar oog die avond al voordat ze zijn zus ontmoette, laten vallen op de knappe eigenaar van *Lech Cocktails*, zoals de bar heette. Kim was er beland met Rosan en de drie andere vriendinnen met wie ze haar eerste vakantie zonder Owen had geboekt. Haar ouders waren zo lief geweest een hele week op te passen, zodat Kim er even helemaal tussenuit kon. Hoe dol ze ook was op haar zoontje, het alleenstaande-moederschap was pittiger dan ze had gedacht en ze had er zoveel behoefte aan gehad om even geen mama te zijn. Sinds de komst van Owen had ze niet meer geskied, in de jaren ervoor juist met grote regelmaat. Niets maakte je hoofd leeg zoals de bergen dat konden, van niets laadde je meer op dan van een razendsnelle afdaling die de adrenaline door je aderen deed spuiten en je pas echt het gevoel gaf dat je leefde. Althans, zo had ze het idee van een skitrip verkocht aan haar vriendinnen, die eerder een tripje naar de zon in gedachten hadden gehad.

Het was een heerlijke vakantie geworden. Alsof ze weer

begin twintig waren en niet halverwege de dertig, hadden ze zich overdag vermaakt op de pistes en elke avond tot in de late uurtjes in de diverse après-skibars. Keihard meeblèren met *Anton aus Tirol* had Kim naast een schorre keel ook een geweldige hoeveelheid lol opgeleverd en toen ze na een paar dagen wel klaar waren met de wat platte après-skibars, waren ze bij Lech Cocktails naar binnen gegaan. Kim dacht nog weleens terug aan dat moment. Lech kende ook nog een andere cocktailbar. Wat als ze ervoor hadden gekozen daarnaartoe te gaan? Zou haar leven dan ook zo zijn veranderd? Else, een van haar vriendinnen die heilig geloofde in het lot, kon niet vaak genoeg verkondigen dat dit natuurlijk allang het plan was geweest, dat het gewoon zo had moeten zijn. Kim geloofde zelf vooral in een heel gelukkig toeval.

Hoe dan ook was Levi haar al de eerste avond opgevallen, al had hij toen amper oog voor haar gehad. Het was zaterdagavond en hij was vooral druk aan het werk geweest. Alleen aan het einde van de avond hadden ze even contact gehad toen Kim de rekening had betaald. Hoewel dat gesprekje niets had voorgesteld, had het op een of andere manier toch indruk op haar gemaakt. Ze had de hele week nog niet te klagen gehad over aandacht van mannen, maar daar had ze niets mee gedaan. En juist de man die alleen professioneel contact met haar maakte, bleef in haar gedachten hangen. Misschien waren het zijn donkere ogen, die haar onderzoekend hadden aangekeken. Zijn donkerbruine haar, dat krulde en zich maar lastig liet temmen. Misschien was het de blik in zijn ogen, al had ze nog altijd moeite daar de juiste omschrijving voor te vinden. Ze had hem gewoon meteen intrigerend gevonden.

Toen Kim haar vriendinnen had overgehaald ook woensdagavond naar de cocktailbar te gaan, had Levi haar herkend en even zijn hand opgestoken. Petra stond die avond achter de bar en blijkbaar had zij gedurende de avond met haar scherpe blik precies gezien naar wie Kim telkens keek. Dat vond ze wel vermakelijk en uiteindelijk had ze ervoor gezorgd dat Levi en zij, toen de avond op z'n eind liep, met elkaar in gesprek waren geraakt.

Achteraf had Kim vaak geprobeerd terug te halen waar ze het precies over hadden gehad die avond, maar ze wist het niet goed meer. Over het leven, gaf ze vaak als antwoord als iemand ernaar vroeg. En dat was eigenlijk ook zo. Voor haar gevoel hadden ze zo'n beetje ieder onderwerp dat er maar te verzinnen viel, wel besproken. Van de liefde tot carrières en van leven na de dood tot de beste restaurants aan de piste – het was die nacht ver na vieren toen Kim in het appartement was teruggekeerd. Haar vriendinnen waren al veel eerder afgehaakt. Kim wist niet eens precies hoeveel eerder, tijd leek die avond sowieso geen rol te hebben gespeeld.

Ze wist eigenlijk zelf niet waar ze op dat moment op uit was geweest. Geen relatie, daar stond ze juist niet voor open. Maar een mooi gesprek wist haar altijd in een bepaalde vervoering te brengen en dat was die avond gebeurd. En meer dan dat. Bij het weggaan – de bar was toen allang gesloten en het personeel naar huis – had Levi haar gezoend en haar zijn telefoonnummer gegeven. Hij had haar nummer niet gevraagd, dat had Kim meteen opgemerkt. Ze vond dat grappig, maar ook ongemakkelijk, want nu was zij aan zet.

'Bel hem gewoon', had Rosan de volgende ochtend bij het ontbijt gezegd, maar zo eenvoudig lag dat in Kims beleving niet. En dat was vreemd, want zo kende ze zichzelf niet. Met mannen was ze altijd heel makkelijk geweest: ze vond iemand leuk of niet, en dan belde ze wel of niet. Meestal dat laatste, want Kim was met de jaren steeds kritischer geworden. De tijd dat ze een man voor één nacht een prima concept vond, had ze achter zich gelaten nadat ze zwanger was geworden van Owen. Iemand die in haar leven kwam, moest zowel voor haar als voor hem iets toevoegen. En daarvan waren er maar weinig.

Toch had ze gebeld, juist omdat ze ergens het gevoel had dat Levi juist wel zo iemand zou kunnen zijn. En omdat ze voor dat moment niet wilde luisteren naar de stemmetjes in haar hoofd, die allerlei bezwaren wisten op te lepelen. Dat hij in Lech woonde en zij in Amersfoort, bijvoorbeeld. Dat hij negen jaar ouder was en twee kinderen had die al een stuk groter waren. Pas later had ze ook begrepen dat hij een groot trauma met zich meedroeg, maar dat had haar niet meer aan het twijfelen gebracht. Natuurlijk, rationeel gezien waren er bezwaren genoeg tegen hun liefde. Maar rationaliteit – juist een van haar kenmerken – leek naar de achtergrond te zijn verdrongen. Alles kon worden opgelost, had ze verliefd en overmoedig gedacht, en ze had haar gevoel gevolgd.

Achteraf vond ze het leuk om het verhaal wat aan te dikken. Dat het helemaal geen keuze was geweest, maar dat ze door een kracht die groter was dan zijzelf was bestuurd toen ze na die eerste ontmoeting zijn nummer intoetste. Zo spiritueel was ze normaal gesproken niet – en ze wist ook heel goed dat ze wel degelijk de beslissing zelf had genomen – maar het voelde wel alsof er meer aan de hand was geweest dan een toevallige ontmoeting.

Levi was die donderdag vrij geweest en had voorgesteld samen te gaan skiën. Kim was blij dat ze drie dagen intensief les had genomen, want ze had de jaren ervoor niet geskied, en ondanks de basis uit haar kindertijd had het moeite gekost om het gevoel weer te pakken te krijgen. Maar inmiddels had ze het weer aardig onder de knie en ze had, ondanks zijn skibril, gemerkt dat Levi een tikje bewonderend had gekeken hoe ze van een zwarte piste naar beneden gleed. Dat haar hart in haar keel klopte door de steile piste, had ze maar even niet vermeld.

Achteraf hadden ze samen wat gedronken in een restaurant aan de piste. Het was een uitzonderlijk mooie dag geweest, de zon had warm en aangenaam op hun gezicht geschenen terwijl de bergtoppen in de verte juist prachtig werden gekroond door wolken. Ze waren tijdens het skiën getrakteerd op het uitzicht op een groep berggeiten die zich verderop een weg over de met sneeuw bedekte rotsen hadden gebaand. Kim was die dag met Levi mee naar huis gegaan, hoewel het eigenlijk niets voor haar was om zich zo snel aan een man te geven. Maar met Levi voelde het goed en ze had het rationele stemmetje in haar hoofd genegeerd omdat haar gevoel op dat moment vele malen sterker was dan haar verstand. Alsof haar gevoel al wist dat het niet bij één nacht, of één week, zou blijven.

Dat had ze nog wel even gedacht, al was dat waarschijnlijk om zichzelf te beschermen tegen een gebroken hart. 'Ik zie hem hierna toch nooit meer', had ze die week al tegen haar vriendinnen verkondigd, al deed die gedachte haar zelf elke dag een beetje meer pijn. Het was niet alleen de seks, die geweldig was, maar het waren vooral ook de lange, mooie gesprekken die haar aan Levi bonden. Ze had gewoon nog nooit iemand ontmoet met wie ze op elk gebied zo op één lijn zat.

Een windvlaag deed haar opschrikken uit haar gedachten, alsof die in één keer uit haar hoofd waaiden. Hoe langer ze liep, hoe meer ze de geluiden van het centrum achter zich liet. Via de hoofdstraat, waar af en toe een auto voorbijreed, liep ze een stukje naar boven. Ze voelde de klim in haar kuiten, maar het was een aangename vermoeidheid. Ze passeerde een brug en bleef even staan om naar het wild stromende water van de beek te kijken. Wild, dat was het woord om de natuur in de bergen te omschrijven. Niet alleen de ruige toppen, de metersdikke sneeuw en de dikke bossen, ook de wind, het water en natuurlijk de onvoorspelbare lawines.

Het licht van de straatlantaarns weerkaatste in het water en verlichtte het witte schuim van de snelle stroming. Een tak was achter een uitstekende steen blijven steken en vormde een natuurlijke dam. Een langzaam rijdende auto passeerde haar. Verwonderd luisterde ze hoe de auto stilhield op de brug. Toen ze zich omdraaide, zette hij zich weer in beweging. Kim fronste en keek hem na. Daarna vervolgde ze haar weg bergopwaarts, tot ze uiteindelijk rechtsaf sloeg naar het huis van Levi. Hun huis, verbeterde ze zichzelf in gedachten. Niet dat ze zichzelf meteen zoiets groots wilde toe-eigenen, maar Levi zei het voortdurend. Als ze samen in het huis woonden, wilde hij dat het als het hare zou voelen. Hij had ook voorgesteld dat ze de inrichting zou aanpassen naar haar eigen smaak, zodat ze zich er sneller thuis zou voelen, maar dat wilde Kim absoluut niet voor Tristan en Katarina. Eerst moesten ze al accepteren dat er iemand bij hen kwam wonen, en dan zou zij ook nog eens onmiddellijk overhoophalen waar zij aan gewend waren. Rustig opbouwen, dat hield ze Levi ook de hele tijd voor. Eerst een stevige basis vormen, daarna zou ze misschien iets meer de rol van vrouw des huizes kunnen innemen, wat dat ook mocht betekenen.

Ze duwde de zware, houten voordeur open en de geur van de houtkachel kwam haar tegemoet. 'Hallo!' riep ze, om Frieda niet te laten schrikken als ze plotseling de kamer binnenstapte. Toen Kim haar jas ophing, stak de oudere dame haar hoofd om de hoek van de deur. 'Ha Kim', zei ze met haar zachte, warme stem. 'Hoe was je avond?'

'Druk', zei Kim met een zucht. 'Maar leuk. En hoe ging het hier?'

'Prima', knikte Frieda. 'Hij was duidelijk moe. Om

zeven uur lag hij al te slapen.'

'Dat zal wel door het skiën komen', zei Kim. 'Hij had vandaag zijn eerste les en vond het geweldig.' Er trok weer een warm gevoel door haar heen toen ze dacht aan haar zoon in zijn nieuwe skipak, helemaal opgewonden voor zijn eerste lesje. Op het lage weitje aan de rand van het dorp had hij met rode wangen van inspanning zijn eerste 'afdaling' gemaakt, om daarna in de armen van de ski-juf te glijden. Ook was hij door poortjes met Disney-figuren gegleden en had hij supertrots verkondigd dat hij nu wel van een echte piste kon. Natuurlijk was hij tientallen keren gevallen, maar de ski-juf had hem elke keer weer recht op zijn skietjes gezet en hij had de grootste lol gehad.

'Het is ongelooflijk hoe snel die kleintjes leren skiën', zei Frieda. 'Dat vond ik bij mijn kinderen al verbazend en nu zie ik het bij mijn kleinkinderen weer gebeuren. De oudste is acht en doet mee aan wedstrijden slalom. Ikzelf kan al niet meer van hem winnen.' Ze grinnikte. 'Ik weet zeker dat Owen over een tijdje ook skiet alsof hij nooit anders heeft gedaan. Hij heeft veel kracht in zijn benen, dat zie je nu al.'

Ze praatten nog even over skiën en over Kims avond in de bar en toen trok Frieda haar jas aan. 'De andere twee kinderen zijn rond een uur of halftien thuisgekomen en toen zijn ze al snel gaan slapen. Of in elk geval naar hun kamers gegaan.'

'Om daarna vast een paar uur op hun telefoon te gaan kijken', zei Kim grinnikend. Frieda trok een gezicht. 'Reken daar maar op.'

Ze namen afscheid en Kim deed de deur achter de vrouw op slot. Daarna maakte ze een kop groene thee en ging bij de houtkachel zitten. Hoewel het laat was, had ze het nodig om eerst even te ontspannen voor ze kon slapen. Ze staarde naar de vlammen en liet de avond die achter haar lag door haar hoofd gaan. Boven haar kraakte het houten plafond op de plek waar de kamer van Tristan zich bevond. Ze keek op de klok, het was bijna kwart voor één. Ze vroeg zich af of hij sliep.

'Twee pubers?' hoorde ze haar moeder nog zeggen toen Kim bijna een jaar geleden had verteld dat ze verliefd was geworden op een bijzondere man. Daarna had haar moeder er grinnikend aan toegevoegd: 'Wat een avontuur.'

Kim had meer van zulke reacties gekregen, en ze wist dat achter haar rug ook wel meer was gezegd dat niet altijd even positief was. Maar het maakte haar niet uit. Na die eerste, heerlijke dagen in Oostenrijk had ze zichzelf weliswaar wijsgemaakt dat het allemaal niet meer was dan een kortstondige affaire, maar dat had ze natuurlijk niet volgehouden. Daarvoor was ze tegen de tijd dat ze terug naar Nederland ging, al veel te verliefd geweest. Zo ongeveer de hele terugweg had ze met Levi zitten appen en bij terugkomst in Nederland was ze het liefst meteen omgekeerd. Een agenda vol werkopdrachten had haar daarvan weerhouden. Verliefd of niet, als alleenstaande moeder en zzp'er kon ze zichzelf geen doldwaze verliefde acties veroorloven waarbij ze zomaar haar werk liet versloffen. Maar na vier weken had ze een paar dagen vrij gehad en was ze met Owen naar Oostenrijk gereden. Ook al had ze Levi al even niet meer gezien, bij aankomst had ze meteen gemerkt dat het gevoel hetzelfde was gebleven. Of eigenlijk alleen maar sterker was geworden.

Levi had zijn kinderen die dagen bij zijn moeder ondergebracht. Hij wilde nog heel even wachten tot hij hen aan Kim zou voorstellen. Dat was de volgende keer – nog eens vijf weken later – gebeurd. Vanaf dat moment hadden ze allebei geweten dat ze elkaar niet zomaar meer zouden loslaten. Zonder het uit te spreken wisten ze beiden dat voor alleenstaande ouders de stap naar het voorstellen van een nieuwe partner aan de kinderen heel groot was. Dat deed je alleen als je serieus was over de relatie.

Hoewel hun samenzijn in praktische zin natuurlijk niet zo eenvoudig was geweest. Levi was vooral door de zaak maar ook door de kinderen aan Lech gebonden. Op hun leeftijd zou een verhuizing naar Nederland een omwenteling betekenen die hij hun niet kon aandoen, vond hij, en bovendien voelde hij zich niet goed bij het idee dat hij vooral de ouders van Luisa de nabijheid van hun kleinkinderen zou afpakken. De gezondheid van Luisa's moeder was niet al te goed en met de auto naar Nederland reizen kon ze eigenlijk niet aan. Kim vond het mooi om te zien dat Levi met hen altijd een goede band had gehouden en elke week bij ze langsging. Een paar maanden geleden, tijdens een van haar vele tripjes naar Oostenrijk, had Kim hen ook ontmoet. Twee lieve mensen die veel ouder leken dan ze waren, maar dat was ook niet verwonderlijk na alles wat zij hadden meegemaakt. Kim had het lastig gevonden zichzelf een houding te geven. Ook al was het tien jaar geleden, voor zo'n groot verlies was dat natuurlijk nog maar een korte tijd. En ook al kon zij daar niets aan doen, toch voelde het richting deze mensen op een vreemde manier alsof ze de plek van hun dochter inpikte. Maar ze waren hartelijk en warm geweest en hadden gezegd dat ze Levi alle geluk gunden. Binnenkort wilde Kim weer eens meegaan als Levi bij hen langsging. Misschien kon ze dan Owen meenemen, zodat ze het stiefbroertje van hun kleinkinderen konden ontmoeten.

Met zoveel banden die hem aan Lech bonden, had Kim meteen geweten dat als ze met Levi haar leven wilde delen, zij naar Oostenrijk moest verhuizen. In het begin was dat een ingewikkelde gedachte geweest. Ze hield van haar leven in Nederland en juist omdat ze al zo lang single was, was haar sociale kring ontzettend belangrijk voor haar. De gedachte dat ze haar familie en vrienden niet meer in de buurt zou hebben, had haar letterlijk buikpijn bezorgd. Bovendien was het nogal wat om Owens vertrouwde leventje overhoop te halen. Maar aan de andere kant: haar familie en vrienden waren prima in staat zo nu en dan naar Oostenrijk te komen, en zijzelf kon ook met grote regelmaat heen en weer rijden. Ze had geen ex-partner om rekening mee te houden, aangezien de vader van Owen vanaf het moment dat Kim ontdekte dat ze zwanger was, de deur had dichtgegooid. Nooit had hij meer iets met Kim of Owen te maken willen hebben. Dat had haar pijn gedaan. Niet zozeer vanwege haarzelf: zij wist achteraf sowieso niet meer wat ze ooit in hem had gezien. Na twee stormachtige weken van daten en seks waren haar de schellen van de ogen gevallen en had ze ingezien dat ze met deze man nooit een toekomst zou kunnen opbouwen. Gelukkig was dat een gezamenlijke conclusie geweest en Kim had er geen traan om gelaten, tot ze precies twee weken na hun laatste contact verbluft naar een blauwe plus op een zwangerschapstest had zitten staren. In paniek was ze naar de drogist gegaan om nog twee testen te kopen. Het kon niet waar zijn, was het enige wat door haar heen was gegaan. Er moest iets mis zijn met de test. Maar de kans dat drie testen allemaal een vals positieve uitslag gaven was, zo moest Kim een uur later concluderen, niet erg groot.

In de turbulente tijd die volgde had Sergio meteen duidelijk gemaakt dat hij geen kind wilde en dat hij ervan uitging dat ze wist wat haar te doen stond. Daarna had hij haar nummer geblokkeerd. Kim had voor de vorm abortus overwogen, en besproken met haar ouders en beste vriendinnen. Maar eigenlijk had ze diep vanbinnen vanaf het moment van die eerste test geweten dat ze vanaf nu haar leven zou delen met een wezentje dat op dat moment de grootte van haar duimnagel had. Ze was eenendertig, had een huis en een inkomen en ze was sterk genoeg om in haar eentje een kind op te voeden. Ze had liefde in overvloed en was dat uiteindelijk niet het belangrijkste?

Zo simpel – of naïef, als je het zo wilde noemen – was het natuurlijk allemaal niet geweest. Kim had vaak genoeg iemand gemist in haar leven, en dat van Owen. Bijvoorbeeld toen hij pas geboren was en zij, herstellende van de bevalling, alle nachten in haar eentje had gedaan.

Haar moeder had aangeboden om te komen slapen, maar Kim had uit een soort vals idee dat ze het als alleenstaande moeder dan ook helemaal alleen móést kunnen redden, die hulp geweigerd. Toen ze na twee weken bijna was ingestort, had haar moeder gezegd dat het niet langer een vraag was en had ze een week lang alle nachtdiensten op zich genomen.

Ook later had ze heus weleens verdriet gehad van het feit dat er geen vader in Owens leven was. Bijvoorbeeld toen Owen twee was en iedere man die hij tegenkwam papa noemde. Hijzelf hechtte geen waarde aan dat woord, Kim had elke keer dat hij het zei het gevoel gehad dat er een scherp stukje glas in haar hart ronddraaide. Een zoon had een vader nodig, was de conclusie die ze elke keer had getrokken, waarmee ze vooral zichzelf pijn had gedaan. Uiteindelijk had ze hulp gevraagd aan een kinderpsycholoog, die haar gerust had weten te stellen. Er groeiden genoeg kinderen zonder vader op tot gelukkige volwassenen, en als Owen straks als hij een puber was vragen had waarmee hij echt niet bij zijn moeder wilde aankloppen, was er vast wel een lieve vriend of oom die voor hem klaarstond. Kim had vervolgens haar broer Vincent meegedeeld dat hij dat deel van de opvoeding voor zijn rekening zou nemen, een gegeven waardoor hij zich vereerd leek te voelen.

Het gemis van een vader in Owens leven bleek ook zo z'n voordelen te hebben. Kim kon hem met gemak meenemen naar Oostenrijk, zeker nu hij nog niet echt geworteld was in Nederland. Hij zat nog niet op school en zijn enige vriendschappen waren de andere peuters op het kinderdagverblijf. Eigenlijk had hij nu de perfecte leeftijd. Als het allemaal toch niet bleek te werken, zouden ze vóór Owens vierde verjaardag – en dus voor hij op de basisschool begon – weer terug zijn in Nederland en had hij in elk geval leren skiën.

Haar telefoon liet een korte ping horen. Een berichtje van Levi, zag ze toen ze het opende. *Alles goed gegaan?*, vroeg hij. En daarna: *Ik mis je nu al.*

Kim glimlachte en schreef terug dat alles prima gegaan was en dat ze hem ook miste. Daarna stuurde ze erachteraan dat ze van hem hield, wat door Levi met een hartje werd beantwoord. Ze dronk de laatste slok van haar thee, controleerde dat het vuur in de houtkachel was afgezwakt tot wat smeulend hout en liep daarna naar boven. In de badkamer bekeek ze zichzelf in de spiegel. Haar bruine ogen staarden vrolijk terug. Op haar gezicht was vaag de vorm van een skibril te zien, erbinnen was haar huid wit, erbuiten licht gebruind. Ze borstelde haar donkerbruine haar en poetste haar tanden en terwijl ze daarna onder het dikke dekbed kroop, bedacht ze dat ze op geen enkele manier het gevoel had dat Owen in Nederland aan zijn basisschool zou beginnen. Ze kon het niet goed uitleggen, maar de verbinding met Levi voelde zo diep dat die ook prima tegen een stootje zou kunnen. En dat was anders dan in elke relatie die ze tot nu toe had gehad.

Pas nu ze in bed lag, voelde ze hoe moe ze echt was. Ze probeerde nog een bladzijde te lezen in haar boek, maar haar ogen zakten vrijwel meteen dicht en binnen een minuut viel ze in een diepe, droomloze slaap.

Hoofdstuk 3

De cijfers van de wekkerradio gaven aan dat het al na halfnegen was toen Kim haar ogen opende. Dat betekende dat Owen ongewoon lang sliep en die gedachte ontlokte haar een slaperige glimlach. Blijkbaar deed de berglucht hem goed, en Frieda had ook gezegd dat hij de avond ervoor erg moe was geweest.

Kim draaide op haar rug en keek naast zich, waar Levi nog vast lag te slapen. Vaag had ze vannacht gehoord dat hij thuiskwam, ze kon zich niet meer herinneren hoe laat precies. Het moest na drie uur zijn geweest, want toen was ze wakker geworden omdat ze dacht dat ze Owen hoorde. Ze was even bij hem gaan kijken, om vervolgens te zien hoe hij rustig lag te slapen. Na een aai over zijn bol was ze zelf snel weer in bed gekropen.

Terwijl ze haar telefoon pakte en vaststelde dat ze geen berichten had, dacht ze aan wat ze vandaag wilde doen. Levi zou voorlopig niet wakker zijn en ze had de tijd aan zichzelf tot ze vanmiddag om één uur bij Levi's moeder werden verwacht voor de lunch. Ze had zin om naar buiten te gaan, misschien een eind lopen met Owen op de slee.

Zachtjes stond ze op uit bed en pakte een legging en een pulli uit de kast. Levi bewoog in zijn slaap en humde wat, maar werd niet wakker. Kim trok de deur van de slaapkamer behoedzaam achter zich dicht en liep naar Owens kamer. Tot haar verbazing zag ze dat zijn bedje leeg was en ze liep door naar beneden.

Daar trof ze Katarina aan, en haar eigen zoon. Owen zat in zijn kinderstoel en had een broodje met chocopasta gekregen. 'Wow', zei Kim verrast. 'Ik had helemaal niet door dat hij al wakker was. Of jij.'

'Dat ben ik meestal op dit tijdstip ook niet', zei Katarina schouderophalend. 'Maar ik werd wakker omdat er een nogal luidruchtige groep mensen langs mijn raam liep. Om acht uur 's ochtends. En toen hoorde ik Owen roepen.'

'Wat lief dat je hem uit zijn bed hebt gehaald', zei Kim, die het bijna niet kon geloven. Vanaf het allereerste moment met Owen had ze er alleen voor gestaan. Het voelde onwennig dat er nu meer mensen waren die voor hem klaarstonden, die eten voor hem maakten, die met hem speelden, die reageerden als hij riep. Zo was het dus om een gezinsleven te hebben. Ze slikte moeizaam. Voor Katarina was het waarschijnlijk een kleine moeite geweest om Owen uit bed te halen en hem een broodje te geven, maar voor Kim betekende het zoveel dat ze een brok in haar keel voelde.

'Koffie?' vroeg ze en Katarina knikte. Met haar zestien jaar zat ze op een grens tussen kind en volwassene en Kim merkte dat het meisje graag meedeed aan de dingen die ze als 'volwassen' beschouwde, zoals koffiedrinken. Levi liet haar op dat gebied begaan en vulde braaf haar mok met een klein beetje koffie en veel melk, omdat Katarina de smaak van koffie op zich niet erg leek te kunnen waarderen. Ook mocht ze, als ze dat wilde, zo nu en dan alcohol drinken. Dan kocht hij Radler voor haar, dat meer naar limonade dan naar bier smaakte, en stond toe dat ze het thuis opdronk. In de bar maakte hij weleens een cocktail met een mixdrankje, aangevuld met frisdrank of spa rood, en haar eerste Flügel had Katarina ook al gehad. Maar altijd onder het toeziend oog van Levi. Liever dat, dan het verbieden en geen idee hebben wat ze bij en met haar vrienden uitvoerde, had hij hierover tegen Kim gezegd. Voor Kim waren deze opvoedvraagstukken nog ver weg, maar ook zij wilde die op termijn op deze manier aanpakken met Owen. Het was precies hoe haar eigen ouders met alcoholgebruik in haar tienerjaren waren omgegaan. Al hadden ze aan Kim een makkelijke gehad, want ze vond alcohol in die tijd gewoon echt niet lekker.

In de keuken vulde Kim twee mokken, die ze meenam naar de eettafel. Owen zat inmiddels op de grond te spelen en Katarina deed iets op haar telefoon. Toen Kim binnenkwam, keek ze op. 'Ga je skiën?'

'Nee, dat gaat niet met Owen. Ik wilde gaan wandelen.'

'Ik wil best even oppassen', zei Katarina, terwijl ze het treintje aanpakte dat Owen haar kwam brengen. 'Als je zin hebt om een paar afdalingen te doen?'

Kim deed haar mond al open om het aanbod af te wijzen – een zestienjarig meisje wist op zondagochtend vast wel iets leukers te doen – maar uiteindelijk zei ze: 'Meen je dat?'

Katarina knikte gelaten. 'Geen probleem, ik heb toch geen plannen tot we straks bij oma gaan lunchen.'

Kim knipperde een paar keer. 'Dat is lief van je.'

'Ik vind het zelf ook altijd fijn om in mijn eentje de bergen in te gaan.' Katarina wierp een blik op de klok. 'Al weet ik niet of je op dit tijdstip nog kan spreken van 'in je eentje'. Het lijkt dit seizoen sowieso wel extreem druk te zijn.'

Kim knikte, hoewel ze alleen vorig jaar als vergelijkingsmateriaal had. 'Dan ga ik maar snel', zei ze. 'Ik blijf niet al te lang weg.'

Ze gaf Owen een knuffel, maar hij leek niet veel oog voor haar te hebben. Ze liep vlug naar de bijkeuken, waar de skipakken van alle gezinsleden altijd werden opgehangen om te drogen, en trok haar zwarte skibroek en donkerpaarse jack aan. Daarna trok ze haar skischoenen aan, pakte haar ski's en ging op weg naar het dalstation van de gondel.

'In je eentje' was er inderdaad niet meer bij, stelde ze vast toen ze zag hoe druk het er al was. Maar gelukkig hoefde ze niet lang te wachten tot ze zich bij twee gezinnen in een cabine kon voegen. Zoals altijd genoot ze van het uitzicht tijdens de tocht naar boven, en vroeg ze zich af of het ooit zou wennen. Nee, zei Levi. Ja, zeiden zijn kinderen.

Boven op de berg waaierde de drukte al snel uit over de diverse pistes. Kim klikte haar skischoenen vast in haar ski's en duwde zichzelf met haar skistokken in de richting van de stoeltjeslift. Ze had een paar pistes in haar hoofd die ze graag wilde doen, en daarna zou ze via een piste waar ze nog niet was geweest, afdalen naar het dorp. Een uur, misschien iets langer. Meer kon ze ook niet van Katarina vragen, vond ze.

Het skiën deed haar goed. Op de eerste piste moest ze er, zoals gewoonlijk, weer even in komen, daarna leek het alsof ze als vanzelf naar beneden gleed. Nu ze veel minder aandacht en energie hoefde te besteden aan haar techniek, kon ze ook meer oog hebben voor de omgeving. Ze was al een paar keer op deze pistes geweest, maar niet eerder had ze zo genoten van het uitzicht.

Toen ze aan het einde van de derde afdaling tot stilstand kwam, bleef ze even staan om uit te hijgen. De piste eindigde prachtig op de top van een iets lager gelegen berg. Kim liet haar blik over de omgeving dwalen. Heel ver onder haar in het dorp reden auto's heen en weer en bewogen mensen die net mieren leken. Rondom haar was het een witte oase, met aan de rand van de piste een bos van donkergroene naaldbomen die hier erg dicht op elkaar stonden. Ze staarde langs het bos naar de helling van weer een hogere berg, waar een eenzame toerskiër zijn weg naar boven zocht.

Automatisch gleden haar gedachten naar Luisa. Ook Levi's eerste vrouw was in haar eentje gaan toerskiën en dat was haar fataal geworden. Althans, dat was de conclusie na heel veel politiewerk, eigen onderzoek van Levi en ongeveer iedereen die hij kende en zelfs een extern recherchebureau dat hij had ingeschakeld. Meer dan anderhalf jaar lang had hij alles op alles gezet om erachter te komen wat er met zijn vrouw was gebeurd en waarom ze op die waterkoude vrijdagochtend in december – nu iets meer dan tien jaar geleden – niet meer thuis was gekomen.

Tijdens een van hun eerste avonden samen had Kim natuurlijk aan Levi gevraagd waar de moeder van zijn kinderen was. Waarmee ze eigenlijk wilde weten of ze een beetje vriendschappelijk gescheiden waren, want een boze ex kon een nieuwe relatie danig in de war sturen, daarvan kende ze in haar omgeving helaas de nodige voorbeelden. Over haar ware motief voor de vraag had ze zich meteen ongemakkelijk gevoeld toen Levi had gezegd dat zijn vrouw was overleden toen Tristan vier en Katarina zes was. 'Was ze ziek?' had Kim gevraagd, maar Levi had gezegd dat ze een ongeluk had gehad en daar hadden ze het bij gelaten, op Kim na, die zich uitputte in woorden om aan te geven hoe erg ze dit voor hem vond.

Pas maanden later had Levi haar meer verteld. 'Eigenlijk had ik dit de eerste keer al willen verduidelijken', had hij toen gezegd. 'Maar het is nogal wat en ik wilde jou er eigenlijk niet mee opzadelen. Maar als wij samen verdergaan, wil ik dat je weet wat er echt is gebeurd.'

Kim was alleen van die woorden al geschrokken, en toen kende ze het verhaal nog niet eens. Levi had daarna verteld hoe Luisa op een vrijdagochtend de kinderen naar school had gebracht om vervolgens te gaan toerskiën. Vrijdag was haar vrije dag – ze werkte als juf op een basisschool – en dan vond ze het heerlijk om de bergen in te gaan. Skiën, bergbeklimmen, ze hield van alle bergsporten, maar na een drukke tijd op haar werk vond ze het het fijnst om haar hoofd leeg te maken tijdens een mooie tocht. Het liefst op een zo rustig mogelijke route, zodat ze zoveel mogelijk één was met de natuur. Als ze samen gingen, bleef Luisa vaak staan om de omgeving in zich op te nemen en van het uitzicht te genieten, had Levi verteld. Net als hij was ook zijn vrouw geboren en getogen in Lech, maar de schoonheid van het dorp en de omgeving had ze nooit zomaar voor lief genomen.

Omdat ze al haar hele leven in de bergen woonde, wist ze ook heel goed wat de gevaren ervan waren. Als moeder moest je je verantwoordelijkheden kennen, vond ze, en dus nam ze nooit onacceptabele risico's.

Het risico bij toerskiën was niet bijzonder groot te noemen. Het was die dag in december nevelig geweest en er was een lichte sneeuwbui overgetrokken, maar van gevaarlijke weersomstandigheden was geen sprake geweest. Zoals gewoonlijk was Luisa vertrokken met een gpstracker in haar rugtas. Ze wilde nooit vertrouwen op de zoekfunctie van haar telefoon, omdat een telefoon snel leeg kon raken en de batterij van een gps-tracker met gemak een seizoen meeging. Ze was, zo had Levi een paar keer benadrukt, niet iemand die grote risico's nam.

Hijzelf was die vrijdagochtend na Luisa's vertrek nog even aan de eettafel blijven zitten met zijn koffie en krant, en na een halfuurtje was hij richting de bar gegaan. Dat was vroeger dan normaal, maar hij had een aantal zakelijke afspraken. Was dat niet het geval geweest, dan was hij misschien wel met Luisa meegegaan, had hij gezegd. Bij dat deel van het verhaal had hij het moeilijk gehad, zag Kim. Het leven hing welbeschouwd aan elkaar van een hele serie kleine en grote beslissingen, en hun gevolgen. Als kind had ze een klasgenootje gehad wiens plek op een dag na de vakantie leeg was gebleven. Op vakantie in Frankrijk was het jongetje verongelukt, de rest van het gezin was zwaargewond geraakt. De juf had gehuild, net als veel kinderen in de klas. Kim had die dag aan haar moeder gevraagd wat er was gebeurd als de familie die dag een halfuur later was vertrokken van huis. Waren ze dan ook de vrachtwagen tegengekomen die plotseling was gaan slingeren en de auto in de vangrail had geduwd?

Nee, had haar moeder gezegd. Dan had het jongetje waarschijnlijk nog geleefd en had niemand ooit geweten dat hij een halfuur van de dood verwijderd was geweest. En een kwartier, had Kim toen gevraagd, en vijf minuten? Allemaal hetzelfde, had haar moeder gezegd. Dat het jongetje op dat moment op die plek was geweest, was een minutenkwestie. Kim vond dat het meest onbevredigende antwoord, en tegelijkertijd had het iets fascinerends.

Er was zoveel onduidelijk, had Levi gezegd. Hij had rond de middag Luisa gebeld, maar toen had ze niet opgenomen. Dat was niet ongebruikelijk: als ze de telefoon in haar rugtas had gestopt, had ze de oproep niet eens gehoord. Daarna was Levi een nieuwe afspraak in gegaan en had hij alleen vaag geregistreerd dat zijn vrouw het uur daarop niet had teruggebeld. Toen hij weer op zijn telefoon keek, had hij drie gemiste oproepen van de school van de kinderen, die op vrijdag om één uur uit was. Een verontruste directrice had gevraagd waarom Luisa Katarina en Tristan niet was komen halen.

Levi had het gevoel dat hij toen kreeg beschreven als een vloedgolf van paniek, die hij had tegengehouden door onmiddellijk een dam in zichzelf te bouwen. Alles wat hij vanaf dat moment had gedaan, had hij zakelijk en beheerst uitgevoerd. Hij was naar de school van de kinderen gelopen, op nog geen vijf minuten van de bar. Onderweg had hij naar Luisa's mobiel gebeld, die keer op keer overging maar niet werd opgenomen. Hij was ingelogd op de app die liet zien waar haar gps-tracker zich bevond en dankte in stilte alles en iedereen voor Luisa's verantwoordelijke aard. De tracker bevond zich in de buurt van een wandelpad vrij diep in de bergen, op ongeveer het verste punt van de route die Luisa die dag voor ogen had gehad. Levi kende die plek en ging in gedachten razendsnel na of daar specifieke plekken waren waar het gevaarlijk was, maar het was geen steil stuk en er waren ook geen rotsen of spleten.

Al hollend naar school was hij ingelogd op 'zoek mijn

iPhone', in die tijd nog een redelijk nieuwe manier om te zien waar iemands telefoon zich bevond. Die app gaf aan dat Luisa's telefoon zich op hetzelfde punt als de gps-tracker bevond, wat Levi ergens als geruststellend had beschouwd. Luisa moest gevallen zijn, misschien kon ze niet bewegen en was haar rugzak buiten haar bereik. Net voor hij haastig de school bereikte, had hij de politie gebeld en de locatie van zijn vrouw doorgegeven. Er zou meteen een sneeuwscooter van de reddingsdienst die kant op gaan, werd hem verzekerd. Als het nodig was, zou er ook een helikopter naar Luisa worden gestuurd.

Snel had hij de directrice verteld wat er aan de hand was, en ook dat hij gelukkig wist waar Luisa zich bevond. Daarna had hij Tristan en Katarina ondergebracht bij zijn schoonouders, die dicht bij de school woonden. 'Het komt goed', waren de woorden geweest waarmee hij snel de deur uit was gestormd, en dat had hij op dat moment ook echt geloofd.

Maar het kwam niet goed. Toen de hulpdiensten bij de plek waren aangekomen, hadden ze naast Luisa's ski's inderdaad haar rugzak gevonden met daarin haar telefoon en gps-tracker. De tas was een paar meter naast het pad gevonden, in een wat lager gelegen bomenrij. Alles zat erin: haar waterfles, telefoon, huissleutels, portemonnee.

Wat gevolgd was, waren weken – maanden zelfs – van onderzoek. Van zeer intensief in de eerste uren en dagen naar steeds wat minder intensief in de weken daarna. Die eerste uren had het onderzoek zich logischerwijs afgespeeld rondom de plek van de rugzak. De sneeuwbui was toen al over en in de sneeuw waren allerlei sporen gevonden. Maar anders dan met voetstappen was het vrijwel onmogelijk om te vertellen welk spoor van welke persoon afkomstig was, en Luisa's skischoenen waren van een doorsneeontwerp en doorsneelengte geweest. Er waren meerdere sporen in de sneeuw te vinden die van haar konden zijn, of niet. De recherche had aannames gedaan: het was het meest logisch dat de sporen dicht bij het pad van Luisa waren, misschien had ze haar rugzak afgedaan en was die gevallen, wie weet was ze zelf gevallen en lag ze ergens gewond op de berg. Maar naarmate de tijd vorderde en Luisa in de wijde omtrek van de rugzak niet werd gevonden, had de leider van het onderzoek met Levi gepraat. Een onderzoek kon je niet bouwen op aannames. Een of twee, misschien, als je vervolgens harde aanwijzingen vond waarmee je je vermoedens kon onderbouwen. Maar die harde aanwijzingen, die vormden het probleem.

'Jullie hebben niets', had Levi gezegd, en dat had de onderzoeksleider moeten beamen.

Mensen verdwijnen niet zomaar, dat was zelfs na tien jaar nog altijd Levi's stellige overtuiging. En Luisa zeker niet. Ja, ze waren gelukkig. Nee, hij had niets gemerkt van mentale problemen bij haar. Keer op keer had hij zichzelf en zijn vrouw verdedigd toen het onderzoek meer en meer in die richting was gegaan. Luisa was niet weggelopen, ze hadden geen huwelijksproblemen. Natuurlijk werd er zo nu en dan gekibbeld, zoals in een huwelijk toch zeker normaal was. Maar grote ruzies: nee, en er waren al helemaal geen plannen geweest om te scheiden. Hij wilde best geloven dat achter voordeuren veel meer speelde dan hij kon vermoeden, maar hij wist echt wel wat zich achter zijn eigen voordeur had afgespeeld. En zelfs als al hun huwelijksgeluk van Luisa's kant gespeeld was, dan nog zou zijn vrouw nooit haar kinderen in de steek laten. Ze was een geboren moeder, intens verbonden met haar kinderen, en ze zou nooit iets doen om hen te schaden. Daar kwam bij dat ze ze gewoon niet langer dan een dag kon missen. Dus nee, de optie dat Luisa gewoon de benen had genomen, was voor Levi uitgesloten. En na een heleboel gesprekken met familie en vrienden, uiteindelijk voor de politie ook.

Kim had letterlijk buikpijn gekregen toen Levi had verteld over de tijd die was gevolgd. Ze had de pijn op zijn gezicht gezien en automatisch had ze zijn hand gepakt toen hij erover vertelde. De maanden na die ene dag waren inktzwart geweest. Levi moest omgaan met zijn eigen pijn, met duizend vragen die hem elke dag en elke nacht tergden, met twee kleine kinderen die 's avonds in hun bedje om mama huilden en bovendien verlatingsangst hadden ontwikkeld. De bar had hij in die tijd volledig aan Petra overgelaten, die hem gelukkig altijd had gesteund.

Al Levi's inspanningen en die van de politie ten spijt, waren er amper antwoorden gekomen op de vele vragen. Luisa had geen vreemde contacten gehad, geen vreemde afspraken, niet één onverklaarbaar telefoontje of berichtje in haar mobiel. Er waren geen afschrijvingen van de rekening die de wenkbrauwen deden fronsen, geen enkele aanwijzing dat ze een vijand had waar ze wel of niet van op de hoogte was geweest. De bar draaide goed en kende geen schuldeisers die hun gram wilden halen.

'Niets', had Levi wel vijf keer achter elkaar tegen Kim gezegd. 'Er was gewoon helemaal niets. En dat was uiteindelijk het ergste.'

Natuurlijk had hij gehoopt dat ze zomaar terug zou komen. Maandenlang had hij dezelfde droom gehad, waarin ze ineens voor de deur stond en sorry zei voor alle commotie. Elke nacht was er een andere verklaring: ze was verdwaald, ontvoerd, gevallen of ze had rust nodig. In zijn slaap kon Levi dan voor heel even dat heerlijke, zoete gevoel van hun hereniging ervaren, tot hij wakker werd en de werkelijkheid tien keer zo hard insloeg als hij de lege plek naast zich voelde.

'Wanneer ging je geloven dat ze echt niet terug zou komen?' had Kim gevraagd.

Dat had Levi een lastige vraag gevonden. Hij moest een tijdje nadenken over het antwoord, tot hij uiteindelijk zijn mond opende. 'Ik denk dat ik dat punt nooit heb bereikt.'

Gek genoeg had dit antwoord Kim niet verbaasd. Of afgeschrikt. 'Rationeel weet ik dat ze niet zomaar terugkomt', had Levi verduidelijkt. 'We zijn tien jaar verder. Waar zou ze al die tijd geweest moeten zijn? Rationeel weet ik ook dat ze waarschijnlijk niet meer leeft. Maar emotioneel...' Hij had weer even nagedacht. 'Emotioneel zal ik haar nooit helemaal kunnen loslaten. Al heb ik besloten dat ik verder moet met mijn leven, al kan ik ook gewoon een relatie aangaan en daarmee gelukkig worden – ergens blijft er altijd een stukje van mij verbonden met haar. Wat niets afdoet aan mijn gevoel voor jou.'

Zo voelde het voor Kim ook niet. Natuurlijk had hij die verbondenheid met zijn eerste vrouw, alleen al doordat zij de moeder van zijn kinderen was. Ze had weleens een interview gelezen met de moeder van een verdwenen meisje, ook zij was nooit meer teruggevonden. 'Hoe groot het verdriet van verlies ook is, ik geloof dat je kind beter dood kan zijn dan vermist', had die moeder gezegd. Precies zo ervoer Levi het ook. De dood was verschrikkelijk, maar ook definitief. Een duidelijk gemarkeerd einde. Het antwoord op vele vragen.

Kim had dagen nodig gehad om bij te komen van Levi's verhaal. Ze had gehuild om de pijn die de kinderen gevoeld moesten hebben en vond het des te bijzonderder dat ze haar in hun leven toelieten. Ook had ze geprobeerd om met hen over hun moeder te praten, maar die deur hadden Katarina en Tristan vooralsnog dichtgehouden. Sinds ze pubers waren, praatten ze sowieso niet al te uitgebreid meer over hun gevoel, had Levi gezegd. Iets wat Kim een vrij normale ontwikkeling leek. Ze was dan ook niet van plan om aan te dringen bij de kinderen.

Tristan en Katarina waren wel meegegaan toen Kim met Levi de gedenkplek voor Luisa had bezocht. Omdat er nooit een lichaam was gevonden, was er ook geen graf om naartoe te gaan. Daarom had Levi in overleg met de beheerder van de begraafplaats in Lech een plek toegewezen gekregen waar hij een steen voor Luisa had laten plaatsen en waar hij planten had geplant die roze en paars bloeiden, Luisa's lievelingskleuren. Toen de kinderen jonger waren hadden ze regelmatig tekeningen gebracht, de laatste jaren gingen ze er ook naartoe om voor de plantjes te zorgen of even op het bankje te zitten en aan hun moeder te denken. Levi nam hen elke twee weken mee, zelf ging hij soms tussendoor ook nog een keer. Al was dat minder sinds hij Kim kende, had hij haar verteld. Niet dat zijn gevoel voor Luisa was veranderd, maar het voelde alsof de tijd nu was gekomen om zijn blik weer naar de toekomst te richten. Dat ging niet zonder schuldgevoel, maar toch voelde hij zich er goed bij, had hij verteld.

Met z'n vijven op Luisa's gedenkplek had Kim aan de ene kant het gevoel gehad dat ze inbreuk maakte op iets dat van Levi en de kinderen was en waarvan ze nooit deel zou uitmaken. En dat was natuurlijk ook zo. Aan de andere kant voelde het ook goed om daar te zijn. Verbindend. Alsof ze het verleden en de toekomst aan elkaar legden, al ging het haar te ver om die grootse gedachten met de rest van het gezelschap te delen.

Sinds die eerste keer met z'n allen was ze nog één keer samen met Levi op de gedenkplek geweest. Toen hadden ze gewoon wat zitten kletsen, over verlies in het algemeen en leven na de dood. Gebeurtenissen die zo'n diepe groef sloegen in iemands ziel, dwongen je automatisch om na te denken over zulke grote zaken in het leven. Levi had nooit geloofd in leven na de dood, tot het verlies – zo noemde hij het toch maar – van Luisa. Deels was zijn 'mama is nu in de hemel'-verhaal opportunistisch geweest, dat gaf hij toe. Het was voor de kinderen nu eenmaal fijner te weten dat wanneer ze omhoogkeken, de helderste ster aan de hemel hun moeder was. Maar hoe langer hij zich in het onderwerp had verdiept, hoe meer hij ervan overtuigd was geraakt dat lichamen verdwenen, maar zielen niet. Of nou ja, overtuigd… Hij had geglimlacht bij dat woord. Overtuigd werd je nooit, maar het was een fijn idee dat als Luisa dood was, ze toch niet helemaal weg was. Dat ze hen nog zag en dat ze wist dat het goed ging met hem en de kinderen.

Pas toen een grote vogel boven haar een luid krassend geluid maakte, realiseerde Kim zich dat ze al een hele tijd stilstond. Ze staarde naar het uitzicht zonder het echt te zien, zozeer was ze door haar gedachten in beslag genomen. Ze schoof de mouw van haar ski-jack opzij om op haar horloge te kijken. Het was tijd om terug te gaan. Ze greep de handvatten van haar skistokken stevig vast en zette zichzelf in beweging. Via twee rode pistes kon ze helemaal naar het dal skiën, en vanaf daar was het nog een klein stukje lopen naar huis.

Ze had nog maar net het begin van de eerste piste bereikt, toen een figuur wild met zijn arm zwaaiend op haar af kwam skiën. In eerste instantie reageerde Kim gealarmeerd, tot ze de grote glimlach op het gezicht van de man zag en zich realiseerde dat hij gewoon gedag kwam zeggen.

'Ha Kim!' riep hij en toen pas had ze door dat het August was. Ze zwaaide terug. 'Hé August.'

'Jij bent er al vroeg bij', zei hij toen hij haar was genaderd en zijn skibril naar zijn voorhoofd had verplaatst.

'Anders jij wel.' Toen zij gisteravond de bar had verlaten, was August nog aan het werk geweest.

Hij maakte een weids armgebaar. 'Een flinke skitocht in de morgen maakt me altijd zo lekker wakker.'

'Is Frieda er ook?'

Hij schudde zijn hoofd. 'Meestal gaan we samen, maar vanochtend had onze dochter haar hulp nodig. De baby had haar de hele nacht uit haar slaap gehouden.'

'Ai.' Kim trok een gezicht. 'En dat terwijl ze zelf ook niet al te vroeg naar bed was gegaan.'

'Onderschat Frieda niet', zei August met een glimlach. 'Die heeft een energie, ze is echt niet bij te houden.'

Kim lachte ook. Daarna wees ze met haar skistok naar beneden. 'Ik was van plan om deze piste te nemen. Ga je met me mee?'

'Ach, waarom ook niet?' zei August en hij schoof zijn bril weer op z'n plek. Toen zette hij zichzelf met behulp van zijn skistokken in beweging en ging Kim voor op de afdaling. Ze moest alle zeilen bijzetten om hem bij te houden en toen ze onderaan de piste naast elkaar tot stilstand kwamen, hijgde zij en leek hij allerminst vermoeid te zijn.

'Je skiet echt goed', complimenteerde hij haar echter, om daarna naar de volgende piste te wijzen. 'Was je onderweg naar huis of ga je weer naar boven?'

'Naar huis', zei Kim en August zei dat dat ook zijn plan was geweest, dus namen ze de tweede piste ook samen. Eenmaal beneden hesen ze hun ski's op hun schouders en liepen gezamenlijk verder.

'Hoe bevalt het je tot nu toe hier in ons dorp?' vroeg August.

Kim glimlachte. 'Heel goed. Het was natuurlijk best een

grote stap om te verhuizen, maar ik heb er geen seconde spijt van gehad. Iedereen is zo aardig voor me en Owen vindt het geweldig hier.'

'Ach ja.' Augusts ogen kregen iets zachts. 'Dat kleine mannetje gaat gewoon opgroeien in de bergen en fantastisch leren skiën. Onze eigen kinderen vonden dat geweldig toen ze klein waren. Altijd buiten, zomer en winter.'

'Dat wil ik voor hem ook', zei Kim. 'Hij is echt een buitenkind. Ik zie hem nu al genieten van de natuur.'

'Zit hij al in zo'n mini-skiklasje?'

Kim knikte. 'Ja, ik begreep dat drie jaar wel aan de jonge kant is voor skiles, maar het is zo'n groepje waarin ze voorbereid worden op het echte werk. Ik vind het goed voor Owen dat hij de basis al meekrijgt en daarnaast vindt hij het ook gewoon heel leuk.'

'Heel verstandig', knikte August. 'Je kunt de kinderen niet vroeg genoeg vertrouwd maken met de bergen en de sneeuw. Met de leuke kanten, maar ook met de risico's.'

'Nou, dat wordt nog wat', lachte Kim. 'Owen doet niet aan risico's, hij gaat overal met zijn volle enthousiasme in.'

August grinnikte. 'Daar is hij kind voor. Toch denk ik altijd wel dat het goed is als kinderen al jong leren dat ze ook voorzichtig moeten zijn. Je ziet zoveel jongelui dingen doen waarvan ik denk: als dat maar goed gaat...'

'Wat bedoel je dan?'

'Offpiste skiën zonder de nodige hulpmiddelen voor de veiligheid, niet goed het weer checken voor ze weggaan, terwijl je daar tegenwoordig juist allerlei apps voor hebt. Het kan snel omslaan in de bergen en dan kun je flink in de problemen komen. Nou ja...' Hij aarzelde even en richtte zijn blik voor zich uit terwijl hij naast Kim doorstapte. 'Dat hoef ik jou ook niet te vertellen. Met wat Levi allemaal heeft meegemaakt.'

'Luisa, bedoel je.'

'Ja. En vroeger natuurlijk Lukas.'

Kim keek op. 'Wie is dat?'

'Weet je dat niet?' Haar vraag leek August te verbazen, al knikte hij ook meteen daarna begrijpend. 'Nou ja, het is natuurlijk ook al zo lang geleden.'

'Maar wie is dat dan?' vroeg Kim met toenemende nieuwsgierigheid. 'Ik heb die naam nog nooit gehoord.'

'Lukas was Levi's broertje', zei August.

Kim dacht even dat ze het niet goed had verstaan. 'Zijn broertje? Maar hij heeft...'

'Een zus, ja, dat klopt. Zijn broertje heeft hij nooit gekend, omdat Levi pas na diens dood werd geboren. Lukas was twee toen hij overleed bij een ongeluk in de bergen. Zijn vader nam hem mee op een wandeling en ze zijn overvallen door een enorme sneeuwstorm, waarbij Geoff zijn zoon uit het oog is verloren. Pas uren en uren later is hij weer gevonden, maar toen was hij al dood. Hij had altijd al een zwakke gezondheid en die uren in de kou zijn hem fataal geworden.'

Kim voelde een diepe rilling over haar rug lopen. 'Wat gruwelijk.' Ze probeerde zich voor te stellen dat zoiets je zou overkomen als moeder, maar ze werd al misselijk bij het idee. Er kwam een beeld in haar hoofd op. Een zwart-witfoto op het dressoir bij Annette met daarop een jongetje dat ergens wel leek op Levi op die leeftijd – er stonden meer foto's van hem als klein ventje – maar er toch anders uitzag. Automatisch was Kim ervan uitgegaan dat het Levi wel moest zijn, maar dat klopte dus niet.

August knikte een paar keer. 'Dit is je ergste nachtmerrie als ouder. Annette en Geoff hebben het zo zwaar gehad toen. Je kan je vast wel voorstellen dat Geoff zich ongelooflijk schuldig voelde.'

'En dat zij het hem kwalijk nam.'

August dacht even na. 'Dat heeft ze nooit laten blijken. Maar je moet niet vergeten dat het een andere tijd was. Nu is er volop aandacht voor de dood en voor rouw, destijds was dat amper het geval. Het is niet voor niets dat jij de naam van Lukas niet kent, in het dorp werd er ook al snel niet meer over hem gepraat. Zelfs Levi heeft die naam in zijn jeugd maar weinig gehoord. Daar werd gewoon niet over gesproken.'

'Wat vreselijk voor ouders om zo'n groot verlies ook nog in stilte te moeten dragen.'

August humde instemmend. 'Maar zo ging dat toen. Mijn oma vertelde pas een paar weken voor haar dood dat ze geen drie maar vier kinderen had. Eén jongetje overleed vlak na zijn geboorte, wat verklaart waarom haar oudste en tweede kind meer dan vier jaar schelen. Zelfs mijn moeder had dat nooit geweten. Je had nog geen social media waar dat soort verhalen werden gedeeld, je had niet eens lotgenotencontact. En zo ging het ook rondom de dood van Lukas.' Hij zweeg even. 'Ik denk ook dat Geoff en Annette de twee kinderen die ze daarna hebben gekregen, niet met het gewicht van dat grote verdriet wilden opzadelen. Dat ze hun nooit het gevoel hebben willen geven dat ze...' Hij dacht na. 'Ja, hoe zeg je dat? Dat ze iets moesten compenseren. Ze konden Lukas niet vervangen en dat mag ook nooit het gevoel zijn dat een kind krijgt.'

Kim dacht na over die woorden. Ze voelde zo'n diep medelijden met Annette voor wat haar was overkomen, al was het dan meer dan veertig jaar geleden.

'Toen dat met Luisa gebeurde, werd het verhaal natuurlijk wel weer opgerakeld', zei August. 'Ook al was het verdriet om Lukas niet echt Levi's eigen verdriet geweest, het was weer deze familie die werd getroffen.' Hij keek naar Kim. 'Ik denk echt dat het goed is voor Levi dat jij er nu bent. Hij is helemaal opgeleefd, ik heb hem al heel lang niet meer zo gelukkig gezien.'

Er stroomde een warm gevoel door Kim heen. 'Wat lief dat je dat zegt.'

August staarde voor zich uit. Hun voeten bewogen zich nog altijd voort in hetzelfde ritme. 'Als ik hem was, had ik destijds het bijltje erbij neergegooid, denk ik. Zo'n groot verlies en dan ook nog al die vragen, al die onzekerheid. Het is heel erg, maar ik heb weleens gedacht: het zou beter zijn als ze dood was. Natuurlijk hoopte ik net zo hard als iedereen dat ze terug zou komen, maar het niet weten...' Hij liet zijn adem ontsnappen. 'Je kunt het dan ook niet afsluiten, snap je?'

Kim knikte. 'Ik denk dat dat een heel logische gedachte is. Hoe verschrikkelijk het ook zou zijn, je kunt dan in elk geval afscheid nemen.'

'Ja, precies.' August knikte een paar keer. 'Ik heb bewondering voor Levi. Hoe hij destijds toch maar gewoon doorging. Zijn schouders eronder zette. Ach, misschien moet je ook wel. Voor de kinderen.'

Kim dacht even na voor ze antwoord gaf. 'Ik kan me niet eens voorstellen hoe het is om dit mee te maken', zei ze toen.

August keek even opzij naar Kim. Zijn toon kreeg iets vertrouwelijks. 'In het dorp waren er in het begin genoeg mensen die meenden dat ze gewoon de benen had genomen. De meest vreemde verhalen deden de ronde. Dat ze een ander had was nog de vriendelijkste variant.' Hij schudde even zijn hoofd. 'Sommige mensen geloofden zelfs dat ze in een of andere bizarre sekte was gestapt.'

'En jij?' vroeg Kim terwijl ze hem niet aankeek. 'Wat geloof jij?'

August leek wat overvallen te zijn door haar vraag. Hij haalde kort zijn schouders op, schudde even met zijn hoofd. 'Als ik dat toch eens wist...' Zwijgend stapten ze naast elkaar voort. August nam uiteindelijk weer het woord. 'Natuurlijk gaan al die opties door je hoofd, ook bij mij. Dat ze is weggelopen, met een ander een leven heeft opgebouwd. Maar zo was ze niet, weet je. Er moet iets anders zijn gebeurd.' Hij schudde weer met zijn hoofd, dat leek iets te zijn wat hij automatisch deed als hij nadacht. 'Een ongeluk is het meest aannemelijk, en tegelijkertijd totaal onlogisch. Wat er ook gebeurd is, ze zou gewoon gevonden moeten zijn.'

'Ja', zei Kim, omdat ze niets anders wist.

August haalde diep adem. 'Hoe dan ook is het een gebeurtenis die iedereen diep heeft geraakt. Er zijn daardoor ook zoveel mensen die Levi zijn nieuwe geluk gunnen.'

Ze waren bij Levi's huis aangekomen en Kim bleef stilstaan. 'Het was fijn om met je te praten, August. Tot snel.'

'Insgelijks.' Hij glimlachte even. 'Tot snel, Kim.'

Toen Kim de sleutel omdraaide in het slot, voelde ze zijn blik nog in haar rug.

HOOFDSTUK 4

ER WAREN VIER WEKEN VERSTREKEN TOEN KIM OP ZONdagochtend wakker werd met het gevoel dat ze de avond ervoor iets te veel glazen sterke drank achterover had geslagen. Even was ze gedesoriënteerd – wat had ze überhaupt gisteravond gedaan? – maar toen herinnerde ze zich weer dat ze had gewerkt, geen druppel alcohol had gedronken en na een kop groene thee rond een uur of één naar bed was gegaan. En toch voelde ze zich katerig. En zo moe dat ze het gevoel had dat ze een week kon slapen.

Met enige moeite kwam ze overeind en liep naar de badkamer. De hete douche hielp een beetje, hopelijk zouden twee paracetamolletjes de rest doen. In de keuken probeerde ze de vermoeidheid te verdrijven met koffie.

Ze nam haar beker mee naar het raam en keek een tijdje uit over de bergen, die langzaam wakker leken te worden. Het was nog vroeg – voor halfnegen – en buiten liep een groepje oudere dames voorbij, kwieke pas, de ski's op de schouders gehesen. Kim pakte een tweede kop koffie en voelde hoe ze langzaam weer wat tot zichzelf kwam. De vermoeidheid bleef in haar lijf hangen, maar haar hoofd was helderder.

Boven hoorde ze Owen roepen en ze haalde hem uit zijn bedje. 'Slee?' vroeg hij verlangend zodra ze beneden kwamen. Daarna rende hij naar de bijkeuken om zijn skipak te halen.

'Straks', glimlachte Kim. 'Eerst ontbijten.'

Ze roosterde boterhammen en at die samen met Owen op met jam voor hem en honing voor haarzelf. Het brood smaakte haar niet, maar ze vond dat ze iets moest eten, anders bleef ze zich maar slap voelen. Daarom nam ze een tweede boterham en at die helemaal op voor ze met Owen naar buiten ging.

Ze ademde een paar keer diep in. De frisse lucht hielp niet echt en het brood lag als een steen in haar maag, maar toch zette ze Owen op de slee en begon aan de wandeling die ze wel vaker maakte: vanuit het dorp een klein stukje de berg op, dan het pad door het bos en via de andere kant weer naar beneden. Het laatste stuk liep ze dan terug door het dorp.

De vermoeidheid was niet nieuw, bedacht ze toen ze bergop liep en voelde hoe ze onder haar jack meteen begon te zweten. Ze hijgde ook, hoewel haar conditie er alleen maar beter op geworden was door het vele skiën. Had ze afgelopen week niet ook al tegen Levi gezegd dat ze zich anders voelde dan anders? Alsof alles haar meer moeite kostte.

'Zo vreemd is dat toch niet?' was Levi's antwoord geweest. 'Je bent hier net, alles is nieuw, je werkt hartstikke hard en je zorgt voor Owen. Natuurlijk ben je moe.'

Dat was waar, dat wist Kim ook wel. Nu de eerste nieuwigheid van de verhuizing eraf was en ze haar draai had gevonden, ebde de opgewonden energie van het begin misschien wat weg. Daar kwam bij dat ze in Nederland niet gewend was om tot 's avonds laat te werken. Soms waren de nachten wel kort, zeker als Owen vroeg wakker was.

Kim moest even blijven staan om uit te hijgen, tot Owens ontevredenheid. 'Verder, mama!' riep hij vanaf zijn slee. 'Naar het bos!'

'Ja, ja', bromde Kim. Een windvlaag deed haar huiveren, het was frisser dan ze had verwacht. De kou leek meteen z'n intrek te nemen in haar botten. Misschien had ze wel griep, dat kon natuurlijk ook.

Ze deed bijna twee keer zo lang als normaal over de wandeling. Toen ze thuiskwam, trilden haar knieën en haar handen. Ze hielp Owen uit zijn skipak en hing ook haar eigen spullen op voor ze naar de keuken liep. Daar hing de geur van koffie en versgebakken broodjes. Staand bij het aanrecht wachtte Levi haar op. 'Lekker gewandeld?' vroeg hij en begroette haar met een kus. Meteen daarna kreeg zijn gezicht een bezorgde trek: 'Wat is er?'

'Niets', zei Kim, zijn bezorgdheid wegwuivend. Ze ging aan tafel zitten. 'Gewoon een beetje moe.'

Levi zette koffie voor haar neer. 'Weet je zeker dat het wel gaat? Je ziet helemaal wit.'

Op dat moment trok Kims maag zich samen en alleen door te rennen was ze nog op tijd bij de wc. Daar gaf ze met schokkende bewegingen over, terwijl Levi achter haar stond. Toen het samentrekken van haar maag eindelijk stopte, liet ze zich op haar knieën zakken en leunde tegen Levi aan.

'Kom maar', zei hij en hielp haar voorzichtig overeind. 'Het lijkt me beter dat je even gaat liggen.'

Kim knikte trillend en steunde zwaar op Levi omdat haar knieën van elastiek leken te zijn. Zorgzaam hielp hij haar de trap op en sloeg het dekbed terug. Kim liet zich zakken sloot haar ogen toen haar hoofd het kussen raakte. 'Slapen zal je goeddoen', hoorde ze Levi nog zeggen en vaag voelde ze hoe hij de deken over haar heen trok. Meteen daarna zakte ze weg.

Toen ze wakker werd was het donker in de kamer en even dacht Kim dat ze tot de avond had geslapen. Toen zag ze dat Levi het rolgordijn naar beneden had gedaan en pakte ze haar telefoon om te zien hoe laat het was. Halftwaalf. Ze had iets meer dan anderhalf uur geslapen en voelde zich als herboren.

'Hé', zei Levi toen ze de kamer binnenkwam. Hij zat met Owen op de vloer met duplo te bouwen. Tristan zat op de bank, Katarina was er niet. 'Hoe voel je je?'

'Veel beter.'

'Dan was het hopelijk een kortdurend virus.'

'Ik hoop het', zei Kim. Ze liep naar de keuken om een glas water te drinken. Levi kwam achter haar aan. 'Zal ik mijn moeder afzeggen voor vandaag?'

'Nee hoor.' Kim draaide zich om. Ze wist dat de vaste lunch op zondag belangrijk was voor Levi, en voor zijn familie. 'Ik voel me eigenlijk wel prima.'

'Ik kan ook alleen gaan?'

Kim deed een stap naar voren en sloeg haar armen om hem heen. 'Niets aan de hand. Het slapen heeft me goedgedaan. Ik denk dat ik dat gewoon even nodig had.'

'Zeker weten?' Levi hield haar op een armlengte afstand en keek haar onderzoekend aan. 'Misschien moet je het wat rustiger aan doen de komende tijd. Een dag minder werken.'

Kim schudde resoluut haar hoofd. 'Geloof me, ik voel me goed. En ik vind het leuk om bij je moeder te lunchen.'

'Oké dan', liet Levi zich overhalen. 'Maar jij gaat vanavond niet werken. Ik wil dat je een beetje bijkomt.'

Kim wilde protesteren, maar aan Levi's gezicht zag ze dat hij geen tegenspraak duldde. En eigenlijk was het vooruitzicht van een keer vroeg naar bed ook wel lekker. De misselijkheid mocht dan verdwenen zijn, de vermoeidheid voelde ze nog wel als een gewicht dat permanent op haar drukte. Waarschijnlijk had Levi gelijk en moest ze even goed bijkomen, dan zou ze zich morgen vast als vanouds voelen.

'Gaan we?' Katarina, die toch wel thuis bleek te zijn, stak

haar hoofd om de hoek van de deur. Levi knikte en even later hadden ze allemaal hun jas aan en liepen de deur uit. Het was een paar minuten lopen naar het houten chalet van Levi's moeder, dat iets meer centraal in het dorp lag. Na de dood van zijn vader – nu acht jaar geleden – was Levi's moeder naar een kleinere woning vertrokken. Samen hadden ze altijd een pension gerund, maar voor haar alleen was dat te zwaar geworden, ook omdat ze toen al achter in de zestig was. Levi had de bar destijds al gehad, zijn zus had geen interesse om het pension over te nemen en dus was het verkocht aan een jong echtpaar dat er hun ziel en zaligheid in had gelegd.

Het was een beetje gaan sneeuwen en Kim dook weg in de kraag van haar jas. Levi's hand zat warm en stevig om de hare geklemd, met zijn andere hand trok hij de slee van Owen voort. Tristan en Katarina liepen voor hen uit. Kim keek ongemerkt naar haar vriend, die iets tegen zijn zoon zei en glimlachte. Hij had een mooi profiel, zo met zijn stevige kaaklijn, rechte neus en ogen die precies diep genoeg lagen. Hij had zich vanochtend niet geschoren en dat had precies de zweem van een baardje opgeleverd die Kim mooi vond. Toen hij merkte dat ze naar hem keek, blikte hij even opzij en kneep in haar hand.

Niet ver voor hen doemde het huis van zijn moeder op. Ze waren er nu een aantal keer geweest sinds Kim van August het verschrikkelijke verhaal over Levi's broertje had gehoord. Kim had het niet zelf ter sprake gebracht bij Annette, maar ze had wel met hernieuwde belangstelling gekeken naar de kinderfoto's die ingelijst op het dressoir stonden. Het jongetje dat ze in eerste instantie voor Levi had gehouden, was inderdaad Lukas, had Levi haar verteld. Toen ze een week of twee geleden bij Annette thuis weer naar de foto's stond te kijken, was haar schoonmoeder naast haar komen staan. Ze had Kims blik gevolgd en toen uit zichzelf gezegd: 'Dat is Levi niet.'

Kim had niet goed geweten wat ze moest zeggen. 'Nee?' had ze uiteindelijk maar vrij neutraal gereageerd.

Annette had even gezwegen en Kim toen verteld over haar overleden zoontje. Kort, in vrij zakelijke bewoordingen. 'Wat erg voor jullie', had Kim zacht gezegd en daarna hadden ze even samen naar de foto gekeken en was Annette verdergegaan met het klaarmaken van de lunch.

Al eerder, vlak na het gesprek met August, had Kim Levi naar zijn broertje gevraagd. 'Heb ik je dat nooit verteld?' had hij verwonderd gereageerd.

Kim had haar hoofd geschud. Levi had nadenkend gezegd: 'Het is misschien erg om te zeggen, maar hij speelt geen grote rol in mijn leven. Omdat mijn ouders het eigenlijk nooit over hem hadden. Toen ik een jaar of vijf was, hebben ze mij verteld dat hij bestaan heeft en wat hem was overkomen. Heel soms ging het weleens over hem, maar het is waar wat August zegt: het was een andere tijd, er werd anders met verlies omgegaan dan nu.'

'Maar merkte je dan ook geen verdriet bij je ouders? Ik kan me voorstellen dat dat nooit meer overgaat.'

'Mijn moeder heeft, toen ik al volwassen was, weleens gezegd dat ze ons er niet mee had willen belasten. Dat ze niet wilde dat het verlies als een donderwolk boven ons gezin zou hangen, juist omdat Lukas volgens haar altijd vrolijk was.' Levi had een tijdje gezwegen. 'Ik heb weleens gedacht dat mijn vader er nooit meer echt overheen is gekomen. Toen wij klein waren, was hij heel erg beschermend, op het overbezorgde af. Pas later heb ik begrepen waarom. Maar aan de andere kant was hij als vader meer betrokken dan wat ik bij vriendjes om me heen zag. Hij werkte veel, maar deed zijn best tegelijkertijd zo min mogelijk van ons te missen. Ik denk dat het verlies van Lukas hem als vader ook heeft gevormd op een positieve manier, al heb ik er met hem eigenlijk nooit een woord over gewisseld.'

Kim vond het jammer dat ze Levi's vader nooit had leren kennen, want hij klonk als een bijzondere man. Ze merkte dat ook Annette met veel warmte over hem sprak. 'Hij zou het mooi hebben gevonden als hij je had kunnen ontmoeten', had ze laatst tegen Kim gezegd en een mooier compliment was bijna niet denkbaar.

Kim voelde zich sowieso inmiddels helemaal geaccepteerd in Levi's familie. Ze merkte dat Annette haar warm behandelde en bovendien een zwak had voor Owen. In allerlei grootse dromen had Kim al een scenario voor zich gezien waarin Owen er de oma bij kreeg die hij van zijn vaders kant natuurlijk nooit had gehad. Ze had gezien dat Levi's moeder een lieve oma was voor haar kleinzoon en -dochter. Zij had de kinderen altijd opgevangen als Levi moest werken en hoewel ze nu ook groot genoeg waren om alleen thuis te blijven, verbleven ze nog steeds graag bij haar als hun vader er niet was. Ook hun andere oma en opa, de ouders van hun moeder, stonden altijd voor hen klaar. Kim, die zelf in de nabijheid van haar opa's en oma's was opgegroeid, wist als geen ander wat een rijkdom dat sowieso al was. Hoe belangrijk dat was wanneer je als kind zonder moeder opgroeide, kon ze alleen maar raden.

Ze hadden nu het chalet bereikt en liepen eromheen om zichzelf binnen te laten via de achterdeur, wat binnen de familie de gewoonte was. Kim snoof de geur van vers brood op en voelde dat ze toch wel weer trek had, zeker omdat ze wist dat Levi's moeder het brood zelf maakte. Annette kwam tevoorschijn uit de keuken toen ze geluid in de bijkeuken hoorde en begroette haar zoon en kleinkinderen met een warme omhelzing. Toen Kim aan de beurt was voelde het ongemakkelijk om niet ook haar armen uit te steken, maar net zo ongemakkelijk om dat wel te doen.

De keuze werd voor haar gemaakt toen haar schoonmoeder ook haar omhelsde en daarna haar aandacht op Owen richtte. Hij kreeg een aai over zijn bol en vervolgens liepen ze met z'n allen naar de eetkamer, die apart van de woonkamer was. Zoals elke zondag was de tafel prachtig gedekt. Levi pakte de karaf en schonk voor Kim een glas water in en net toen ze het naar haar mond bracht, klonk de vrolijke stem van Petra. 'Goedemiddag!'

Ze was alleen gekomen, zag Kim meteen. Vorige week had Petra nog haar vriend Milan meegenomen, maar die had er toen al wat ongeïnteresseerd bij gezeten. Ergens in de afgelopen week had Petra Kim toevertrouwd dat ze Milan zo'n beetje de deur had gewezen, al wist Kim niet goed wat dat precies betekende. Je wees iemand de deur, of niet, maar blijkbaar was er een tussenweg waarvoor haar schoonzusje had gekozen. Overigens gaf Kim haar groot gelijk als ze hem er daadwerkelijk uit zette. Milan was een stuurse, vrij ongeïnteresseerde man die tien jaar ouder was dan Petra en niet bijzonder dol op haar leek te zijn. Ze had hem ontmoet via wederzijdse vrienden, die, zo had Petra laatst nogal hilarisch zitten vertellen, haar eigenlijk hadden afgeraden iets met hem te beginnen.

'Geen Milan?' vroeg Kim zacht toen Petra naast haar ging zitten.

Petra trok een gezicht en schudde haar hoofd. 'Nee, dat is over. Mijn moeder zal er ook niet rouwig om zijn, want zij vond hem duidelijk maar niets.' Ze lachte erbij. 'Daar had ze trouwens ook gelijk in.'

Kim keek haar onderzoekend aan. 'Ja?'

'O ja.' Petra knikte stellig. 'Het was duidelijk dat mijn wansmaak in mannen weer eens de overhand had genomen.'

Ze leek het allemaal nogal luchtig op te nemen en dus grinnikte Kim. 'Dan is het maar goed dat je op tijd tot inkeer bent gekomen. En nu? Loopt er niet nog ergens een leuke vrijgezel rond aan wie we je kunnen koppelen?'

'O, alsjeblieft.' Petra rolde met haar ogen. 'Geloof me, ik ben al eens gekoppeld aan zo'n beetje iedere vrijgezel in de Alpen en het heeft nog nooit gewerkt. Misschien ben ik gewoon meer gemaakt om alleen te blijven.'

Ze zei het vrolijk, maar haar ogen deden niet echt mee bij die toon. Kim had alweer spijt van haar opmerking over het koppelen. Ze was zelf lang genoeg vrijgezel geweest om te weten hoe irritant het was dat iedereen altijd wel een neef, broer of vriend had om je aan voor te stellen. Een paar keer had ze toegestemd in een date, nooit had dat een leuke avond opgeleverd.

'Het geeft niet', zei Petra, toen Kim haar spijt uitsprak. 'Ik hoop zelf ook nog steeds dat er ergens iemand rondloopt voor me. Maar zo niet, dan is het ook goed. Dat laatste kon ik vroeger niet zeggen, of niet eens denken. Maar inmiddels meen ik het wel.'

'Er is meer in het leven dan een relatie', knikte Kim. 'Toen ik dat op een gegeven moment onder ogen had gezien, kreeg ik zoveel rust. Soms lijkt het wel alsof je leven pas compleet is als je met z'n tweeën bent, maar in je eentje is het ook prima.'

'Klopt', zei Petra. 'En het scheelt dat ik geen kinderwens heb. Ik voel geen druk om op tijd een partner te vinden. Ik richt me lekker op mijn werk en dan zie ik het allemaal wel.'

Kim knikte een paar keer. Voor de bar was het goed nieuws als Petra zich helemaal op haar werk ging richten, want ze was een van de belangrijkste krachten. Vanaf het begin stond ze in de bediening en als het nodig was, kon ze de anderen aansturen. Ze had met gemak net als Kim een leidinggevende functie kunnen hebben, maar dat wilde ze niet. Volgens Levi vond ze haar huidige functie prima en hij vond het prettig dat er iemand met zoveel ervaring en kennis van de zaak op de werkvloer stond.

Het gesprek was inmiddels op de nieuwe cocktailkaart

gekomen, die Levi binnenkort wilde introduceren. Terwijl zijn moeder een grote schaal met gebraad op tafel zette, noemde Levi een paar namen van cocktails die hij speciaal voor de bar had laten maken. Naast de drankkaart met gangbare namen als mojito en piña colada, wilde hij zijn bar ook meer een eigen gezicht geven en daar hoorden eigen cocktails bij. Kim vond het mooi om te zien hoe zijn ogen glommen als hij over de bar en zijn plannen daarvoor sprak. Ook Petra leek warm te lopen voor de veranderingen.

Annette maakte een einde aan het gesprek door het gebraad aan te snijden en iedereen een flink stuk toe te bedelen. Daarnaast waren er schalen met aardappeltjes en groenten en Kim was blij dat haar misselijkheid was verdwenen, want het rook allemaal heerlijk en smaakte eveneens zo. Owen zat te smullen van zijn eigen bordje en volgde met zijn donkere ogen alles wat er aan tafel gebeurde. Hij genoot ervan, dat kon je aan zijn gezicht aflezen. Owen was op-en-top een gezelligheidsdier, altijd blij als hij mensen om zich heen had. Kims familie was niet groot, maar wel heel hecht. Ze was vaak met Owen even bij haar ouders of haar broer binnengewipt. Kim wist dat ze haar ouders echt wel verdriet had gedaan door naar Oostenrijk te verhuizen, al hadden ze haar altijd verteld dat ze haar hart moest volgen. Dagelijks contact via de telefoon of app was niet hetzelfde als elkaar regelmatig echt zien. Maar ze kende haar ouders goed genoeg om te weten dat ze altijd de positieve kant inzagen van wat er gebeurde. Ten eerste gunden ze haar het liefdesgeluk enorm, ze hadden ook vaak genoeg gezien hoe haar relaties sneuvelden en hoe Kim meerdere malen op een heel gemene manier was bedrogen. Levi mochten ze vanaf het eerste moment heel graag en Kim wist dat haar geluk hun verdriet verzachtte.

Voor Owen vond ze het wel moeilijk dat hij zijn opa en oma nu minder zag, al kon hij met zijn drie jaar gelukkig wel met hen videobellen. Maar tegenover het gemis stond dat hij een hele familie cadeau had gekregen. Kim keek om zich heen aan de lange tafel en prees zichzelf en Owen gelukkig dat ze terecht waren gekomen in een familie waar, net als bij haar eigen familie, huiselijkheid en gezelligheid een grote rol speelde. Ze zag haar zoontje glimlachen naar Levi's moeder en even was er een moment waarop ze elkaars blik vasthielden. Annette lachte terug naar hem en Kim voelde hoe een warm gevoel door haar heen gleed.

'Mama! Mama, kijk!' Owen nam een aanloopje, liet zich op zijn buik vallen en schoof op die manier een stukje door in de sneeuw. 'Ik kan vliegen!' verkondigde hij, vergenoegd met zijn eigen prestatie, waarna hij de truc nog een paar keer herhaalde.

'Kom mee', zei Kim, die hem met een glimlach bekeek. 'Dan gaan we skiën. Ik weet zeker dat jij al veel hebt geleerd in je klasje.'

Owen knikte enthousiast en rende naar Levi, die zijn skietjes voor hem klaar had gelegd. Hij leunde tegen Levi aan toen die hem hielp zijn schoen vast te klikken in de ski. Kim glimlachte bij het tafereel en liet haar blik toen over de door de zon beschenen bergtoppen gaan. Na de lunch waren ze met z'n allen met de gondel naar boven gegaan, ook Levi die had besloten dat hij vandaag wel wat later aan het werk kon gaan.

'Zullen we die nemen?' vroeg Levi, wijzend naar de rode piste waar ze vlakbij stonden. Kim keek bedenkelijk. 'Is die niet een beetje steil voor Owen?'

'Hij kan met mij tussen mijn ski's mee. Dan ga ik gewoon wat langzamer.'

Kim aarzelde nog even, maar knikte toen. Levi kon goed skiën, ook met een kind tussen zijn benen, en Owen vond het geweldig.

'Kim!' riep Petra. 'Zullen we?' Haar schoonzus wenkte haar.

'Oké?' vroeg Kim aan Levi en hij knikte en wuifde. 'Ja, tuurlijk. Ik zie je zo beneden wel.'

Kim wist dat Petra het heerlijk vond om hard naar beneden te racen. Ze had haar schoonzus al vaker overgehaald om met haar mee te doen. Kim vond het net zo goed fijn als de adrenaline door haar aderen ging en de wind langs haar oren suisde. 'Ik kom eraan!' riep ze naar Petra en ze greep haar skistokken stevig beet.

De piste begon vrij steil en Kim maakte vaart. Ze haalde haar schoonmoeder in, die rustig bochtjes maakte, en bereikte daarna Petra, die zodra ze Kim zag, haar tempo verhoogde. Kim kon de grijns op het gezicht van haar schoonzus in gedachten voor zich zien en ze zakte door haar knieën om meer vaart te maken. Steeds harder gleed ze naar beneden, met ruime bochten andere skiërs ontwijkend. Het was een prachtige piste, wist ze van haar eerdere afdalingen, maar daar had ze nu geen oog voor. Ze ging zo hard dat ze het in haar buik voelde, wat een prettige sensatie was. Petra was weer bij haar weggeskied en Kim liet het maar even zo. Haar schoonzus kon zo goed skiën, van haar zou ze toch niet winnen.

Af en toe maakte ze een korte bocht, maar niet te veel omdat ze geen tempo wilde verliezen. De piste was mooi glad, wat goed was, want met dit tempo wist ze niet of ze een heuveltje zou kunnen ontwijken of nemen zonder te vallen. De wind klapperde nu en tranen van de wind stonden in haar ogen. Vanbinnen grinnikte ze toen ze zag hoe Petra haar tempo verder verhoogde. Haar zou ze niet meer inhalen.

Het volgende moment voelde het alsof ze ergens met haar voet aan bleef haken. Ze voelde een felle pijnscheut toen haar been onder haar vandaan schoof en een vreemde draai maakte, waarna ze zo hard ten val kwam dat alle lucht in één keer uit haar werd geperst. Happend naar adem kreunde ze van de pijn.

'Kim!' Levi's bezorgde stem leek van ver te komen. Het enige wat tot haar doordrong was een vlammende pijn in haar rechterknie. Ze opende haar ogen en kreunde luid, de gezichten van Levi en Annette dansten voor haar.

'Wat gebeurde er?' vroeg Levi aan zijn moeder, terwijl hij bij Kim neerknielde. Annette deed haar mond open, maar sloot hem weer. Ze trok Owen naar zich toe voor het jongetje op zijn ski's weggleed.

'Het ene moment zag ik haar skiën en toen lag ze ineens

hier', zei Annette uiteindelijk. 'Ik zag niet wat er gebeurde.' Ze blikte om zich heen. 'Ik zie ook niets aan de piste.'

Kim had haar knie vastgegrepen en liet zich door Levi omhoog helpen. 'Ik geloof dat ik mijn dag niet helemaal heb', zei ze in een poging tot een grapje. 'Het leek of ik ergens overheen skiede.'

'Kun je lopen?'

Door de val waren haar ski's losgeschoten. Kim tikte voorzichtig met haar skistok tegen haar schoenen om de sneeuw eraf te slaan, als ze haar been bewoog ging er een pijnscheut doorheen. Ze voelde haar knie met de seconde opzwellen. 'Jawel', zei ze desondanks. 'Ik kan wel naar beneden komen, denk ik.'

'Weet je het zeker?' vroeg Annette. 'Anders laten we de reddingsdienst komen.'

'Nee', zei Kim fermer dan ze zich voelde. 'Het gaat wel.'

Met hulp van Levi stapte ze in haar ski's. Pijn brandde door haar knie, maar ze verbeet hem. 'Gekneusd, denk ik', antwoordde ze toen Levi haar vragend aankeek. 'Ik doe er thuis wel wat ijs op en dan gaat het vast beter.'

Levi keek haar even aan. 'Je hebt inderdaad je dag niet, hè?'

Thuiskomen was een hele toer. Vanaf het middenstation konden ze gelukkig met de gondel naar beneden. 'Sorry', zei Petra wel tien keer. Toen ze onderaan de piste had gemerkt dat Kim niet langer achter haar zat, en ze haar schoonzus even later heel langzaam naar beneden zag komen, had ze zich schuldig gevoeld. 'Ik had je niet zo moeten opjutten.'

'Kan jij toch niets aan doen', zei Kim. 'Ik denk elke keer dat ik heel goed kan skiën, maar ik leg het af tegen jullie.'

'Geloof me, ik heb vaak genoeg iets gekneusd omdat ik weer vreemde toeren had uitgehaald', zei Petra. 'Ik heb nog een hele tijd met een ijzeren pen in mijn been gelopen omdat ik dacht dat ik wel even het record op de reuzenslalom kon verbeteren.'

Ondanks de pijn grinnikte Kim. 'Bedankt voor de tip. Ik ga voorlopig niet slalommen.'

'Jij blijft lekker met Owen op het kinderweitje', zei Levi met een lachje.

Thuisgekomen wurmde Kim haar voet met moeite uit haar skischoen. Levi hielp haar met het uittrekken en zette haar ski's in het rek in de bijkeuken. Hij liet zijn vingers glijden over het gedeelte waar de skischoenen bevestigd moesten worden. Toen vergeleek hij de bindingen van de twee ski's met elkaar en mompelde wat.

'Wat is er?' vroeg Kim.

'Deze binding zit best wel los. Dat is waarschijnlijk door je val gekomen. Ik moet ze naar de skiservice brengen, want zo kun je er niet mee skiën.'

'O, wat zonde.'

'Komt wel goed.' Hij zette de ski's weg en draaide zich om. 'Ik help je.'

Nu ze haar skibroek uit had gedaan, zag ze hoe haar knie was opgezwollen. Levi hielp Kim naar de bank, Katarina haalde ijs uit de vriezer. Levi keek op zijn horloge.

'Jij moet naar de zaak', zei Kim, die ook zag dat het al halfvijf was. 'Ik red me wel en anders helpen de kinderen vast wel even.'

'Zal ik echt niet even de dokter bellen?'

Kim wuifde het weg. 'Als het morgen niet beter is, kan ik altijd nog langsgaan.'

'Oké', stemde Levi uiteindelijk toe. 'Bel me als er iets is. Ik zal op weg naar de bar meteen even je ski's afgeven bij de skishop.'

'Zeg maar dat ze geen haast hoeven te maken', zei Kim met een glimlach. 'Ik heb ze niet bepaald morgen nodig.'

Toen de deur achter hem was dichtgevallen, was het ineens stil in huis. Tristan en Katarina waren op hun kamers en Owen zat met zijn koptelefoon op een filmpje te kijken op de iPad. Kim staarde naar haar dikke knie en vroeg zich af wat er nu toch was gebeurd. De meest logische verklaring was dat er een steen in de piste had gezeten, waardoor ze uit balans was gebracht. Maar ze wist vrij zeker dat ze niets had gezien en Annette had ook bevestigd dat er meer dan genoeg sneeuw op de piste lag. Toch had ze duidelijk gevoeld hoe haar voet ineens was weggeschoten. Ze had niet zomaar haar evenwicht verloren, dat gevoel had ze heel sterk.

Uiteindelijk haalde ze diep adem en schudde haar hoofd. Het maakte ook niet uit, ze moest nu vooral hopen dat het mee zou vallen met haar knie en dat ze donderdag weer goed genoeg kon lopen om aan het werk te gaan, want ze wilde Levi niet nog een dag in de steek laten. Misschien moest ze voorlopig maar even rustiger aan doen met skiën.

Hoofdstuk 5

'WAT IS ER MET JOU GEBEURD?'

Kim trok haar gezicht in een grimas en keek Ulrike, de skilerares van Owen, aan. 'Gevallen met skiën.'

'Ah, nee.' Ulrikes blik werd meelevend. 'Doet het erg veel pijn?'

'Zal wel weer overgaan.' Kim hield de skistokken omhoog die ze tijdens het lopen nodig had voor steun en om haar knie te ontlasten. 'Hopelijk wel een beetje snel, zodat ik niet langer als een oud vrouwtje met wandelstokken op pad hoef.'

'Is het gekneusd?' vroeg Ulrike.

'Ik denk het wel. Maar ik ben niet naar de dokter gegaan, want het gaat alweer wat beter. Een paar dagen rustig aan en dan is het over.'

'Je moet er wel mee oppassen, hoor', zei Ulrike. 'Voor je het weet loop je er weken mee. Hé lieverd.' Dat laatste was bedoeld voor Owen, die aan kwam lopen door de sneeuw en zijn nieuwe truc van het buikschuiven maar al te graag nog een keer demonstreerde. Ulrike lachte en klapte in haar handen. 'Knap, hoor!'

'Hoe gaat het eigenlijk met skiën?' vroeg Kim. 'Pikt hij het een beetje op?'

'O ja, zeker.' Ulrike glimlachte even. 'Hij wil het graag leren en hij heeft doorzettingsvermogen. Daarnaast vindt hij het gewoon heel erg leuk, volgens mij.'

'Die indruk heb ik ook', zei Kim. 'Hij is er helemaal vol van als hij thuiskomt.'

'Maar ik moet hem wel goed in de gaten houden', lachte Ulrike. 'Hij kan best een boefje zijn. Vorige keer was ik even met een ander kind bezig en toen stond hij ineens onderaan het heuveltje.'

'Yep', knikte Kim. 'Dat is Owen. Op het kinderdagverblijf in Nederland haalde hij ook de nodige streken uit.'

'Het komt gewoon door zijn enthousiasme. Dan ziet hij iets wat hij heel leuk vindt en handelt hij impulsief. Dat hoort natuurlijk ook wel bij jongens van zijn leeftijd: die zien geen gevaar.'

Kim had getwijfeld of Owen niet te jong was om op skiles te gaan, maar Levi had gezegd dat ze het gewoon kon proberen en dat het meer spelen in de sneeuw zou zijn en vertrouwd raken met de ski's. Kim had besloten dat als hij het niet leuk of te moeilijk zou vinden, ze hem eraf zou halen en het volgend jaar opnieuw zou proberen.

Maar vooralsnog was dat niet aan de orde, Owen vond het geweldig en keek echt uit naar het wekelijkse uurtje. Bij de skischool waar hij nu les kreeg, zat hij in een klasje met drie- en vierjarigen. Kim vond het leuk dat hij op die manier meteen wat kinderen van zijn eigen leeftijd leerde kennen.

Ze nam afscheid van Owen, wenste Ulrike succes met de les en liep terug naar huis. De skiles aan de kleine kinderen werd niet op de piste maar op een weitje naast de skischool gegeven. Daar was een kleine helling. Niet steil, maar genoeg om een beetje vaart te maken en voor kinderen leek hij best hoog. Owen had het in elk geval altijd over 'de berg' als hij erover vertelde, en dan keek hij heel trots als hij zei dat hij ervanaf was gegleden. Ook vond hij het een hele belevenis om op de lopende band te stappen die de kinderen naar de bovenkant van de helling bracht. Van daaruit roetsjten ze naar beneden onder poortjes met Disneyfiguren door. Owen zorgde dat hij altijd door het poortje met Mickey Mouse ging, zijn lievelingsfiguur. Kim vond het leuk om te zien hoe de kinderen hier eerst spelenderwijs kennis konden maken met het skiën en hoe ze leerden om overeind te blijven staan. Daar was Owen al heel bedreven in, ook dankzij een soort draaimolen waar de kinderen in konden staan en rondjes konden glijden, terwijl ze zich vasthielden aan een touw. De hilariteit was altijd enorm als er eentje viel en de kinderen over elkaar heen buitelden.

Kim bleef even staan kijken aan de rand van het weitje. Daarna zwaaide ze naar Owen en liep, geholpen door de skistokken, naar huis. Daar was het stil. Tristan en Katarina waren nog op school en dat betekende dat ze twee uur voor zichzelf had. Ze besloot dat het een mooi moment was om te beginnen met het onder handen nemen van de website van de bar, iets dat ze al eerder had willen doen. De huidige site was haar een doorn in het oog. Kim had al haar fotoapparatuur meegenomen naar Oostenrijk en wilde nieuwe foto's maken. Dat was een klus die ze al in de eerste week had willen doen, maar in de praktijk was het er nog niet van gekomen. Ook wilde ze de vormgeving van de site veranderen en nieuwe teksten schrijven.

Ze pakte haar laptop en installeerde zich aan de eettafel, maar toen ze eenmaal zat, voelde het alsof er in haar hele lichaam lood zat. Haar knie klopte pijnlijk en er leek een waas van vermoeidheid in haar hoofd te zitten, hoewel ze vannacht goed had geslapen. Het irriteerde haar dat ze zich zo voelde, juist omdat ze normaal altijd bruiste van energie.

Ze begon drie keer opnieuw aan het schrijven van een tekst, maar liet die toen maar voor wat die was.

Ze bleef een tijdje aan tafel zitten en scrolde door haar Instagram-timeline. In Nederland uitte de winter zich in grijs miezerweer met ijskoude windvlagen, zag ze op foto's van vrienden. Precies het weer waardoor Kim altijd zo'n hekel aan de winter had gehad. En een groot contrast met het heldere blauw dat ook vandaag de lucht boven Lech weer kleurde. Het was mooi weer voor een wandeling, al was het maar naar de kleine supermarkt aan het einde van de straat.

Ze moest in beweging komen, anders werd haar knie stijf en zou de vermoeidheid helemaal de overhand nemen. Kim hees zich overeind, kreunde even toen ze wat gewicht op haar been liet steunen en liep uiteindelijk hinkend naar de bijkeuken om haar jas aan te trekken. Met de skistokken in haar hand liep ze naar buiten.

Net toen ze de deur achter zich op slot draaide, ging haar telefoon. Een nummer uit Oostenrijk, zag ze, en ze nam op in het Duits.

'Hai Kim, met Kai van de skishop', zei de vrolijke stem van een jonge man aan de andere kant van de lijn. 'Ik bel even om je te laten weten dat de binding van je ski weer gerepareerd is.'

'Ah, super', zei Kim. 'Was die erg kapot?'

'Nee, dat viel wel mee. Er was wel iets raars. Ik heb mijn collega het ook laten controleren.'

'Wat dan?'

'Het leek alsof er iets niet goed was met de binding van de rechterski.'

'Dat zou kunnen, hij maakte een rare bocht toen ik viel. Misschien is er toen iets verbogen.'

'Het was niet verbogen, en ook niet lam. De binding zat niet goed vastgedraaid, of was losgemaakt, waardoor je schoen eruit kan zijn geschoten.'

Kim dacht even na. 'Dat is vreemd', zei ze. 'Ik heb niets gemerkt toen ik mijn schoenen vastklikte. En het eerste stuk van de afdaling ging ook prima.'

'Nou ja', zei Kai, de vrolijkheid terug in zijn stem. 'In elk geval is alles weer gerepareerd en vastgedraaid, dus je kunt er veilig mee op pad.'

'Super, ik kom ze van de week even halen', zei Kim. 'Dank je wel!'

Ze hing op en vervolgde haar weg naar de supermarkt, terwijl de woorden van de man in haar achterhoofd bleven rondgaan. Binding? Losgemaakt?

Een halfuur later kwam ze thuis met de boodschappen, die ze snel inruimde. Ze ging weer aan tafel zitten en voelde zich wat opgefrist. Hopelijk zou er nu meer werk uit haar handen komen.

Net toen ze zich concentreerde op de tekst, ging haar telefoon opnieuw. Weer een Oostenrijks nummer, zag ze, en ook deze keer meldde ze zich in het Duits.

Aan de andere kant van de lijn klonk tumult. Nog voor er een woord was gezegd, schoot Kims hartslag omhoog. 'Hallo?' riep ze, omdat ze wel een stem hoorde maar die niet goed kon verstaan.

'Kim? Met Ulrike.' De normaal zo kalme stem van Owens ski-juf klonk nu opgefokt. 'Ik eh...'

'Wat is er?' vroeg Kim gealarmeerd. 'Is er iets met Owen?'

'Ik... Hij...' Ulrike was duidelijk over haar toeren. 'Hij is weg. Het ene moment was hij hier en toen ik weer keek...'

'Wat?' Kim voelde haar mond droog worden. Ze dacht – of hoopte – dat ze het verkeerd had verstaan. Dat haar Duits haar in de steek had gelaten of dat de echte woorden door het geluid op de achtergrond onduidelijk waren doorgekomen. 'Hoe bedoel je: weg?'

'Echt, het gebeurde in een paar seconden. Hij stond bij zijn klasje, en toen...'

Het was alsof de paniek nu ineens door een dam heen brak. 'Waar is hij?' riep Kim. 'Bel de politie!'

'Dat heb ik gedaan en mijn collega's zijn hier ook. We zijn hem aan het zoeken.'

'Ik kom eraan', zei Kim en ze hing op. Terwijl ze haar jas aantrok, belde ze Levi. 'Kom naar de skischool!' riep ze, zonder begroeting of uitleg. 'Er is iets met Owen!'

'Wat...' begon Levi, maar Kim had al opgehangen. Ze schoot in haar laarzen, voelde de pijn in haar knie niet eens en rende naar buiten.

Tegelijk met twee politieauto's kwam ze aan bij de skischool. Op het kinderweitje liepen mannen en vrouwen met jacks van de skischool heen en weer. Kim rende naar Ulrike. 'Hebben jullie hem al?'

'Kim, ik...' Ulrike schrok zichtbaar toen ze haar zag. Toen schudde ze haar hoofd. 'Nee, hij is nog niet terug.'

Twee agenten voegden zich bij hen en wilden precies weten wanneer en waar Ulrike hem voor het laatst had gezien. Aan Kim vroegen ze een foto, die ze opzocht in haar telefoon terwijl het gevoel haar bekroop dat ze in een film was beland die over haar leven leek te gaan, maar die niets met haarzelf te maken kon hebben. Ze kneep haar ogen samen en keek naar het oefenweitje waar de skiles werd gegeven. Owen moest hier toch gewoon rondlopen? Hij was misschien wel impulsief, maar hij was geen kind dat zomaar wegliep.

Ze stuurde de foto snel vanaf haar telefoon naar het mailadres dat de agent dicteerde en pakte toen Ulrikes arm vast. 'Vertel me precies wat er is gebeurd.'

De jonge skilerares was duidelijk in paniek en had moeite haar gedachten te ordenen. 'We stonden daar', zei ze, wijzend naar een oranje vlag halverwege de helling. 'Owen was als eerste naar beneden gegaan en moest dus het langst wachten tot iedereen er was. Ik kijk altijd naar het kind dat naar beneden glijdt, en daarna naar de rest van de groep achter me om het volgende kindje toestemming te geven te gaan.'

'Achter je?' onderbrak Kim haar. 'Dus je hebt ze niet de hele tijd in het oog gehad?'

Ulrikes gezicht kreeg een schuldbewuste uitdrukking. 'Zo doen we dat altijd', zei ze. 'Als ze voor of naast me staan en er skiet iemand naar beneden, krijg je snel ongelukken.'

Kim humde en knikte en probeerde de situatie die Ulrike beschreef voor zich te zien. 'Oké, en toen?'

'Het laatste meisje dat naar beneden moest gaan viel, dus liep ik naar haar toe. Ik keek om naar het groepje beneden, en alle kinderen stonden daar keurig. Het meisje huilde, dus vroeg ik waar ze pijn had. Daarna hielp ik haar overeind en gaf haar een knuffel. Vervolgens hielp ik haar naar beneden en voegden we ons bij het groepje.'

'Hoelang duurde dat?'

'Wat?'

'Dat je met haar bezig was?'

Ulrike dacht na. 'Misschien twee minuten?'

Kim sloot even haar ogen. Twee minuten leek weinig, maar voor een kind dat de benen nam, was het een zee van tijd. De plek waar het groepje had gestaan was niet zo ver van het gebouw van de skischool verwijderd. Owen kon makkelijk zijn skietjes los hebben gemaakt en naar binnen gelopen zijn. Zijn skietjes lagen nog in de sneeuw, waar het groepje had gestaan.

'Hebben de andere kinderen niet gezien dat hij wegliep?'

Ulrike schudde haar hoofd. 'Nee, maar in het groepje was er toen ook eentje gevallen, dus waarschijnlijk keken ze daarnaar.'

Kim dacht razendsnel na. Haar zoon was van nature nogal hulpvaardig, en een regelaar. Misschien was hij naar binnen gelopen om hulp te halen voor het kind dat was gevallen.

'Er waren twee collega's binnen aan het werk en zij hebben hem niet gezien', zei Ulrike.

'Wat is er aan de hand?' Hijgend dook Levi voor Kim op. 'Waar is Owen?'

'Hij is weg', zei Kim en terwijl ze het zei, leek het alsof de waarheid haar een klap in haar gezicht gaf. 'Hij...' bracht ze nog uit en toen begon ze te huilen.

Levi ving haar op. 'Hij kan niet ver zijn', zei hij met hetzelfde ongeloof in zijn stem dat Kim net had gehad. 'We vinden hem wel.'

Hij liet haar los, liep naar een van de agenten en zei iets dat Kim niet kon verstaan. Ze liep naar hem toe. 'Alle wagens in Lech en de omgeving kijken naar hem uit', hoorde ze de man zeggen. 'En er gaat zo meteen een sms naar iedereen in het dal. Meestal is een verdwenen kind gewoon verdwaald en vinden we hem of haar zo terug.'

Kim probeerde wanhopig om geruststelling te halen uit die woorden, maar vond niets. 'Jullie moeten meer doen om hem te vinden', riep ze. 'Hij is geen jongetje dat zomaar wegloopt. Dat durft hij helemaal niet. Er is iets anders gebeurd!'

Levi pakte haar hand en keek de agent aan. 'Wordt er al gezocht? Door hoeveel mensen?'

De man wees naar een derde politieauto die aankwam. Er stapten vier agenten uit. 'We gaan nu met zoveel mogelijk mensen de omgeving uitkammen, in koppels van twee. Vanuit andere plaatsen zijn meer agenten onderweg.'

Levi knikte een paar keer. Kim kon niet langer stil blijven staan en trok aan zijn arm. 'We moeten zelf ook gaan zoeken.'

Het voelde totaal onlogisch wat ze deden. Onzinnig ook. Kim liep een eindje de heuvel op, en toen terug en daarna het bos naast de skischool in, waar ze ook weleens met Owen met de slee had gelopen. Hij vond dat een leuk pad, maar was altijd onder de indruk van hoe donker het er was, zo tussen al die dikke naaldbomen. In zijn eentje zou hij hier nooit naartoe zijn gelopen. 'We moeten de andere kant op', zei ze tegen Levi.

'Ik bel mijn moeder', zei hij. 'Dan kan ze ook helpen zoeken.'

Annette was er nog geen tien minuten later, toen Kim een eindje het dorp in gelopen was, en weer terug was gekomen via een andere route. Meer nog dan proberen alle grote straten in het dorp af te gaan, probeerde ze in het hoofd van haar zoon te kruipen. Had hij recent iets gezien dat hij heel mooi vond? In de etalage van een winkel, of ergens op straat? Ze groef diep in haar gedachten, maar er kwam niets. Owen was geen jongetje dat enorm werd gegrepen door spullen of dat op de grond ging liggen krijsen als hij iets niet kreeg dat hij graag wilde. Laat staan dat hij op eigen houtje weg zou lopen uit zijn skiklasje om iets te gaan halen.

Het probleem was alleen dat ze ook geen enkele andere reden kon bedenken waarom hij dat zou doen. Hij vond zijn skiklasje geweldig en verheugde zich er juist op om ernaartoe te gaan. Als hij thuiskwam, deed hij voor wat hij had geleerd en hij kon niet wachten tot hij zelf van een piste naar beneden mocht. Hij was niet boos geweest en zelfs dan... Owen was juist bang om te verdwalen, zeker nadat hij Kim een paar maanden geleden was kwijtgeraakt in de Ikea en volledig in paniek was geraakt.

'Het klopt niet', zei ze tegen Levi toen ze bij hem terugkeerde. 'Wat we hier doen, heeft geen zin. De politie moet het anders aanpakken. Niet zomaar zoeken, maar mensen vragen of ze iets hebben gezien. Hij is meegenomen of...' Ze maakte haar zin niet af.

'Of wat?' vroeg Levi.

'Nee', zei Kim. 'Ik weet geen andere optie. Hij moet meegenomen zijn.'

Het uitspreken van die gedachte bezorgde haar een paniekgolf die haar misselijk maakte. Tegelijkertijd leek haar ratio haar volledig te hebben overgenomen. Paniek was voor later, angst ook. Nu moest ze nadenken. Haar hoofd erbij houden. Handelen.

Ze holde weer naar de agent die de leiding leek te hebben. 'Jullie moeten veel verder zoeken!' riep ze. 'Met de auto kan hij al heel ver weg zijn. In andere dorpen of...' Ze keek omhoog naar de bergtoppen. 'Of in de bergen.'

De man deed zijn mond open om iets te zeggen, maar ving toen haar blik en sloot hem weer. Hij knikte alleen maar en keek even op zijn horloge. Kim hoefde de tijd niet te zien, ze wist precies dat Owen nu al een halfuur weg was. 'We gaan verder opschalen', zei de politieagent. 'Dat betekent dat de recherche uit de omliggende plaatsen nu gaat deelnemen aan het onderzoek en dat we helikopters gaan inzetten.'

'Is die sms al verstuurd?'

'Elk moment.'

Kim belde Levi. 'Ik loop in het dorp', zei hij. 'Ik heb iedereen aangesproken, maar niemand heeft iets gezien. Het is alsof hij ineens zomaar is weggeplukt uit dat groepje.'

Kim hoorde iemand huilen en keek om, om te zien dat het Ulrike was. Ze richtte haar aandacht weer op het telefoongesprek. 'Hij loopt niet zomaar ergens rond', zei ze. 'Dat slaat nergens op.'

'Maar wat dan?'

Het woord ontvoering kwam in Kims hoofd op, maar dat was zo bizar dat ze het niet uitsprak. Ontvoering was voor criminelen, en overkwam rijke mensen. Of mensen met vijanden. Beide beschrijvingen waren op haar niet van toepassing.

Ze keek om zich heen. Er waren inmiddels veel meer

mensen dan alleen de politie aan het zoeken. Het nieuws had zich blijkbaar snel door het dorp verspreid. Een van de agenten kwam aan met een stapel papier. Toen hij dichterbij kwam, zag Kim dat het prints waren van de foto van Owen die ze net had gemaild. Hij begon de papieren uit te delen aan collega's en aan dorpsbewoners die spontaan waren komen helpen. Kim zocht naarstig naar iets om te doen, om haar zelfbeheersing niet te verliezen en de in haar lichaam rondgolvende paniek niet de overhand te laten nemen. Ze vroeg een stapeltje van de foto's aan de agent en begon zelf ook uit te delen. Heel even nam haar brein een loopje met haar door uit te zoomen en de situatie van bovenaf te laten zien. Hoe ze hier rondliep en foto's uitdeelde van haar zoon, in een vreemd land, in een plaats die ze nog amper kende, zonder een idee van waar hij was. Als het een film was, had ze die op dit punt afgezet. Ze kon niet eens kijken naar beelden waarop kinderen iets overkwam, ze wilde niet meevoelen met ouders in zo'n situatie omdat het te heftig was, zelfs op afstand.

'Alstublieft', zei ze smekend tegen een echtpaar dat voorbijliep en bleef staan bij de aanblik van zoveel politieauto's. 'Heeft u hem gezien?'

De man pakte het blaadje aan en schudde spijtig zijn hoofd, zijn vrouw keek Kim vol medeleven aan. 'Dat arme ventje.'

Kim liep door, deelde nog meer foto's uit, beantwoordde een telefoontje van Levi die vertelde dat hij niet verder was gekomen, praatte met agenten, riep dat ze harder moesten zoeken, breder ook. En al die tijd hamerde haar hart als een bezetene en werd ze steeds misselijker van al die ingehouden angst die nu helemaal bezit van haar had genomen.

En ineens veranderde er iets. Kim voelde het eerder dan ze het zag. Er gebeurde iets bij de agenten. Iemand zwaaide en riep iets dat ze niet kon verstaan. De anderen reageerden, snel en opgewonden. 'Wat is er?' vroeg Kim, maar niemand reageerde op haar.

Ze hoorde woorden langs haar gaan, flarden van zinnen. Haar hersenen reageerden erop, maar ze stond zichzelf nog geen reactie toe. Geen opluchting. Niet voor ze wist of het echt zo was.

'Ze hebben hem!' hoorde ze mensen naar elkaar roepen. 'Hij is gevonden!'

Kims blik schoot in de rondte. Ineens klonk er een stem achter haar. De agent die de leiding had pakte haar arm vast. 'Hij is gevonden!' zei hij en in zijn stem klonk duidelijk de emotie door. 'We hebben hem.'

'Echt?' vroeg Kim terwijl haar stem brak en de tranen ineens over haar wangen stroomden. 'Waar dan? Waar is hij?'

'Hij is met de gondel naar boven gegaan. Vanuit het restaurant heeft iemand gebeld dat hij daar in zijn eentje aan een tafeltje zat.'

Kim staarde hem aan. Haar hersenen leken rondjes te draaien en in hun kronkels hadden ze moeite die informatie te verwerken. Gondel? Restaurant? Ze kon daar op geen enkele manier een logisch verhaal van maken.

Het deed er ook niet toe. 'Ik wil naar hem toe', zei ze,

terwijl ze al in de richting van de gondel begon te lopen.

'Natuurlijk', zei de politieman. Hij wees naar een politieauto. Kim stapte in. De agent startte de motor en reed weg. Kim belde naar Levi, die nog in het dorp liep. Ze hoorde zijn stem breken toen ze het nieuws vertelde.

Kim nam afscheid en hing op. Ze keek ongeduldig toe hoe de politieagent door de menigte stuurde, in de richting van het gondelstation. 'Is hij nog boven?' vroeg ze.

'Er zijn meteen twee collega's die in de buurt waren, naar boven gegaan om hem op te halen.' De portofoon van de agent kraakte en spuugde woorden uit die Kim niet goed kon verstaan. De man reageerde met een kort 'ja' en draaide het volume zachter. 'Ze zijn boven', zei hij tegen Kim. 'Ze komen zo snel mogelijk naar beneden.'

Het was maar kort rijden, maar de tocht voelde als een uur. In Kims hoofd begonnen de kronkels steeds ingewikkelder te worden. Onbewust probeerde ze toch de logica te ontdekken in wat ze net had gehoord. Owen, die met zijn drie jaar naar het gondelstation was gewandeld en daar de gondel naar boven had genomen, om vervolgens doodgemoedereerd in het restaurant te gaan zitten. Iemand had hem toch moeten zien, zo'n klein mannetje in zijn eentje in de gondel? Hij had niet eens een kaartje gehad en Kim betwijfelde of hij wist hoe het allemaal werkte bij de gondel. Er waren toch poortjes en zou dan niemand van het personeel het vreemd hebben gevonden dat hij daar in zijn eentje rondliep?

En bovendien, als hij met anderen in een bakje had gezeten, moest het toch iemand zijn opgevallen dat een driejarig ventje alleen naar boven ging? Of het personeel van de gondel, dat op het bergstation alles in goede banen moest leiden.

'Wie heeft hem gevonden?' vroeg ze aan de agent.

'Een vrouw zag hem in zijn eentje in het restaurant en belde de politie.'

'Is hij daar in zijn eentje aangekomen?'

'Dat gaan we uitzoeken. Mijn collega's zijn daar al mee bezig.'

Het gondelstation kwam in zicht en Kims ongeduld maakte haar fysiek onrustig. Ze voelde dat haar knie weer dikker was geworden, maar toch kon ze haar voeten niet stilhouden. Ze roffelde ermee tegen de bodem van de auto. Haar vingers trommelden op de binnenkant van het portier. Toen haar telefoon ging, schrok ze van het geluid.

'Is het waar?' vroeg Petra toen ze opnam. 'Is hij gevonden?'

'Ja', zei Kim en ze voelde alweer een brok in haar keel.

Petra ademde hoorbaar uit. 'O, gelukkig', zei ze met een trillende stem. 'We lopen hier met al het personeel door het dorp om hem te zoeken.'

'Wat lief', zei Kim. 'We zijn nu bij het gondelstation, ik bel je later.'

De agent parkeerde recht voor de ingang. Toen ze uitstapte merkte Kim hoeveel bekijks de wagen trok. De agent loodste haar langs de rij naar binnen. 'Ze zijn er bijna', zei hij, toen ze bij de bakjes stonden. De mededeling in zijn portofoon werd onmiddellijk beantwoord. 'Een paar minuten nog.'

Kim knikte een paar keer. Ze voelde de blikken van de wachtende mensen op zich gericht. 'Is die sms uiteindelijk nog gestuurd?' vroeg ze aan de agent, maar die schudde zijn hoofd. 'Mijn collega's wilden dat net gaan doen en toen kregen we dat telefoontje.' Hij liet zijn blik even over de mensen gaan. 'Maar het nieuws gaat altijd snel in Lech. En een jongetje alleen in een restaurant valt natuurlijk wel op.'

Kim wilde iets zeggen over die situatie maar dan in de gondel, maar de agent wees naar de cabine die binnenkwam. 'Daar zijn ze.'

Ongeduldig keek Kim toe hoe het bakje tot stilstand kwam en de deur sissend openging. Tussen twee agenten in stond Owen op, een van de twee hielp hem zorgzaam met uitstappen. 'Mama!' riep hij en strekte zijn armen naar haar uit.

Kim wilde niet huilen, maar ongemerkt stroomden de tranen toch over haar wangen. 'Wat is er, mama?' vroeg Owen bezorgd voor ze hem smoorde in haar omhelzing. Ze duwde haar neus in zijn haar en snoof diep zijn geur op. 'O, liefje', zei ze wel tien keer achter elkaar en lachte door haar tranen heen.

Even later voegde Levi zich bij hen. Kim bedankte de agenten, en toen nogmaals. Ze was zo euforisch blij dat ze iedereen wel wilde omhelzen. Ze drukte Owen dicht tegen zich aan en liep met Levi naar zijn auto, die hij naast de politiewagen had geparkeerd. Met Owen ging ze op de achterbank zitten, nog niet in staat hem los te laten. 'Waar was je nou?' vroeg ze met haar mond tegen zijn haar. 'Je hebt mama wel laten schrikken, hoor.'

'Gewoon', zei Owen. 'Even wat drinken.'

Kim begon te lachen omdat ze zichzelf hoorde praten, maar hield daar abrupt mee op toen een verontrustende gedachte door haar hoofd schoot. 'Waar heb je iets gedronken?'

'In het restaurant.'

'Wat dan?'

'Appelsap.' Owen keek haar onbevangen aan. 'Ik mocht kiezen.'

'Van wie?'

'Van die mevrouw.'

Kim hield Owen iets van zich af om hem te kunnen aankijken. 'Over welke mevrouw heb je het? Iemand van het restaurant?'

'Nee.' Owen rimpelde zijn neus alsof hij het grappig vond wat ze zei. 'Die mevrouw, mama. Die zei dat ik mee moest. Dat weet je toch?'

Kim schudde haar hoofd. 'Ik weet niet waar je het over hebt.'

'Die mevrouw zei: mama zegt dat je mee moet.' Owen knikte een paar keer stellig, als om zichzelf ervan te overtuigen dat hij het zich goed herinnerde. 'Ik kreeg appelsap.'

Kim had het gevoel dat haar bloed in haar aderen in ijs veranderde. 'Owen...' zei ze en ze keek hem indringend aan. 'Liefje. Was er een mevrouw die tegen jou zei dat je mee moest komen van mama en dat je samen met haar iets ging drinken?'

'Ja.' Hij keek haar aan en leek voor het eerst te merken

dat zijn woorden iets losmaakten bij zijn moeder. Kim zag dat hij daarvan schrok en probeerde haar gezicht zo neutraal mogelijk te houden.

‘En toen gingen jullie met de gondel naar boven om iets te drinken?’ vroeg ze.

‘Ja.’ Hij knikte een paar keer. ‘Appelsap.’

‘En wat gebeurde er toen?’

Weer die rimpel in zijn neus, deze keer nadenkend. ‘Toen ging die mevrouw weg en kwam de politie. En gingen we weer naar jou, mama.’

‘Gelukkig maar’, zei Kim en ze trok hem tegen zich aan. Levi, die ondanks dat er Nederlands was gesproken begreep wat er was gezegd, draaide vluchtig zijn hoofd om. ‘Naar het politiebureau’, zei Kim. ‘Ik wil dat ze dit tot de bodem uitzoeken.’

Hoofdstuk 6

DE POLITIE GING VOORTVAREND TE WERK. BINNEN EEN halfuur waren er rechercheurs aanwezig die speciaal waren getraind om kinderen te ondervragen. Dat Owen geen Duits sprak was een kleine kink in de kabel, maar er werd een tolk geregeld. Kim bood aan zelf te vertalen, maar dat mocht niet. Wel mocht ze bij het gesprek aanwezig zijn.

Owen leek het wel een spannend avontuur te vinden. Hij keek regelmatig naar Kim alsof hij haar goedkeuring zocht, die ze hem gaf met een knikje. Maar niet te vaak, want ze wilde niet dat hij dingen ging zeggen waarvan hij dacht dat zij ze wilde horen. Daarom probeerde ze opnieuw haar gezicht zo neutraal mogelijk te houden, wat moeite kostte, want vanbinnen kookte ze van woede. Wie had het gore lef gehad om haar zoon mee te nemen? Was dit het werk van een gestoorde gek? Was het een misselijke grap? Of moest ze verder denken dan dat? Maar hoeveel verder? Want hoe ze ook dacht, ze kon geen enkele reden bedenken wie Owen iets zou willen aandoen.

En er was hem niets aangedaan, dat was op zichzelf natuurlijk ook een opvallend gegeven. Als iemand hem pijn had willen doen, had diegene daarvoor alle gelegenheid gehad. Als het de bedoeling was geweest dat Owen niet terugkwam, of dat er losgeld werd betaald, had dat ook gekund. Hij was gewoon meegelopen met een of andere vrouw, die met hem had kunnen doen wat ze wilde. En die vervolgens niets anders had gedaan dan een appelsap voor hem kopen en weggaan. Of de politie bellen en weggaan, want het was nog niet duidelijk wie degene was geweest die de melding had gedaan.

Zodra Kim en Levi met Owen het politiebureau binnengestapt waren en aan de agent die eerder de leiding had gehad hadden verteld wat Owen had gezegd, was het onderzoek snel op gang gekomen. Kim was blij dat de politieman hen meteen serieus had genomen. Ze wist natuurlijk niets over politiewerk, maar ze kon wel bedenken dat eventuele sporen nu nog vers waren en over een paar uur een stuk minder. Er waren rechercheurs naar het restaurant op de piste gestuurd om uit te vinden met wie Owen daar was geweest. Andere agenten hadden de opdracht gekregen de camerabeelden van het gondelstation te bekijken. Kim vond het een geruststellend idee dat zowel het dal- als het bergstation was uitgerust met een modern camerasysteem, dat goede beelden maakte die automatisch vierentwintig uur werden bewaard en als het nodig was, opgeslagen konden worden. Owen wist helemaal niet hoe het allemaal werkte in de gondel, dus kon hij niet in zijn eentje door de poortjes zijn gegaan – met welke pas moest hij dat ook hebben gedaan? – en zijn ingestapt. Kim voelde haar hart opgetogen hameren bij het idee dat de camerabeelden duidelijkheid zouden brengen. Tegelijkertijd had ze nu al moeite haar tomeloze woede te beheersen als ze alleen maar dacht aan degene die haar kind zomaar had meegenomen. Owen moest zo bang zijn geweest toen hij alleen in het restaurant was achtergelaten.

'Dat zou je denken, maar zo komt hij niet over', zei Levi toen het gesprek even was gepauzeerd en Kim hem op de gang hierover sprak. De rechercheurs wilden zo min mogelijk mensen in de kamer en dus wachtte Levi buiten. 'Hij komt op mij best ontspannen over. Gelaten, bijna. Alsof hij het eigenlijk wel normaal vond dat iemand zei dat hij mee moest lopen.'

'En in de auto moest stappen', zei Kim, omdat ze dat gedeelte inmiddels hadden opgehelderd. Owen was in een auto gestapt – de kleur wist hij niet meer – en zo waren ze naar het gondelstation gereden. De vrouw had hem niet verteld dat zijn moeder daar of boven op de berg zou wachten, antwoordde Owen toen een van de rechercheurs dat vroeg. Althans, dat dacht hij, maar de vrouw had Duits gepraat en Owen kende al heel wat woordjes maar kon nog geen hele zinnen verstaan. Wat hij had begrepen was dat ze bedoelde dat hij van Kim mee moest komen. Owen was pas drie, hij vroeg zich niet af waarom. Bovendien had hij de laatste tijd zoveel veranderingen meegemaakt in zijn leven, dat hij veel normaal was gaan vinden. Dat Kim hem achterliet bij een oppas die hij de eerste paar keren amper had gekend, vond hij immers ook prima. Het was niet vreemd dat hij iemand op z'n blauwe ogen vertrouwde als diegene hem vertelde dat mama het goedvond.

Maar het was waar wat Levi zei. Owen leek alle commotie vooral wonderlijk te vinden, maar hij wekte niet de indruk dat hij tijdens het hele avontuur erg angstig was geweest. De mevrouw was aardig tegen hem geweest. Hij zei dat ze van de skischool was. Had ze dezelfde jas gedragen als juf Ulrike, had een van de agenten gevraagd, en Owen had geknikt. Daarop was de andere rechercheur meteen de kamer uit gelopen, waarschijnlijk om deze informatie door te geven aan de collega's die bij de skischool nog met het onderzoek bezig waren.

Het werd later en Owen werd moe, zag Kim. Hij kon nog maar weinig nieuwe informatie geven en keek haar af en toe onzeker aan als hij dezelfde vraag voor de derde of vierde keer kreeg. Kim vroeg om een onderbreking en stelde voor om het gesprek op een ander moment voort te zetten als dat nodig was. 'Ik denk dat het op dit moment niet veel meer gaat opleveren. Hij heeft verteld wat hij weet.'

'We willen graag nog even met jou alleen praten.'

Kim bracht Owen naar Levi en liep terug naar de

kamer. Ze ging weer zitten, de tolk was vertrokken. De twee rechercheurs die speciaal voor Owen waren gekomen, keerden ook niet terug. In plaats daarvan zat ze nu tegenover de man die eerder ter plekke de leiding had gehad, en bij wie ze ook in de auto had gezeten. Ze deed haar best om zich zijn naam te herinneren, maar haar geheugen leek van piepschuim te zijn. Het was alsof de spanning nu eindelijk plaatsmaakte voor alle emoties die ze eerder had tegengehouden. Ze voelde haar knieën trillen en er zat een brok in haar keel.

'Gaat het?' vroeg de andere rechercheur, een vrouw van haar eigen leeftijd met een rond, vriendelijk gezicht en halflang bruin haar. In tegenstelling tot haar collega had ze zich net voorgesteld, ze heette Siska.

Kim knikte. 'Ja', zei ze fermer dan ze zich voelde. Daarna reikte ze naar de waterkan op tafel en schonk zichzelf wat in. Na een paar slokken werd het trillen minder.

Werner, herinnerde ze zich ineens weer. Zo heette hij. Ze wist alleen niet of het zijn voor- of zijn achternaam was.

'Wat een dag, hè', zei hij nu, en hij keek Kim aan. Vriendelijk, maar met iets waakzaams in zijn blik. 'Ik denk dat je heel graag naar huis wil, maar het is belangrijk dat we nog een paar dingen doorspreken. Wat zaken die we graag willen ophelderen.'

'Natuurlijk', zei Kim en ze ging verzitten. 'Ik wil niets liever dan dat we er heel snel achter komen wie mijn zoon heeft meegenomen.'

De man tikte met zijn pen tegen zijn schrijfblok. 'Je woont nog niet zo lang in Lech, toch?'

Kim schudde haar hoofd. 'Iets meer dan vier weken. Bij Levi, mijn vriend. Hij is de eigenaar van Lech Cocktails.'

Beide agenten knikten. Die informatie kon niet nieuw voor ze zijn. Werner schraapte zijn keel. 'Er is op dit moment natuurlijk veel onduidelijk en dat betekent dat we alle opties open moeten houden. Maar een van de richtingen die we moeten onderzoeken, is dat deze actie niet willekeurig is.'

Kim knikte. Ze had sowieso moeite te geloven dat iemand zomaar naar het skiklasje van Owen was gegaan om daar een kind mee te nemen. Natuurlijk, je hoorde soms de gekste verhalen, maar er waren eenvoudiger manieren om een kind te ontvoeren dan bij een skiklasje waar de juf met haar neus bovenop stond. Of had moeten staan, verbeterde ze zichzelf in gedachten. Er speelden vaak genoeg kinderen zonder toezicht in een speeltuin, hoewel die niet van Owens leeftijd waren.

Wat meespeelde in haar gedachten was dat de ontvoerder – zo noemde ze het toch maar even – van Owen een vrouw was. Misschien was ze naïef, maar als het hier ging om iemand die zich aan haar kind wilde verlustigen, zou ze eerder denken dat een man dat deed.

'Zijn er de laatste tijd voorvallen geweest die je misschien hiermee in verband kan brengen?' vroeg Siska omzichtig. 'Dingen die je zijn opgevallen, of mensen die zich vreemd hebben gedragen?'

Kim schudde nadenkend haar hoofd. 'Iedereen is juist heel aardig voor me. Ik heb het gevoel dat ik er alleen maar vrienden bij heb gekregen.'

Beide rechercheurs lieten een stilte vallen. Kim kreeg de neiging die op te vullen en begon weer te praten. 'Kijk, er zullen vast mensen zijn die het bijzonder vinden dat ik bij Levi ben gaan wonen, vooral omdat ik een kind heb en hem meeneem vanuit Nederland. En dan bedoel ik niet bijzonder op een goede manier.'

'O ja?' vroeg Werner. 'Heb je daar iets van gemerkt?'

'Nee, maar je weet wel hoe mensen zijn. Ze hebben altijd hun mening klaar. In Nederland zal er ook weleens wat achter mijn rug om zijn gezegd. Maar ik kan me niet voorstellen dat dat hiermee te maken heeft.'

'Wat vindt de vader van Owen er eigenlijk van dat je hem hebt meegenomen?'

Kim onderdrukte met moeite een sarcastische blik. 'Zijn vader wil niets met hem te maken hebben. Ik heb het altijd alleen gedaan.'

'Weet hij dat je bent verhuisd?'

'Nee. Hij wil geen contact en heeft me op alle mogelijke manieren geblokkeerd.' Ze schudde even haar hoofd. 'Hij is veel te bang dat ik iets van hem ga eisen.'

'Iets?'

'Geld. Alimentatie.' Kim haalde diep adem. 'Terwijl ik altijd tegen hem heb gezegd dat ik nooit een euro van hem zal aannemen. Hij is misschien Owens verwekker, maar een vader is in mijn ogen iemand die voor een kind zorgt en het liefde geeft. En dat heeft hij nooit gedaan.'

'Misschien is hij van gedachten veranderd?'

Kim schudde opnieuw haar hoofd. 'Daar geloof ik niets van.'

Ze gingen er nog even over door, maar uiteindelijk lieten de rechercheurs het onderwerp rusten. Kim hoopte dat ze echt geloofden dat Sergio er niets mee te maken had en dat ze geen kostbare tijd zouden verspillen om onderzoek te doen in zijn richting. Het was volkomen onlogisch dat een man die zich de afgelopen vier jaar nooit een seconde om Owen had bekommerd, nu ineens zoveel moeite zou doen om hem eerst te ontvoeren en daarna in een restaurant achter te laten. Bovendien moest hij dan de hulp van iemand anders hebben ingeschakeld, want Owen was door een vrouw ontvoerd. Voor zover Kim wist bekommerde Sergio zich voornamelijk om zichzelf, zijn snelle baan in de sales en de vele feestjes waar hij te vinden was – althans, als ze zijn Instagram-timeline mocht geloven.

Vrij plotseling maakten de rechercheurs een einde aan het gesprek. 'We werken met tien man aan deze zaak', zeiden ze bij het afscheid. 'We doen wat we kunnen om de dader te vinden.'

Kim twijfelde daar niet aan, maar toch liep ze met een wat onbevredigd gevoel de kamer uit. In de gang was niemand meer en ze haalde haar telefoon tevoorschijn. *Owen was moe*, had Levi geappt. *Wij zijn alvast naar huis gegaan. Bel me als je klaar bent, dan haal ik je op.* Misschien kwam het door alle gebeurtenissen, maar ineens voelde Kim hoe ze volschoot. Levi was zo lief, voor haar, voor Owen. Ergens in haar achterhoofd had de hele tijd de gedachte gespeeld dat ze Owen dit alles had bespaard als ze niet naar Oostenrijk was verhuisd. Dan was hij niet meegenomen, en had niet verhoord hoeven te worden door de politie. Maar wat dan? Moest ze zichzelf en hem de kans op een liefdevol gezinsleven ontzeggen door wat er op een andere plek allemaal kon gebeuren? In Nederland, in de straat voor hun huis, kon hij ook een ongeluk krijgen. Had ze zich dan schuldig gevoeld dat ze níét naar Oostenrijk was verhuisd? Bovendien, de gedachte dat ze niet met Levi samen zou kunnen zijn, was onverteerbaar. Juist nu, in een situatie als deze, wist ze dat ze op hem kon bouwen. Dat hij achter haar stond, en dat hij haar steunde. En dat hij om Owen gaf.

Ze schreef terug dat ze nu klaar was en verliet het politiebureau via de voorkant. Enigszins tot haar verbazing stelde ze vast dat het buiten inmiddels donker was geworden. Ze had eigenlijk geen idee hoeveel tijd er was verstreken sinds de verdwijning van Owen. De hele middag leek in een lange, bizarre roes aan haar voorbijgegleden te zijn. Ze keek opnieuw op haar telefoon, het was iets na zessen. Ze had gemiste oproepen, zag ze. Van Petra, van Annette, van Frieda. Vanavond zou ze iedereen even bellen, bedanken voor hun hulp bij het zoeken. Ze zou ook haar ouders vertellen wat er allemaal was gebeurd. Owen had al gezegd dat opa en oma echt moesten weten dat hij in een politieauto had gereden, een gegeven dat hem enorm verheugde. Kim had beloofd dat hij het allemaal mocht vertellen, al zou ze eerst haar ouders bellen om te laten weten wat er echt was gebeurd. Daarvoor moest ze eerst zelf kalmeren, anders zouden haar ouders zich kapotschrikken en dat wilde ze niet. Ze wist nog niet hoe, op dit moment voelde ze zich alsof ze nooit meer kalm kon worden. Haar bloed bleef maar haar door aderen razen, haar hart pompte wild. Ze moest naar huis, tot rust komen. Voor zichzelf, maar vooral voor Owen. Dat was het belangrijkste.

Kim had zich de hele avond vreemd gevoeld. Moe ook, maar nu ze eenmaal in bed lag, kon ze niet slapen. Ze had eigenlijk urenlang naast Owens bedje willen zitten en hem nooit meer uit het oog willen verliezen, zo diep leek de angst die ze vanmiddag had gevoeld zich in haar te hebben genesteld. Hij zat vastgeklonken in al haar vezels en ondanks de aanblik van een slapende Owen, veilig in zijn eigen bed, was het alsof haar hersenen en lichaam in een voortdurende staat van alarm verkeerden. Elke beweging, elk geluidje deed haar opschrikken en joeg haar hartslag omhoog.

'Dat is toch logisch', had Levi gezegd. 'Het kost tijd om dit te verwerken en tot rust te komen.'

Aan de andere kant leek het op een vreemde manier ook alsof het allemaal niet echt was gebeurd. Binnen de muren van hun eigen huis waren de ontvoering en het politieonderzoek zo oneindig ver weg. Ontvoering? Tot vanmiddag had Kim daarbij gedacht aan misdrijven zoals die tegen Alfred Heineken of Gerrit Jan Heijn. Misdaden om van te gruwen en die zo groot en ongelooflijk waren dat ze de kranten haalden, maar die niets met haar eigen leven te maken hadden. En de verdwijning – ontvoering – van Owen had natuurlijk ook niets te maken met het overduidelijke financiële motief van bekende zaken, en dat maakte het juist zo bizar. Als er al een financieel motief zou zijn, dan waren er in het mondaine Lech echt andere figuren te vinden die wel een aanzienlijke hoeveelheid losgeld op tafel zouden kunnen leggen. Niet de tot voor kort alleenstaande moeder die met haar zoontje bij haar vriend was ingetrokken. Kim had heus wel een bedrag op haar spaarrekening staan, maar niet in de orde van grootte dat het aantrekkelijk was voor criminelen.

Er was ook geen geld gevraagd, dus dat kon het motief niet zijn. Alleen kon Kim – en de politie – geen enkel ander aannemelijk motief bedenken. En juist daarom leek het ergens ook alsof het allemaal niet gebeurd was. Niet gebeurd kon zijn.

Ze draaide zich maar weer eens van haar ene op haar andere zij, met een diepe zucht. De oplichtende cijfers van de wekker vertelden haar dat het al over tweeën was. Naast haar was Levi al een tijdje geleden in slaap gevallen, nadat hij haar had vastgehouden en haar had verzekerd dat het allemaal goed zou komen. Dat ze Owen geen moment meer uit het oog zouden verliezen en dat ze, als het nodig was, extra maatregelen zouden nemen. Kim wist niet wat hij daarmee bedoelde en ze had er ook niet naar gevraagd, omdat ze er niet aan wilde denken. Levi had gezegd dat ze voorlopig natuurlijk niet zou werken, zodat ze zelf de hele tijd bij Owen zou zijn. Maar hoe aanlokkelijk dat ook klonk, Kim wilde dat niet. Het was makkelijk om de angst nu de overhand te laten nemen, om Owen op te sluiten in een gouden kooitje en alleen maar thuis te blijven, zodat niemand in zijn buurt kon komen. Als ze zich door haar eigen angst zou laten leiden, zou ze dat doen. Maar angst was nooit een goede raadgever, en ze wilde de onbevangenheid en het enthousiasme waarmee Owen zich in hun nieuwe leven had gestort, niet tenietdoen. Hijzelf leek als enige weinig aan het avontuur te hebben overgehouden en het laatste wat Kim wilde, was haar angst alsnog op hem overdragen. Dus zouden ze hun gewone ritme hervatten, zou hij gewoon met haar, Levi en Frieda naar buiten gaan en zou zij ook gewoon aan het werk gaan in de bar. Dat laatste deed ze niet alleen voor Owen, maar ook voor zichzelf. Afleiding was goed, het verbreden van haar sociale netwerk ook. Zodat ze niet alleen samen met Levi, maar ook naast hem, haar eigen leven zou opbouwen in Lech. Wat natuurlijk niet wegnam dat ze Frieda zeer strikte instructies zou geven: Owen geen moment uit het oog verliezen, nooit zijn hand loslaten als ze samen op straat liepen en al helemaal geen drukke, onoverzichtelijke plekken bezoeken. Ook zou Kim hem niet meer alleen laten bij zijn skiklasje. Het liefst had ze hem natuurlijk van skiles af gehaald, maar hij vond het zo leuk en bovendien was vertrouwd raken met ski's en de sneeuw in deze omgeving belangrijk. Maar vanaf nu zou ze aan de rand van het kinderweitje staan en haar zoon elke seconde in de gaten houden. Even had ze overwogen om hem naar een ander klasje te doen, niet meer bij Ulrike. Maar tot nu toe was niet bewezen dat het aan Ulrike te wijten was dat Owen was verdwenen, en bovendien was Owen dol op zijn ski-juf.

‘Dat kan altijd nog’, had Levi gezegd. ‘Laat het nu maar even rusten, je hoeft hier nu niet over te beslissen.’

Daar had hij gelijk in, natuurlijk. Levi kende Ulrike al langer en wist dat Ulrike een goede en betrouwbare skilerares was die bovendien, anders dan een aantal van haar collega’s, eindeloos veel geduld had met kleine kinderen. Daarom werd ze juist zo vaak ingezet voor de jongste leerlingen.

‘Maar als ze beter had opgelet…’

‘Dat zou kunnen’, had Levi gezegd. ‘Maar ik kan me haast niet voorstellen dat zij achteloos met die kleintjes omgesprongen is. Zo ken ik haar niet.’

Kim was er verder niet op ingegaan. Ze hoopte dat de politie duidelijk kon krijgen hoe het echt was gegaan en dan zou vanzelf blijken of Ulrike misschien toch niet goed had opgelet.

Kim draaide zich weer op haar rug. Ze had paracetamol genomen tegen de pijn in haar knie, maar na een dag waarop ze te veel had gelopen en de pijn voortdurend had verbeten, was die nu behoorlijk opgezwollen. Niets wat met rust niet zou genezen, dacht ze, maar de pijn hielp niet nu ze al zoveel moeite had om in slaap te vallen.

Ze ging uit bed om in de logeerkamer een extra kussen te halen, dat ze onder haar been kon leggen. Onderweg stopte ze even bij Owens kamer, waarvan de deur op een kiertje stond. Zijn regelmatige ademhaling gaf haar wat rust. Ze keek naar hem, hoe hij met zijn armpjes langs zijn hoofd lag te slapen. Met haar vinger streek ze over zijn zachte wangetje, waarop hij bewoog in zijn slaap.

Ze liep terug naar haar eigen kamer en installeerde zich in bed met het kussen onder haar knie. Het was nu bijna halfdrie. Buiten reed een auto voorbij. Een volkomen normaal geluid, dat Kims hartslag toch weer omhoogjoeg. Nu, in het donker van de nacht, kostte het haar moeite om haar gedachten in bedwang te houden. Ze dwong zichzelf om haar eigen gedachten af te kappen. Er waren tientallen redenen te bedenken waarom er een auto door de straat reed, allemaal even onschuldig.

Ze verschikte nog wat aan het kussen tot ze de juiste positie had gevonden en sloot haar ogen. Na een paar minuten werd het kloppen van haar knie wat minder. Haar ogen begonnen ook zwaarder te voelen. Ze concentreerde zich op haar ademhaling, wat altijd een beproefde methode was geweest om in slaap te vallen. Langzaamaan leken haar gedachten wat tot stilstand te komen, waarop het ook lukte om haar spieren te ontspannen.

En toen, terwijl ze wegzakte in de duisternis van de slaap, leek het juist alsof ergens achter in haar hoofd iets wakker werd. Een alarmbel, een rood licht, dat binnen een paar seconden bezit van haar nam. Een golf die alle slaap verdrong en die maakte dat ze rechtop schoot in bed. De woorden die ze eerder vandaag – al leek het dagen, nee weken, geleden – aan de telefoon had gehoord en die daarna net zo makkelijk waren weggezakt in haar hoofd. Omdat ze maar weinig betekenis voor haar hadden gehad. Tot nu.

In haar hoofd hoorde ze de stem van de man van de skishop. Hoe heette hij ook alweer? Kai? *... het leek alsof* *er iets niet goed was met de rechterski...* En daarna: *... niet goed vastgedraaid, of losgemaakt...*

Kim sloeg haar handen voor haar mond en staarde met grote ogen in het donker. Het was alsof er een hand om haar nek zat, die haar de adem afsneed. Paniek kroop als een horde kleine beestjes onder haar huid, haar maag voelde als een grote, koude steen.

Wat gebeurde er allemaal?

Hoofdstuk 7

RECHERCHEUR SISKA WIRSCHMANN STREEK EEN LOSGEraakte lok achter haar oor, terwijl ze met haar andere hand de koffiebeker naar haar mond bracht. Omdat ze tegelijkertijd ook nog iets op haar beeldscherm zat te lezen, bleef haar hand met de beker in de lucht zweven en gleed de haarlok meteen weer terug. In haar hoofd klonk, zoals zo vaak, de stem van haar moeder: 'Eén ding tegelijk, dat is al moeilijk genoeg.'

Maar met één ding tegelijk ging alles zo langzaam en het was die traagheid die haar momenteel behoorlijk frustreerde. De ontvoering van de kleine Owen van Rooij was inmiddels een week geleden en ze hadden, op een paar kleine en doodlopende spoortjes na, geen enkel idee wie erachter zat. Tientallen opties waren al gepasseerd in haar gedachten, ook vergezochte. Maar als je zo weinig aanknopingspunten had, moest je breed denken. Had de ontvoering te maken met zaken waar Kim en Levi zich mee bezighielden en die het daglicht niet konden verdragen? Ging het misschien helemaal niet om Owen en had iemand per ongeluk het verkeerde kind meegenomen? Allemaal opties die ze open moesten houden, maar het probleem was dat ook hiervoor helemaal geen bewijs bestond.

Siska merkte dat bij de teamchef het enthousiasme voor het onderzoek al begon af te nemen. Owen leefde nog, was gezond en wel teruggevonden en er waren andere, dringende zaken die er ook op wachtten om opgelost te worden. Natuurlijk was het een raar verhaal, met die verdwijning en die vrouw die ze nog altijd niet hadden geïdentificeerd, maar omdat er geen sprake was van een golf van dit soort zaken en eigenlijk ook niet van een heel groot gevaar, was het de vraag of de middelen van de politie maximaal moesten worden ingezet voor de oplossing ervan. Er waren ook inbraken die wel door een en dezelfde dader – of groep van daders – gepleegd leken te zijn. Konden ze niet beter meer mensen vrijmaken om deze zaak op te lossen, voor de inbrekers opnieuw toesloegen? De laatste keer had de dader niet geschuwd om geweld te gebruiken toen de bewoner hem had betrapt. De arme man had zijn wenkbrauw in het ziekenhuis moeten laten herstellen met vier hechtingen. De keer ervoor was een oudere dame zich bijna een hartaanval geschrokken toen er ineens iemand voor haar neus stond. Als dit zo doorging, zouden er straks nog veel ernstiger slachtoffers te betreuren zijn.

Of wat te denken van het echtpaar dat op klaarlichte dag op straat van een iPhone was beroofd? De dader daarvan liep ook nog steeds vrij rond, terwijl het echtpaar amper nog de straat op durfde. Was die zaak niet ook dringender?

Siska was, zoals wel vaker, blij dat zij niet de beslissing hoefde te nemen over de inzet van mankracht en budget. Het liefst loste ze elke zaak op, en ook nog binnen afzienbare tijd. Dat was de reden dat ze bij de politie was gegaan, en na tien jaar op straat voor de recherche had gekozen. De misdaad bestrijden, en burgers beschermen. Hoogdravende idealen, dat wist ze ook wel, en in de dagelijkse praktijk voelde haar werk niet heldhaftig. Niet zelden was het een kwestie van eindeloos onderzoek doen om dan tot de conclusie te komen dat het grootste deel van de sporen doodliep. Of, en dat waren de slechtere dagen, alle sporen. Maar voor die ene aanwijzing die alles in een ander daglicht zette, en die ogenschijnlijk kleine doorbraak waardoor de losse puzzelstukjes plotseling wel in elkaar pasten, deed ze het nog steeds. Voor de opluchting en genoegdoening bij de slachtoffers, en de maatschappij, als de dader werd gepakt en berecht. Voor de wetenschap dat ze haar steentje bijdroeg aan de veiligheid.

Die ene aanwijzing of doorbraak ontbrak in de zaak van Owen. Losse eindjes, ja, die waren er genoeg. Vragen ook. Het leek er zelfs op dat met alles wat ze onderzochten, meer vragen ontstonden in plaats van minder. Siska had, net als haar collega's, goede hoop gehad dat de camerabeelden uit het dal- en bergstation van de gondel antwoorden zouden brengen. De vrouw die Owen had meegenomen, moest daarop immers te zien zijn. Met verbijstering hadden ze vervolgens toegekeken hoe zij op letterlijk ieder juiste moment haar gezicht van de camera had weten af te wenden. Ze had de capuchon van haar jas opgezet en weggekeken. Althans, degene van wie ze vermoedden dat het Owens ontvoerder was, want het jongetje leek zich ogenschijnlijk alleen door de menigte te bewegen. Zelf had hij zijn skipas voor de lezer gehouden en was hij naar de cabines gelopen, de vrouw was elke keer op een paar meter afstand van hem gebleven. Al zouden ze haar weten te vinden, dan nog konden ze niet bewijzen dat zij hem tegen zijn zin had meegenomen. Een goede advocaat zou haar binnen een paar uur weer buiten hebben staan.

Het enige wat ze hadden, waren een postuur en screenshots van de camerabeelden waar je weinig aan had. Ze hadden die natuurlijk voorgelegd aan de moeder en stiefvader, en aan de skilerares, maar niemand had de vrouw herkend. Het personeel van de gondel en van het restaurant had ook geen duidelijkheid kunnen verschaffen.

Een korte klop op de openstaande deur haalde Siska uit haar gedachten. Arnaud Werner stapte binnen, een van haar collega's tijdens dit onderzoek. Hij legde een dossiermap op haar bureau met slechts één vel papier erin. 'Naamloos', zei hij, en Siska knikte. Arnaud trok even zijn wenkbrauwen op en verliet de ruimte weer.

Siska trok het mapje naar zich toe. Er zat een print in van het systeem dat het gondelbedrijf gebruikte voor toegang tot de liften. Daags na de ontvoering hadden ze daar al gevraagd om een uitdraai van de skipassen die die dag in dat specifieke tijdslot waren gescand. Vaste gebruikers van de lift hadden een abonnement voor een seizoen, of voor enkele maanden of weken. Die passen stonden op naam en waren terug te vinden in het systeem. Vrijwel elke inwoner van Lech had er zo eentje, plus de mensen die vanuit de omgeving regelmatig kwamen skiën. Toeristen die jaarlijks of meerdere keren per jaar terugkwamen, hadden vaak ook een pas die aan hun account was gekoppeld, zoals dat tegenwoordig ging bij bedrijven. Maar uiteraard was het ook nog altijd mogelijk om losse, en dus anonieme, passen te kopen. Die waren dan geldig voor een dag of langer, en je kon ze op elk moment aanschaffen. De pas waarmee Owen naar binnen was gegaan en die van zijn ontvoerder waren beide anoniem. Althans, op het tijdstip waarop zij volgens de camerabeelden door het poortje waren gegaan, waren er anonieme passen gescand. In de minuten eromheen die ze als foutmarge moesten aanhouden, waren er enkele passen op naam gescand. Die mensen hadden ze teruggezien op de camerabeelden. Het waren alleen maar mannen.

Siska schoof de map terzijde. Ze pakte haar telefoon en beantwoordde een berichtje van Sören, haar vriend. Haar verloofde, officieel gezien, al hadden ze geen van beiden na drie jaar de moeite genomen om het aanzoek om te zetten in een daadwerkelijke bruiloft. Door drukte voornamelijk, want de wil was er zeker. Al betekende dat voor Siska vooral de wil om haar leven met Sören te delen, want van een grootse bruiloft had ze nooit gedroomd. En ze was ook niet zo dol op jurken.

Haar telefoon piepte kort. Sören antwoordde dat hij, net als zij, ook laat thuis zou zijn. Hij werkte bij de reddingsdienst in de bergen, waar het nu topdrukte was. Hoewel hij vaak 's ochtends vroeg begon, was hij zelden voor acht of negen uur 's avonds thuis. Het was fijn om samen te leven met iemand die begreep dat werkdagen niet altijd slechts tot vijf uur in de middag duurden en dat de telefoon ook nog weleens midden in de nacht ging. In vorige relaties had Siska daar vele discussies over moeten voeren, en geen van haar exen had het ooit echt begrepen. Net zomin als het feit dat Siska altijd ergens in haar hoofd met haar werk bezig was. Het was een knop die ze niet kon – en ook niet echt wilde – omzetten. Nu ze de veertig naderde, klonk vanuit haar omgeving steeds nadrukkelijker de vraag wanneer – niet of – ze moeder zou worden. Maar die wens had ze niet, net zomin als Sören graag vader wilde worden. Ze had sterk het gevoel dat haar roeping ergens anders lag, in het politiewerk.

Haar gedrevenheid en betrokkenheid hadden echter wel een keerzijde. De keerzijde dat ze niet kon loslaten. Dat ze, wetend dat het onderzoek waarschijnlijk binnenkort afgeschaald zou worden, zich nu wilde vastbijten in de oplossing van de ontvoering van Owen. Dat het zou voelen als een afgang wanneer de zaak als een vraagteken op de plank kwam te liggen, en nooit opgehelderd zou worden. Ze trok een map naar zich toe met daarin foto's van Owen, zijn moeder en zijn stiefvader. Zijn moeder Kim had in de loop van de week op verzoek van Siska informatie over Owens biologische vader gestuurd, een man die Sergio Hanssen heette en over wie Kim verder niet al te veel te vertellen had. Siska had een van de teamleden gevraagd om verder in zijn leven te duiken en al snel was gebleken dat Sergio op het moment van de ontvoering op een seminar in de Nederlandse kustplaats Noordwijk een presentatie stond te geven. Op zijn LinkedIn-pagina wemelde het van de foto's daarvan en een paar telefoontjes hadden aangetoond dat zijn alibi sluitend was. Het was natuurlijk mogelijk dat op zijn verzoek iemand anders Owen had meegenomen – de ontvoerder was immers een vrouw – maar de constructie leek Siska zo ingewikkeld en ongeloofwaardig dat ze deze onderzoeksrichting beter konden laten varen. Ook vanwege het totale gebrek aan een motief bij Sergio. Op het telefoontje van de Oostenrijkse politie had hij korzelig gereageerd en hij had duidelijk gemaakt dat hij niets met Kim en Owen te maken had. Hij ging nadrukkelijk niet in op de vraag of hij Owens vader was, en zei dat hij dat hoofdstuk een tijd geleden al samen met Kim had afgesloten. Bij Siska was de vraag opgekomen of Sergio's vaderschap daadwerkelijk door middel van een DNA-test was vastgesteld, iets wat ze zich gezien zijn afwijzende houding niet kon voorstellen. Tot ze een foto van hem had gezien en ze zich realiseerde dat die, gezien de overduidelijke gelijkenis met Owen, de DNA-test grotendeels overbodig maakte.

Met een tikje tegen de muis wekte ze haar computer weer tot leven. Het bleef maar rondgaan in haar hoofd, en in haar lijf. Die onrust, dat gevoel van over het hoofd zien. Van ergens naar reiken en het op een vingertop na missen. Van onvolledigheid. Hadden ze wel alles gecheckt wat ze konden?

Ze trok een andere map naar zich toe en sloeg die open. Bovenop zat een print van de tijdlijn van de ontvoering. De les was om één uur 's middags begonnen, de ontvoering had een halfuur daarna plaatsgevonden, het telefoontje naar de meldkamer was om 13.47 uur binnengekomen. De skilerares had verklaard dat ze met haar collega's zo'n vijftien minuten zelf naar Owen had gezocht voor ze de politie had gebeld. Een redelijke termijn, vond Siska. Eerst dacht je dat hij wel in de buurt moest zijn, daarna begon de ongerustheid toe te nemen, tot je je realiseerde dat hij echt weg was. Owen zelf passeerde rond dat moment net het poortje van het gondelstation.

Ze had verder niets gezien, die skilerares. Het weitje waarop de lessen voor de kleintjes werden gegeven, lag naast de skischool aan de rand van het dorp. Van onderaan het oefenheuveltje, waar het groepje met Owen had staan wachten, was het maar een klein stukje naar de stoep en de straat. Het was geen drukke weg, maar toch reden er regelmatig auto's voorbij. Ook liepen er gedurende de dag best wat mensen over de stoep, zeker omdat de grootste skiverhuur van Lech aan dezelfde straat was gevestigd.

Een wandelaar of stilstaande auto viel dus niet op, omdat er altijd voldoende reuring was. Vanaf de stoep kon je ook zo bij de kinderen komen, er was geen hek. De uitvoering van de ontvoering moest niet al te ingewikkeld zijn geweest. Zeker omdat Ulrike enige tijd afgeleid was geweest.

Dat was, bedacht Siska, natuurlijk een welkome bijkomstigheid voor de ontvoerder. Als Ulrike ieder kind de hele tijd in de gaten had gehouden, zou het vrijwel onmogelijk zijn geweest om er zomaar eentje mee te nemen. Had de ontvoerder erop gegokt dat Ulrike even niet zou opletten? Had de dader al vaker bij het skiklasje staan kijken, wachtend op een moment dat niet kwam? Ze trok een notitieblok naar zich toe en maakte een aantekening dat ze dat moesten checken. Misschien was iemand iets opgevallen, vorige week of de week ervoor. Het was een slag in de lucht, maar het kon.

Als ze maar een foto van de dader hadden... Er was tegenwoordig zoveel mogelijk. Zelfs foto's van slechte kwaliteit of gemaakt van camerabeelden konden technisch zo goed worden verbeterd, dat ze bruikbaar waren voor databases – ook als je alleen de zijkant van iemands gezicht zag, of als iemand een capuchon droeg. Maar deze vrouw had haar gelaat elke keer zo vakkundig afgewend, dat Siska alleen een karig signalement kon geven waar de helft van de vrouwelijke wereldbevolking wel aan voldeed. De vrouw had ook al een zeer gemiddeld postuur. Er waren collega's aan de slag gegaan met de kleding – welk merk, welke specificaties? Maar een zwarte capuchontrui van Nike kon je overal ter wereld kopen.

Siska ging wat meer rechtop zitten. Naar huis gaan, dat was wat ze eigenlijk moest doen. Met Sören op de bank een serie kijken, of de dag doorspreken. Avondeten, ook best een goed idee. Maar in plaats daarvan stond ze op om nog maar een kopje koffie te halen – slapen lukte sowieso maar matig de laatste tijd, of ze nu wel of geen koffie dronk – en ging weer achter haar computer zitten. Zonder een duidelijk doel opende ze Instagram en ging naar Kims tijdlijn. Kim was nogal actief op Instagram, de tijdlijn toonde prachtige foto's van de bergen rondom Lech, van besneeuwde stillevens in het dorp en van Owen die zichtbaar genoot in de sneeuw. Siska herinnerde zich dat Kim had verteld dat ze fotograaf was voor ze naar Lech was verhuisd, dat verklaarde waarschijnlijk de bijzondere kwaliteit van de foto's.

Via een foto waarin Kim Levi had getagd, belandde Siska op zijn tijdlijn. Hij was een stuk minder actief en had alleen wat foto's van bijzondere cocktails geplaatst, de laatste post dateerde van meer dan acht weken geleden. Privéfoto's vond ze op zijn pagina sowieso niet.

Ze staarde een tijdje voor zich uit. Haar eigen gedachten leken een deurtje te hebben geopend naar een nieuw idee, maar ze wist nog niet goed wat ze ermee moest. Het ging om Ulrike, op een of andere manier leek zij onbewust een sleutelrol te spelen. Kim had in dat eerste gesprek, overmand door emoties, al gezegd dat wanneer Ulrike beter had opgelet, Owen nooit meegenomen kon zijn. En dat klopte, al wist Siska als geen ander dat je altijd voorzichtig moest zijn met het neerleggen van de schuld. Schuld was een ingewikkeld begrip, met vele haken en ogen. Wie schuldig was en wie niet, kon eigenlijk alleen de rechter bepalen.

Maar in één ding had Kim gewoon gelijk: zonder Ulrikes moment van onoplettendheid had niemand bij Owen kunnen komen. Voor de dader een gelukkig toeval, had Siska net gedacht. Maar die gedachte voelde onaf, en ergens ook te makkelijk. Toeval was al net zo'n ingewikkeld iets als schuld. De vraag of toeval bestond, behoefde voor Siska geen discussie. Daar was ze honderd procent van overtuigd. Maar de vraag of toeval in dit geval aan de orde was geweest, was moeilijker te beantwoorden.

Siska keek naar haar scherm, waar Levi's Instagram nog steeds openstond. Ze ging naar de zoekbalk en typte de naam van Ulrike in. Die was niet moeilijk te vinden. De tijdlijn toonde vooral skifoto's, van tijdens haar lessen en de wedstrijden waaraan ze regelmatig deelnam. Siska scrolde erdoor, Ulrike had alleen al in de afgelopen paar weken meer dan twintig foto's geplaatst. Ook had ze haar story's bewaard in hoogtepunten, die met bolletjes bovenaan de tijdlijn stonden, gegroepeerd op onderwerp: lessen, wedstrijden, bergen. Siska klikte ze aan en zag foto's en filmpjes van nog meer sneeuw en spectaculaire afdalingen. Ook waren er de nodige selfies van Ulrike alleen, of in innige omhelzingen met vrienden en familie. Er was niets dat in het bijzonder haar aandacht trok en ze begon het sprankje van geloof in haar eigen idee dat eerder was opgelaaid, alweer te verliezen. Wat had ze verwacht te vinden? Een vrouw die precies aan de omschrijving voldeed – met zo'n summiere omschrijving vond je die op elke straathoek – of een foto van een auto die leek op de wagen die was gebruikt? Daarvan wisten ze ook alleen maar dat die groen was en klein, en dat was opgetekend uit de mond van een driejarig kind. Niet de meest betrouwbare bron van informatie.

Ze zuchtte en wilde de Instagram-pagina al afsluiten, toen haar oog viel op het laatste thema waaronder Ulrike haar story's had gegroepeerd. *Sweet memories,* stond er en Siska klikte het aan. Het waren voornamelijk foto's van Ulrike met vrienden en vriendinnen, thuis, skiënd of in een bar. Siska bedacht dat ze weer wist waarom ze geen Instagram had. Wat een werk om dit allemaal bij te houden.

Misschien moest ze toch maar naar huis gaan. Haar scherpte was voor vandaag wel verdwenen en doelloos social media doorspitten zou de zaak niet oplossen. Ze moest het onafgemaakte gevoel van zich af zetten. Er lagen nog ijzers in het vuur – misschien zou het toch nog lukken het kenteken en merk van de auto leesbaar te krijgen op de niet zo beste camerabeelden van de parkeerplaats – en morgen was er weer een dag. En als het uiteindelijk niet zou lukken om de dader te vinden, dan moest ze dat ook leren accepteren. Dat was niet haar beste eigenschap, maar uiteindelijk kon ze ook geen wonderen verrichten.

Automatisch was haar vinger verder blijven klikken: de ene Instagram-story na de andere. Het viel haar op dat Ulrike een selfiegezicht had, een bepaalde manier waarop ze haar gezicht hield en lachte op iedere foto. De foto's waren ook allemaal een beetje van bovenaf gemaakt, alsof ze altijd haar arm zo ver mogelijk strekte.

Of toch niet altijd, zag ze bij de volgende foto. Een jongere Ulrike had haar beide armen om een man geslagen en keek niet in de lens, omdat ze hem aan het zoenen was. Er stonden emoticons van hartjes bij. Hoewel je de man en profil zag en Siska hem niet onmiddellijk herkende, bleef haar blik toch hangen. Hij had iets bekends, dat ze niet meteen kon plaatsen.

Ze keek naar de datum, bijna vijf jaar geleden. Ze kneep haar ogen samen. De man op de foto leek toch wel heel veel... Ze haalde diep adem. Met een druk op de knop maakte ze een screenshot van het beeld, dat ze naar Arnaud Werner mailde. Daarna stond ze op en liep naar zijn kantoor aan de andere kant van de gang. 'Heb je tijd om even naar je mail te kijken?' vroeg ze, toen hij opkeek. 'Ik wil graag je mening horen.'

Hij knikte en opende het bericht. 'Wie is dat?' vroeg hij, toen hij de foto zag.

'Dat vroeg ik me ook af. Maar hij lijkt in mijn ogen nogal veel op Levi von Welschauzen.'

De wenkbrauwen van haar collega – donker en borstelig – schoten omhoog. Toen humde hij en knikte een paar keer. 'Dat zou best kunnen.' Hij keek Siska aan. 'Maar deze foto is jaren oud, dus wat zegt dat? Als we bij iedere zaak alle exen in ogenschouw moeten nemen, zouden we het nog druk krijgen.'

'Levi is nu Owens stiefvader.'

'Maar dan nog. Deze foto is vijf jaar oud.'

Siska knikte een paar keer. 'Toch wil ik haar ernaar vragen. Ze heeft er in ons gesprek niets over gezegd. Toen zei ze dat ze Kim niet goed kent en Levi alleen oppervlakkig, zoals dorpsgenoten elkaar kennen.'

Haar collega knipperde een aantal keer. Daarna keek hij op de klok. 'Als ik jou was, zou ik het tot morgen laten wachten. Af en toe aan je vrije tijd denken is ook belangrijk, Siska.'

Dat Arnaud Werner twintig jaar ouder was, maakte dat hij zich af en toe opstelde als haar vader. Siska kon een glimlach niet onderdrukken. 'En jij dan?'

Hij gaf geen antwoord en zij liep terug naar haar eigen werkplek. Hij had overigens wel gelijk. Ze maakte snel een print van de foto, sloot haar computer af en pakte haar jas. Ze zou naar huis gaan. Alleen nog even snel een bezoek afleggen.

'Ik weet het gewoon niet, mam.' Kim zat op de bank en frunnikte onophoudelijk aan een los draadje aan een van de kussens. Dat deed ze de laatste tijd veel: frunniken. Draaien. Tikken. Allerlei zenuwtics die ze tot voor kort niet had gehad. 'De politie lijkt ook geen idee te hebben.'

'Onvoorstelbaar', zei haar moeder en door de telefoon hoorde Kim dezelfde moedeloosheid die zich ook in haar eigen lichaam genesteld leek te hebben. 'Straks vinden ze de dader nooit en loopt er altijd iemand rond die het om onverklaarbare redenen op Owen heeft gemunt. Daar moet ik echt niet aan denken.'

Kim voelde een rilling over haar rug glijden. Haar moeder verwoordde precies wat ze zelf ook voelde. Zolang ze niet wisten waarom die vrouw Owen had meegenomen, durfde Kim er niet op te vertrouwen dat het niet opnieuw zou gebeuren. Die angst had zich groot en reëel in haar vastgezet en liet zich niet verjagen door de op zich goedbedoelde geruststellingen van Levi. Het moest een vergissing zijn, zei hij dan, of een of andere bizarre grap. Hij kon zich gewoon niet voorstellen dat iemand het daadwerkelijk op Owen had gemunt. Nee, had Kim al honderd keer gezegd, dat konden ze zich geen van beiden voorstellen. Maar een grap was nog moeilijker voorstelbaar. En iemand die zoiets geestig vond, hoorde sowieso niet gewoon rond te lopen.

En dan waren er nog die ski's. Levi had ze opgehaald en uitgebreid met de jongen van de skishop gepraat over de loszittende bindingen. Hij wist het eigenlijk ook niet precies, had die jongen uiteindelijk gezegd. Ja, het kon dat ze losgedraaid waren, maar ja, als je erover nadacht was dat ook niet erg waarschijnlijk. Het kon ook zo zijn dat ze vanzelf los waren gegaan of nooit goed vast hadden gezeten. Kim had de ski's een paar maanden geleden gekocht, zodat ze niet elke keer hoefde te huren. Ze waren nieuw en dan kon er natuurlijk best eens iets mis zijn, misschien al vanaf het begin. Dat kon ook best een tijdje goed gaan, tot het ineens losschoot.

Kim had haar moeder niet verteld over de bindingen van haar ski's. Alleen dat ze was gevallen door een onhandige manoeuvre. Ze wist dat haar moeder zich anders alleen maar vreselijk veel zorgen zou maken en allerlei verhalen in haar hoofd zou halen, en dat wilde ze niet.

'Maar de politie gaat toch wel door met het onderzoek?' vroeg haar moeder.

'Ja, gelukkig wel. Ik heb ook wel vertrouwen in die rechercheurs, ze nemen het echt wel serieus. Maar het gaat zo langzaam.'

Haar moeder haalde nog maar eens diep adem. 'Moet je niet werken vanavond?' veranderde ze toen van onderwerp.

'Eigenlijk wel', zei Kim. 'Maar mijn knie doet nog te veel pijn en ik voel me gewoon niet goed.'

Ze baalde van zichzelf. Dit – het ziek zijn, het zich zwak voelen – was niets voor haar, en ook al zo lang. Altijd was ze in staat geweest om weer nieuwe energie te vinden en haar schouders eronder te zetten, en nu leek ze de hele tijd door haar eigen lichaam te worden tegengewerkt. Op een of andere manier voelde het ook alsof ze tekortschoot richting Levi. Toen ze samen plannen maakten voor haar emigratie en ze daarover allebei steeds enthousiaster werden, had hij dit vast niet voor zich gezien. Ze zouden genieten van hun leven samen, van de liefde, van hun gedeelde passies en interesses. Van hun gezin dat samengesteld was, en toch zo goed paste. Ze zouden heerlijk skiën, wandelen met Owen, de sneeuw in, naar buiten – Levi's wereld zou de hare worden en andersom. En in plaats daarvan zat hij opgescheept met een vrouw die zich voortdurend moe en ziek voelde, die nu strompelend door het leven ging en die bij vlagen heel angstig naar de wereld keek omdat daar blijkbaar mensen rondliepen die kleine kinderen meenamen. Ze slikte iets weg in haar keel, dat dik en bonkig was.

'Lieverd, ik wil je natuurlijk nergens toe verplichten', zei haar moeder na een korte stilte. 'En je weet dat papa en ik achter je keuze staan. Maar is het niet beter dat je even naar huis komt? Je kan bij ons logeren. Al is het maar een weekje, even bijkomen.'

'Nee mam, ik...'

'Misschien voel je je daarna wat beter.'

Kim schudde haar hoofd. Ergens in haar stak een verlangen de kop op. Eigenlijk wilde ze niets liever dan nu naar haar ouders vluchten, zich wentelen in de omhelzing van haar moeder en de veiligheid van haar ouderlijk huis. Maar haar keuze om te verhuizen had bepaalde consequenties en een daarvan was dat ze niet elk moment terug kon rennen. Dat kon ze Owen niet aandoen, het was voor hem goed om voorlopig hier te blijven tot hij echt goed was gewend. En ze vond het naar Levi toe eigenlijk ook niet kunnen. Ze had beloofd hem te helpen in de bar, waar ze het voortdurend liet afweten, en dan zou ze wel dat hele eind naar Nederland kunnen rijden. Ze wist wel dat hij dat nooit zou zeggen, of zelfs maar zou denken, maar voor haar voelde het niet goed. Ze kon hierin haar eigen verlangens en gevoelens niet vooropzetten.

'Misschien over een paar weken, maar niet nu', zei ze. 'Ik red me wel, mam. Echt.'

De overtuiging in haar stem ontbrak en dat hoorde haar moeder ook. 'Anders komen papa en ik naar jou toe. Ik kan proberen of we vrij kunnen krijgen.'

Het verlangen nam toe in omvang, als een tsunami die telkens aanzwol. 'Zou dat kunnen?' vroeg Kim met een trillende stem. 'Dat zou ik heel fijn vinden.'

'Ik ga het morgen meteen proberen te regelen op mijn werk, lieverd.'

Toen ze had opgehangen, voelde Kim zich op een vreemde manier beter. Hoe oud ze ook was, het was altijd een beetje zo dat wanneer haar ouders er waren, ze het gevoel had dat ze zwakker mocht zijn. Kwetsbaarder. En misschien was dat wel wat ze nu nodig had.

Ze stond op en liep naar de keuken om thee te maken. Haar knie voelde nog wat beurs, maar de echte pijn was verdwenen. Haar lijf was vermoeid, maar wie weet zou dat morgen over zijn als ze nog een keer vroeg naar bed ging. Het was nu iets na achten en Owen sliep al een uurtje. Tristan en Katarina zaten boven op hun kamers. Niets weerhield haar ervan om alvast onder de wol te duiken.

Ze liet de thee maar zitten en liep naar de slaapkamer. In het voorbijgaan ving ze een blik op van zichzelf in de spiegel. Ja, het was echt beter vroeg naar bed te gaan. Haar gezicht was wit en haar ogen leken donkerder dan ze waren, een beetje hol zelfs. Snel liep ze verder, omdat de aanblik van haar eigen gezicht haar een vreemd gevoel bezorgde.

Het duurde lang voor er werd opengedaan, ook al had Siska gezien dat binnen licht brandde en hoorde ze vaag het geluid van een televisie. Ze belde opnieuw aan en deze keer ging de deur meteen open, alsof iemand erachter had staan wachten tot de bel voor de tweede keer ging.

Ulrike droeg een huispak en had haar haar in een slordige knot gebonden. Het duurde even voor ze Siska herkende. 'U bent van de politie, toch?'

'Klopt. Siska Wirschmann, recherche. Sorry voor het late tijdstip waarop ik langskom.'

Ulrike wuifde de excuses weg en deed de deur verder open. Ze ging Siska voor naar de woonkamer van haar kleine, houten huisje. Een grote televisie toonde een Netflixserie waarin Zweeds werd gesproken. Ulrike moest even zoeken naar de afstandsbediening, vond die onder een deken en zette de televisie toen uit. Ze gebaarde naar de kleine eettafel.

'Is er iets aan de hand?' vroeg ze, toen ze beiden gingen zitten.

'Ik kwam iets tegen dat ik even bij je wilde checken.' Siska glimlachte geruststellend naar haar terwijl ze haar tas openmaakte. 'Ik heb het geprint.'

Ulrike keek terug met een mengeling van nieuwsgierigheid en waakzaamheid. Daarna richtte ze haar blik op de print voor zich op tafel.

Siska monsterde haar nauwgezet. Even vlamde er iets op in Ulrikes ogen, een moment van schok gevolgd door iets anders. Alsof er een radertje begon te draaien, een verhaal zich begon te vormen in haar hoofd. Maar net zo snel was het weer weg. Ulrike deed haar mond open, maar zei niets.

'Ik vond deze foto op jouw Instagram', zei Siska. 'En ik meende die man te herkennen.'

'Dat is Levi', zei Ulrike. 'Ik wist helemaal niet dat deze foto nog online stond.'

'Hoelang is dit geleden?'

Ulrike trok met haar mond. 'Vijf jaar? Zes?' Ze tikte met haar vinger op de geprinte foto. 'Stond hier geen datum bij?'

Siska liet de vraag rusten. Er stond een datum bij, inderdaad vijf jaar geleden. Ze keek naar Ulrike en liet een stilte vallen. Na een paar seconden gebeurde wat vrijwel altijd gebeurde bij stiltes: haar gesprekspartner voelde zich verplicht die op te vullen.

'Het is eigenlijk nooit wat geweest', zei Ulrike, starend naar de foto. 'Ik was wel heel verliefd op hem en ik denk hij ergens ook wel op mij. Maar hij was helemaal niet klaar voor een relatie.' Ze keek even op. 'Heel eerlijk, ik had het gevoel dat hij nooit meer klaar zou zijn voor een relatie. Na wat hem is overkomen, bedoel ik.'

Ze verwachtte duidelijk een reactie, dus knikte Siska en humde wat instemmends. Ulrike verzonk weer in haar gedachten. 'Uiteindelijk was ik degene die er na een paar weken een einde aan maakte. Soms weet je gewoon dat je niet verder gaat komen, hoe erg ik dat ook vond. Hij accepteerde het gewoon, het leek hem niet erg veel te doen dat ik het uitmaakte.'

'Sommige dingen zijn niet voorbestemd', zei Siska en ze moest haar best doen om niet afkeurend te kijken bij haar eigen cliché.

'Nee.' Ulrike zuchtte diep. 'Ik denk het.'

'Was je verbaasd te horen dat hij weer een relatie had?'

Daar moest Ulrike even over nadenken. Ze ging verzitten. 'Eerlijk gezegd liet het me koud. We zijn niet betrokken bij elkaars leven. De verliefdheid ging over en nu spreek ik hem zo nu en dan, zoals dat gaat in een dorp. Alleen gedag zeggen, of een kort praatje.'

'Maar als je zo verliefd was, moet het je toch iets hebben gedaan dat hij nu wel al een hele tijd een relatie heeft.'

'Ach.' Ulrike haalde haar schouders op. 'Verliefdheid gaat ook weer over, zeker na een paar jaar.'

Siska knikte een paar keer. Ulrike nam het woord weer. 'Levi is een lieve man en ik gun hem oprecht alle geluk. Wat er is gebeurd met het zoontje van Kim is verschrikkelijk en ik wou echt dat ik het had voorkomen. Ik verwijt mezelf dat ik niet goed heb opgelet.'

Siska trok met haar mond en schoof de foto terug in de map. 'We vinden de dader wel', zei ze, maar ze hoorde haar eigen overtuiging afbrokkelen.

Eenmaal buiten belde ze Arnaud Werner op zijn kantoornummer. Hij nam meteen op. 'We moeten verder zoeken', zei Siska. 'Dit loopt dood.'

Hoofdstuk 8

DAT DE PIEK VAN HET HOOGSEIZOEN EROP ZAT, MERKTE je niet in de bar. Kim voelde haar voeten knellen in haar schoenen – hoe ze op het idee was gekomen vanavond op het werk hakken te dragen wist ze ook niet meer – toen ze even stilstond om de zoveelste bestelling aan te slaan. Vier mojito's en twee gin-tonics: ondanks de vele eigen cocktailcreaties van het barpersoneel nog steeds de twee populairste drankjes die werden besteld.

Kim keek even op de digitale klok van de kassa. Het was iets na achten, normaal gesproken kwam de drukte wat later op de avond op gang. Maar nu bleef de deur maar opengaan en nieuwe gasten aanvoeren. Bijna alle tafeltjes waren al bezet.

'Wil jij dit wegbrengen?' vroeg August, die een dienblad met vijf donkerrode cocktails voor haar neerzette. Dragon Mountains, wist Kim, een van Augusts eigen creaties. De combinatie van het zoete van aardbei en het pittige van cayennepeper was briljant bedacht, en de wodka maakte het af. Al moest je wel van scherp houden.

Kim keek hem verwonderd aan, omdat er voor de bar twee serveersters klaarstonden om bestellingen weg te brengen. 'Ja, natuurlijk, maar...'

'Het is voor je schoonmoeder en haar vriendinnen', zei August.

'Ah.' Kim knikte en glimlachte. Annette was bijna elke week wel een avond in de bar te vinden, meestal met haar vaste groepje van vier vriendinnen. Kim vond het leuk dat haar schoonmoeder, die doorgaans gekleed ging in haar vaste tenue van ofwel skikleding of een bruine of grijze broek met een vest, zich dan opdofte en duidelijk genoot van het gezelschap en van de bar zelf. Het was mooi om te zien dat ze trots was op wat Levi en Petra hadden neergezet.

'Vijf Dragon Mountains', zei Kim en met een zwierig gebaar serveerde ze de cocktails.

'O, die August', lachte Annette. 'Ik had het kunnen weten toen ik zei: verras ons maar. Dan kiest hij natuurlijk de pittigste cocktail van de kaart.'

'Ik vind hem anders heerlijk', zei Franziska, een van Annettes vriendinnen, die al een klein slokje had genomen. Kim zag dat ze een hoestje probeerde te onderdrukken.

'Wat water erbij?' vroeg ze en het vijftal knikte.

Kim bracht een fles, wenste hun een fijne avond en liep naar kantoor, waar ze de bestellingen in orde moest maken. Onderweg voelde ze Levi's blik op zich gericht en ze glimlachte naar hem. Hij keek terug, grijnsde en liet zijn blik daarna opzichtig over haar lijf glijden. Ze grinnikte in zichzelf. Nu wist ze weer waarom ze de hakken had aangetrokken. De laatste dagen had ze behoefte om zichzelf uit te sloven op het gebied van haar uiterlijk. Op te doffen. Mooie kleren, sexy schoenen. Misschien ter compensatie van de vermoeidheid die haar nu al zo lang in z'n greep hield en de vele momenten dat ze zich slap en misselijk voelde. Het kostte haar vaak moeite om uit bed te komen en werken leek op sommige dagen een aanslag op haar hele gestel te zijn. Vorige week was ze, op aandringen van Levi, toch maar naar de dokter gegaan. Die had wat eenvoudige onderzoeken gedaan, om tot de conclusie te komen dat ze op het eerste gezicht kerngezond leek te zijn. Er was niets vreemds te horen aan haar hartslag, haar bloeddruk was prima en toen hij naar haar levensstijl vroeg, had hij gezegd dat hij eigenlijk maar weinig adviezen voor haar had. Maar toch voelde ze zich vaak een dweil en waren er dagen dat ze zomaar ineens geen eten kon binnenhouden. Of ze misschien zwanger was, had de dokter nog gesuggereerd. Die gedachte had ook al rondgezongen in Kims hoofd, maar nog dezelfde middag had ze door middel van een zwangerschapstest vastgesteld dat dat niet de oorzaak van haar misère kon zijn. Dat de zwangerschapstest een heel ander gevoel bij haar losmaakte, had ze maar even snel weggedrukt. Levi en zij hadden het er weleens over gehad, vluchtig en hypothetisch. Wie weet, stel dat, zou het niet leuk zijn als... Een broertje of zusje voor Owen: die gedachte wakkerde een wens aan die Kim lange tijd had verstopt. Een kindje van haar en Levi samen, de ultieme verbintenis – het was iets waar ze goed over na moest denken, maar wat tegelijkertijd geen rationele kwestie was. Nu was in elk geval niet het juiste moment. Ze was nog maar een paar maanden in Oostenrijk en hoewel ze hun draai met elkaar hadden gevonden, vond ze het te vroeg om de balans alweer te verstoren. Bovendien wilde ze niet zwanger worden nu ze zich zo voelde.

Toen de dokter niets had kunnen vinden dat haar klachten verklaarde, had hij voorgesteld een bloedonderzoek te doen. Kim had geaarzeld, omdat ze het ook niet groter wilde maken dan het was. Want was het na de verhuizing en met alle veranderingen ook niet een klein beetje logisch dat ze moe was? Bovendien, dat had de dokter ook gezegd, was het helemaal niet gek dat ze moest wennen aan het leven op hoogte. Sommige mensen reageerden daar wat heftiger op dan anderen. Dat ze er niet eerder last van had gehad, kon zijn doordat ze niet eerder zo lang in de bergen was geweest. Als haar klachten door die hoogteziekte werden veroorzaakt, zouden ze waarschijnlijk na een tijdje wel overgaan.

Hoewel Kim dat geruststellend vond klinken, leek het haar onwaarschijnlijk dat ze nu ineens last had van de hoogte. Ze had er altijd goed tegen gekund. Toen ze jonger was en meer reisde, was ze regelmatig op plekken geweest die nog een stuk hoger lager dan Lech. En daar had ze nooit ergens last van gehad. Misschien was de andere suggestie van de dokter aannemelijker. Emigreren was niet niks, wennen aan alle veranderingen kostte energie en daar kwam dan nog bij wat er met Owen was gebeurd. Natuurlijk had dat erin gehakt, dat was toch logisch?

Voor de zekerheid had ze toch dat bloedonderzoek laten doen – een paar onwaarschijnlijke zaken uitsluiten, zo had de dokter het genoemd –, waaruit niets naar voren was gekomen. Gek genoeg voelde ze zich alleen daardoor al beter. Ongemerkt had ze toch angst gehad dat er iets ernstigs aan de hand was, juist omdat ze normaal gesproken blaakte van gezondheid. Die angst kon ze nu loslaten. Ze moest vertrouwen op wat de dokter zei: geef het wat tijd, rust uit en dan komt het vast vanzelf goed.

Het zou alleen fijn zijn als ze wist wanneer.

Kim liep naar het kantoor om de bestellingen voor de volgende dag door te geven. Toen ze ging zitten, voelde ze het weer. De vermoeidheid leek in golven te komen, heel vreemd. Het ene moment ging het wel, het volgende moment voelde ze zich alsof ze kilo's lood op haar schouders droeg. Vaak was ze dan ook misselijk en duizelig. Ook nu moest ze een tijdje met haar hoofd in haar handen steunen voor het draaierige gevoel was weggetrokken. Ze schrok toen ze handen op haar schouders voelde en het volgende moment klonk de stem van Levi. 'Gaat het?'

'Ja', zei Kim. 'Het gaat wel weer.'

Levi streelde over haar haar en drukte er een kus op. Kim nam een paar slokken water, voelde haar maag even samentrekken, maar gelukkig zakte de misselijkheid toen weer. Uiteindelijk startte ze de computer op met een tikje tegen de muis en ging aan het werk.

'Ik ga Frieda aflossen.' Kim maakte de houder van haar pasje los van haar broekzak en controleerde tegelijkertijd of ze haar telefoon had. Het was bijna twaalf uur en de drukte begon af te nemen. Annette en haar vriendinnen waren een uurtje geleden al vertrokken en gelukkig had ook een groepje luidruchtige Britten net afgerekend.

'Tot straks', zei Levi en hij kuste haar. 'Welterusten alvast.'

'Tot straks.' Kim legde haar pasje op kantoor en sloot de computer af. Daarna draaide ze de deur van het kantoor op slot, zwaaide even naar Petra in het voorbijgaan en verliet de bar via de achteruitgang. Miezerige sneeuw maakte haar gezicht nat en koud toen ze buiten kwam. Ze zette de kraag van haar jas omhoog.

Het was maar een klein stukje lopen en thuis wachtte de behaaglijke warmte van de woonkamer. Frieda had de houtkachel opgestookt en zat een boek te lezen in de stoel ernaast. Tot haar verbazing trof Kim ook Katarina in de huiskamer aan. 'Ik kon niet slapen', zei het meisje, dat nog helemaal was aangekleed. Kim humde en liet het er maar bij. Ze had eerder het vermoeden dat Katarina pas net was thuisgekomen van de vriendinnen met wie ze die avond had afgesproken.

'Hoe ging het?' vroeg ze aan Frieda, die haar jas aantrok.

'Heel goed. We hebben gespeeld en hij heeft goed gegeten. Daarna was hij erg moe.'

Kim knikte een paar keer. 'Bedankt weer', zei ze en ze liet de oppas uit.

'Misschien wordt het tijd om naar bed te gaan', zei ze in de woonkamer tegen Katarina, maar het antwoord hoorde ze niet omdat haar telefoon ging. Het was Levi en Kim nam fronsend op. Hij belde eigenlijk nooit als ze uit de bar was weggegaan.

'Hé', zei ze met een vraag in haar stem. 'Alles goed?'

'Ben je veilig thuisgekomen?'

'Ja.' Kim wierp een blik op Katarina en liep even naar de keuken. 'Is er iets?'

'Ik eh...' Ze hoorde hem ademhalen. 'Ik ben alvast begonnen met de dagafsluiting en er is iets geks. Heb jij vanavond twee rekeningen geannuleerd?'

'Hoe bedoel je?'

'Twee rekeningen die door jou zijn aangeslagen, zijn niet zo lang daarna weer geannuleerd. De ene van negenenzeventig euro en de andere van honderdacht euro.'

Kim knipperde een paar keer. 'Wat bedoel je met "geannuleerd"?'

'Ze zijn aangeslagen en volgens het systeem ook betaald. Maar daarna zijn ze allebei eruit gehaald. Was er iets niet goed met die rekeningen? Of waren er problemen met de gasten?'

'Nee', zei Kim. 'Ik heb niets geannuleerd. En ik weet ook niets over problemen.'

'O.' Levi schraapte zijn keel. 'Oké, dan zal het wel iets vreemds in het systeem zijn.'

'Maar klopt de kassa dan niet?'

'Als ik die geannuleerde bestellingen eraf haal wel.'

'O.' Kim liet die woorden even op zich inwerken, maar had moeite te bepalen of dat goed was of niet. Ze was moe en haar hoofd voelde troebel.

'Vergeet het', zei Levi. 'Ik wilde het gewoon even checken. Maar als er geen problemen waren met de gasten, dan is het goed.'

Kim hing op. Ze liep terug naar de woonkamer, maar Katarina was inmiddels naar boven vertrokken. Kim staarde naar de smeulende resten van het haardvuur met het gevoel dat er van alles om haar heen draaide en dat ze nergens grip op had.

De sneeuwbui van vannacht had een nieuwe witte laag aangebracht op stukken die eerder modderig waren geworden en Kim bleef even staan om te genieten van de aanblik van wat een ansichtkaart leek te zijn. Levi en de kinderen liepen voor haar en hadden weinig oog voor de huizen met hun besneeuwde daken en de bergen die groot – en in Kims ogen nog altijd mystiek – oprezen tegen de achterkant van dat tafereel.

'Kom je, mama?' vroeg Owen, die als eerste merkte dat ze achterop was geraakt. Vlug liep Kim door.

Het was zaterdagochtend en ze hadden afgesproken bij de ouders van Luisa. Tristan en Katarina kwamen daar altijd meerdere keren per week, Levi ging ook regelmatig even langs, en ook Kim was er al een aantal keer geweest sinds ze in Lech woonde. Daarvoor had ze mentaal gezien eerst wel wat drempels gevoeld. Hoewel ze altijd hartelijk werd ontvangen, had het in het begin voor haar iets ongemakkelijks gehad om bij deze mensen over de vloer te komen. Ook al wist ze rationeel dat het niet waar was, ze kwam maar niet af van het idee dat in haar achterhoofd altijd sluimerde, namelijk dat ze de plek van hun dochter had ingepikt. Niemand – niet Levi, niet de beide ouders van Luisa – had dat ooit met zoveel woorden gezegd en Kim durfde met enige zekerheid te beweren dat ze het zelfs niet hadden gedacht. Maar toch had ze een van de eerste keren dat ze bij Bernt en Martina Richter thuis kwam, het onderwerp aan de orde gesteld. Omdat ze wilde laten zien dat ze niet blind was voor hun gevoelens en dat ze het ook zou begrijpen wanneer ze haar liever niet te veel zagen. Beide ouders hadden haar op het hart gedrukt om vooral wel langs te komen.

'We zien dat je Levi gelukkig maakt', hadden ze heel lief gezegd. 'En na al het verdriet dat hij en wij hebben gehad, en nog steeds hebben, gunnen wij hem dat zo hard. Voor Katarina en Tristan is het ook fijn dat er een vrouw in huis is. Ze zijn in korte tijd al erg op je gesteld geraakt, dat merken we aan alles.'

Kim had tranen in haar ogen gekregen. Ze kon niet eens in de verste verte voelen wat deze mensen allemaal hadden doorstaan en toch waren ze niet verbitterd en verhard. Vooral Luisa's moeder was lief en zacht en Kim had bewondering voor hoe ze haar verdriet droeg. 'In het begin was ik woedend', had ze verteld. 'Woedend op de politie omdat ze haar niet konden vinden, woedend op Levi dat hij haar had laten gaan, woedend op mezelf dat ik niet met haar mee was gegaan. Ik was zelfs woedend op haar, dat ze zomaar was verdwenen. Maar na een tijdje ging ik inzien dat woede een vlucht is om het verdriet maar niet te hoeven voelen. Van woede word je hard.'

Kim had zich meer dan ooit gerealiseerd dat ze zelf nooit echte rouw had meegemaakt. Ze had grootouders verloren, maar geen van hen was onder de tachtig geweest. Natuurlijk was ze daar verdrietig om geweest, maar op die leeftijd was de dood iets om vrede mee te hebben.

Rouw zoals de ouders van Luisa die hadden doorgemaakt – en Levi natuurlijk ook – was van een andere orde. Kim wist sowieso niet hoe je moest rouwen zonder in elk geval de zekerheid van iemands dood. Wanneer ging je van vraagtekens en hoop over naar rouw? Ze had dat aan Levi gevraagd. Hij wist het ook niet precies, had hij gezegd. Het was een proces. De aanvaarding kwam bij hem pas laat, meer dan een jaar na haar verdwijning. Dat was voor Luisa's ouders niet anders geweest.

'Verdriet is moeilijker dan woede', had Martina aan Kim uitgelegd. 'Voor verdriet moet je je kwetsbaar opstellen en juist dan komt alles harder binnen. De pijn vooral.' Ze had toen even geglimlacht. 'Maar niet alleen de pijn, heb ik geleerd. Als je je openstelt voor je gevoel, is er ook ruimte voor andere dingen. Maar daar moet je doorheen. Ervoor weglopen is verleidelijk en dat heb ik ook echt geprobeerd, maar uiteindelijk leer je dat je er niet omheen kan. Je moet recht door het verdriet heen en als je dat doet, blijken er ook nog mooie gebeurtenissen te zijn. Die er dan meer toe doen dan ooit.'

Kim vond het knap hoe de vrouw haar gevoel en de weg die ze had afgelegd, onder woorden wist te brengen. En hoe ze door het verdriet van Luisa nooit meer iets voor lief nam. De geboorte van haar twee kleinkinderen – de tweeling van Luisa's broer Ralph – maar ook wanneer Tristan of Katarina gewoon even aanwipte en een leuk verhaal over school vertelde. 'Of het uitzicht tijdens een bergwandeling', had Martina daaraan toegevoegd, waarop Kim had gevraagd of ze nog wel van de bergen kon genieten sinds haar dochter juist daar was verdwenen.

Martina had haar aangekeken. 'Je kunt de bergen niets kwalijk nemen, Kim. Alleen de mensen.'

Kim had niet gevraagd op welke mensen ze doelde. Misschien wel niemand.

Nog voor ze hadden aangebeld, ging de deur van het huis van Bernt en Martina al open. 'Oma!' riep Katarina en ze omhelsde haar grootmoeder. Haar broer volgde haar voorbeeld en daarna herhaalde het tafereel zich bij Bernt, die vlak achter zijn vrouw stond. Levi was de volgende die een knuffel kreeg en heel even voelde Kim zich ongemakkelijk omdat ze tot nu toe altijd een hand had gegeven bij binnenkomst, maar gelukkig doorbrak Martina dat ongemak door ook haar te omhelzen. Bernt deed hetzelfde en Owen sloeg automatisch ook zijn armpjes om Luisa's ouders heen. Vanuit haar ooghoek zag Kim hoe Martina grinnikte en hem optilde. Ze begon in het

Duits tegen hem te praten en Owen knikte een paar keer enthousiast alsof hij daadwerkelijk begreep wat er werd gezegd.

Martina had traditionele Oostenrijkse sachertorte gemaakt en ze genoten van het chocoladegebak. Daarna had Kim het gevoel dat ze twee dagen niet meer hoefde te eten, terwijl Owen juist aan zijn tweede stukje begon. Zijn gezicht was inmiddels donkerbruin van de chocolade, maar hij keek erg gelukkig en Kim liet het maar even zo.

'Hoe is het met de bar?' vroeg Bernt aan Levi. 'Ik liep er gisteravond langs en volgens mij was het hartstikke druk.'

Levi knikte een paar keer en had even tijd nodig om zijn mond leeg te eten. 'Het was zeker druk', zei hij toen. 'Elke avond eigenlijk wel. In het begin heb ik me nog weleens zorgen gemaakt of toeristen wel op cocktails zaten te wachten en niet alleen maar wilden hossen in een après-skibar. Maar inmiddels weet ik dat dat wel meevalt.' Hij keek even naar Kim en glimlachte trots. 'Kim heeft ook een paar dingen in de bar veranderd waardoor de uitstraling al meteen beter is geworden. We hebben er al best wat complimenten over gehad.'

Terwijl zij verder praatten over cocktails, gleden Kims gedachten naar gisteravond, naar de bar. Na het telefoontje van Levi over de geannuleerde rekeningen had ze geprobeerd de kwestie naast zich neer te leggen, maar dat was niet echt gelukt. Als de kas alleen maar klopte zonder de bedragen van die geannuleerde bestellingen, dan zat er natuurlijk iets niet goed. In bed had ze nog een tijdje wakker gelegen van de vraag wat er gebeurd kon zijn. Had ze op een verkeerde knop gedrukt? Had ze per ongeluk iets veranderd? Maar dan zou er een kasoverschot moeten zijn. Bovendien was het nogal onwaarschijnlijk, want een rekening uit het systeem halen ging niet zomaar. Levi had het wel een keer laten zien, maar Kim had in de praktijk nog niet meegemaakt dat het nodig was. Wat ze zich herinnerde van zijn uitleg was dat het een aantal handelingen vereiste, die je niet zomaar per ongeluk uitvoerde.

Maar wat dan? Vanochtend had ze Levi ernaar gevraagd, maar hij had niet echt antwoord gegeven. 'Ik ben er nog mee bezig', had hij gezegd. En ook: 'Vergeet maar dat ik het heb gevraagd, deze dingen gebeuren.'

Maar Kim vergat het helemaal niet. Bovendien geloofde ze niet dat deze dingen zomaar gebeurden. De financiële dagafsluiting was een secuur werkje, waarbij er niet zomaar honderd euro of meer verdween. Er moest iets anders aan de hand zijn en ze wilde weten wat. Zeker als bleek dat ze zelf iets verkeerd had gedaan.

Maar Levi had er niet over door willen gaan, dat was wel duidelijk. Toen Kim er nog een vraag over had gesteld, had hij naar de kinderen gekeken. 'Laat maar even', was zijn antwoord geweest en uit zijn blik had Kim opgemaakt dat hij er zelf in elk geval niet meer over zou beginnen. Misschien was dat nog wel datgene wat haar het vreemdste gevoel bezorgde.

Ze keek naar hem terwijl hij met Bernt zat te praten. Hij leek ontspannen, maakte grapjes, lachte en at zijn taart. Maar iets in zijn houding was veranderd, al kon ze er niet goed de vinger op leggen. Hij deed niet anders naar haar toe, en toch ook weer wel.

Na een uurtje verlieten ze het huis van Bernt en Martina. Opnieuw kreeg Kim een warme omhelzing en op Martina's vraag beloofde ze dat ze snel met Owen langs zou komen. Die twee leken een goede klik te hebben. 'Als je omhoogzit, kunnen we ook best een keertje oppassen, hoor', zei de oudere dame en geroerd bedankte Kim haar.

'Wat gaan we nu doen?' vroeg Tristan toen ze weer op straat liepen. Om er daarna hoopvol op te laten volgen: 'Naar huis?' Hij had een nieuw spel op zijn playstation en kwam nu het liefst helemaal niet meer van zijn kamer af. Kim verwachtte al half dat Levi zou zeggen dat de gametijd vandaag, zoals elke dag, gelimiteerd was en dat ze misschien konden gaan skiën, maar in plaats daarvan mompelde Levi iets instemmends dat Tristan duidelijk ook verbaasde. Kim keek naar haar vriend, die er met zijn gedachten niet bij leek te zijn. 'Gaat het?' vroeg ze aan hem.

'Ik ga even naar de bar', zei hij. 'Ik wilde vandaag iets eerder beginnen en nog wat dingen regelen.'

'Nu al?' Kim keek op haar horloge. Het moest nog twaalf uur worden. Normaal gesproken vertrok Levi pas halverwege de middag naar de zaak en ze had gehoopt dat ze nog wat leuks konden gaan doen.

'Ja', zei hij met een spijtig gezicht. 'Het is druk. Is het oké voor jou om zelf naar huis te gaan met de kinderen?'

'Ja.' Kim knikte een paar keer. 'Ja, natuurlijk, maar heeft dit met gisteravond te maken? Met die rekeningen?'

'Maak je geen zorgen.'

Kim keek hem aan. 'Dat doe ik wel, begrijp je dat? Waarom vertel je me niet gewoon wat er aan de hand is?'

'Er is niets aan de hand. Ik heb het gewoon druk.'

'Maar...'

'Ik zie je straks.' Hij drukte een kus op haar mond en wendde zich daarna tot de kinderen. Vluchtig zei hij hen gedag, zwaaide nog even en liep toen weg in de richting van de bar. Kim deed haar mond open om nog iets te zeggen, maar sloot hem daarna weer. Haar hart bonsde toen ze hem nakeek terwijl hij met snelle passen wegliep.

Hoofdstuk 9

'Veel plezier, lieverd! Goed luisteren naar Frieda, hè.' Kim zwaaide naar haar zoontje, liep nog even terug voor een kus en trok daarna de deur achter zich dicht. In de hal hoorde ze Owen lachen, gevolgd door Frieda's opgewekte stemgeluid. Kim glimlachte even. Daarna trok ze haar sjaal wat omhoog en stopte haar handen in haar zakken. Vanochtend in de zon had het dorp er nog uitgezien als een mooie poster, maar inmiddels had de bewolking een grijze sluier veroorzaakt en deed een ijskoude miezersneeuw haar ondanks haar dikke jas huiveren. Bovendien was de wind flink aangetrokken. Misschien was het maar goed dat ze niet waren gaan skiën. Het was pas halfdrie, maar het leek al te schemeren.

Normaal gesproken ging ze later naar de bar, maar ze had Frieda gevraagd om vandaag iets eerder te komen. Het gedoe met die rekeningen maakte haar rusteloos, zeker omdat ze merkte dat Levi erdoor in beslag werd genomen. Hij was geen goede leugenaar en eigenlijk irriteerde het haar dat hij probeerde om haar erbuiten te houden. Hij mocht dan de eigenaar van de bar zijn en zij was hier nog niet zo lang, maar hij had keer op keer gezegd dat ze het nu samen deden en dat hij haar als een gelijkwaardige partner in de zaak beschouwde. Dat betekende dat ze beslissingen mocht nemen en het personeel kon aansturen. Maar nu er problemen waren, was hij duidelijk van plan om haar buiten te sluiten.

In haar zakken balde Kim haar vuisten. Tot nu toe was het allemaal zo soepel verlopen tussen haar en Levi. Zou hun relatie dan nu voor het eerst op de proef worden gesteld? En was hij van plan haar bij problemen altijd overal buiten te houden? Als dat laatste het geval was, was het tijd voor een goed gesprek, want in haar ogen betekende gelijkwaardige partners zijn iets anders.

De achteringang van de bar was open en ze liep naar binnen. Ze passeerde de kleine keuken, die op dit tijdstip nog verlaten was. Pas over een uur zou Lars er zijn, de kok die zich bezighield met het bereiden van alle hapjes van de borrelkaart. Kim liep door, passeerde de gesloten deur van het kantoor en kwam uit in de bar zelf, waar August al bezig was alles klaar te zetten voor die avond. Dat verbaasde haar, omdat zijn dienst pas om halfvier inging.

'Ik wilde wat nieuwe dingen uitproberen', zei hij bij

wijze van verklaring. 'Hier, moet je proeven.'

Hij reikte haar een klein glaasje met een donkerroze drankje aan en Kim nam een slok. Daarna hoestte ze even. August keek bezorgd. 'Niet lekker?'

'Jawel', zei Kim en ze keek zo overtuigend mogelijk. 'Alleen een beetje aan de zoete kant.'

'Dat vinden mensen lekker', grijnsde August. 'Ik snap het ook niet.'

Kim grinnikte. 'Heb je Levi toevallig gezien?'

'Op kantoor volgens mij', zei August, terwijl zijn aandacht alweer was afgeleid door de andere kleine glaasjes die hij voor zich had staan. Het leek wel of hij een regenboog probeerde te maken, zo fel en kleurrijk waren de drankjes die erin zaten. Kim draaide zich om en pakte snel een flesje water om de smaak van de mierzoete cocktail weg te spoelen.

De deur van het kantoor was nog steeds gesloten en Kim aarzelde even. Normaal gesproken zou ze zo naar binnen lopen, maar nu klopte ze aan, al wist ze zelf ook niet goed waarom. Ze hoorde Levi's stem, maar verstond het antwoord niet goed. Toen duwde ze toch maar de deur open.

'Hé', zei Levi verwonderd. 'Ik had helemaal niet door dat het al zo laat was.'

'Ik ben wat eerder gekomen.' Kim sloot de deur achter zich. Levi stond op en sloot haar in zijn armen.

'Wat was je aan het doen?' vroeg Kim, genietend van zijn warmte.

'De cijfers.' Hij grinnikte. 'Ik begon net in slaap te vallen, dus ik ben blij dat jij er bent.'

‘Alleen om die reden?’ vroeg Kim grappend.

‘Ik ben altijd blij dat jij er bent. Jij maakt zelfs de boekhouding doen nog leuk.’

Hij gaf haar een kus en liet haar daarna los. Kim ging op de tweede bureaustoel zitten. Eigenlijk was de ruimte te klein voor twee stoelen en het bureau, dus ze zat nu vlak naast Levi. Op het scherm van de computer stond het boekhoudprogramma open, zag ze. Ze merkte dat Levi haar blik volgde.

‘Was Frieda zo vroeg?’ zei hij.

Kim schudde haar hoofd en keek hem aan. ‘Ik heb haar gevraagd om eerder te komen. Dat gedoe met die rekeningen zit me niet lekker en ik wil uitzoeken wat er aan de hand is.’

Half verwachtte ze dat Levi opnieuw zou zeggen dat er niets aan de hand was en dat ze zich geen zorgen hoefde te maken, maar dat deed hij niet. In plaats daarvan humde hij wat en richtte zijn blik op zijn beeldscherm. Kim wachtte af tot hij het woord zou nemen, maar hij leek te aarzelen.

‘Het kan natuurlijk best zijn dat ik iets fout heb gedaan’, zei ze. ‘Ik werk hier nog maar net en ik dacht dat ik het systeem onder de knie had, maar misschien ook niet.’

‘Ja’, zei Levi. ‘Dat zou kunnen.’

‘Daarom wil ik graag weten wat er mis is gegaan, zodat ik die fout niet opnieuw maak.’

Levi haalde diep adem. ‘Je hebt niets fout gedaan.’

‘Maar gisteravond zei je dat ik twee rekeningen heb geannuleerd en aangezien ik dat niet bewust heb gedaan, lijkt het me goed om te kijken hoe het dan is gebeurd.'

Levi wachtte weer even voor hij antwoord gaf. Daarna sloot hij kort zijn ogen. Toen hij Kim opnieuw aankeek, had ze moeite zijn blik te duiden.

'Ik weet al wat er is gebeurd. Het ligt niet aan jou.'

Kim fronste. Als hij dat wist, waarom had hij dat dan niet verteld? Ze had zich er echt druk om gemaakt en dat had ze hem toch ook laten merken?

'Ik zal het je laten zien', zei Levi en nu merkte ze een soort vermoeidheid op in zijn stem. Hij leek het moeilijk te vinden dit gesprek te voeren. Kim hield haar vragen voor zich en keek toe hoe hij met de muis iets aanklikte in het boekhoudprogramma. Er kwam een rijtje met bedragen tevoorschijn, in de kolom erachter stond een tijdstip en daar weer achter de betaalwijze. 'Kijk, dit zijn de rekeningen die gisteravond in het systeem zijn aangemaakt. Het grootste deel ervan is per pin of creditcard betaald, maar er zijn er ook een aantal contant afgerekend. De twee geannuleerde rekeningen zijn beide contant betaald.'

Kim keek naar het scherm en toen naar Levi. Hij hield zijn blik op de getallen gericht. 'Maar als de kassa alleen klopte wanneer je die annuleringen meerekent...' zei ze toen, terwijl in haar hoofd wat puzzelstukjes in elkaar begonnen te vallen. Ze maakte haar zin niet af.

'Ja', zei Levi na een korte stilte. 'Dan betekent het dat dat geld uit de kassa is gehaald.'

Kim wist niet goed wat ze moest zeggen. Ook Levi zweeg. De stilte die viel voelde diep en ongemakkelijk. 'Maar ik heb...' Kim slikte moeizaam. Natuurlijk had ze niet uit de kassa gestolen. Dat ze het überhaupt moest uitspreken, voelde volslagen bizar.

'Ik weet dat jij niets uit de kassa hebt gehaald', zei Levi gelukkig tot haar opluchting. Hij sloot even zijn ogen en toen ze zijn blik weer ving, zag ze dat wat hij ging zeggen, hem moeite kostte. 'Maar ik ben bang dat ik weet wie het wel was.'

Geschrokken keek Kim hem aan. 'Wie dan?'

Levi haalde diep adem. Even wendde hij zijn blik af, toen schudde hij kort zijn hoofd en keek Kim weer recht aan. 'Er is iets wat ik je niet heb verteld.'

Rechercheur Siska Wirschmann vroeg zich af wanneer ze eens zou leren dat koffiedrinken op het bureau geen goed idee was. Althans, niet sinds tijdens een bezuinigingsronde de vorige koffieapparaten, die verrassend goede koffie hadden gegeven, waren vervangen door exemplaren die een soort zwart water voortbrachten dat vaag naar koffie rook maar er op geen enkele manier naar smaakte. 'Je moet er melk in doen', had haar collega Marisca haar laatst opgewekt geadviseerd. 'Dan is het best lekker.' Maar toen Siska had gedaan wat ze zei, proefde ze water met de smaak van melkpoeder en iets dat bitter was maar nog steeds weinig met koffie te maken had.

En toch had ze zojuist tegen beter weten in haar mok weer gevuld bij de automaat. Het was zaterdagmiddag en hoewel dat een uitgelezen moment was om aan de keukentafel uitgebreid de krant te lezen, zat ze op een vrijwel verlaten politiebureau te wachten tot haar computer tot leven kwam. Veel mensen verwachtten dat de recherche sowieso op zaterdag werkte, maar dat was alleen bij grote zaken en verse sporen die niet konden wachten. Er was wel altijd een collega die piketdienst had, maar die zat gewoon thuis tot hij of zij werd opgeroepen. Eigenlijk had ze wel collega's van de surveillancedienst op het bureau verwacht, tot ze had gehoord dat die waren opgeroepen voor een opstootje bij een bar. Verwonderd had Siska op de klok gekeken. Blijkbaar zat de alcohol er al vroeg in vandaag.

Ze keek rond in de lege ruimte. Op een ander bureau zoemde een computer die niet goed was uitgezet, in de hoek flikkerde de tl-balk een beetje.

Ze nam nog maar een slok koffie en hoopte dat de cafeïne niet al te zeer verdund was geraakt. Gisteravond was ze te laat naar bed gegaan nadat ze samen met Sören een flesje wijn soldaat had gemaakt. Vanochtend was hij alweer vroeg vertrokken omdat hij dienst had op de pistes en in de hoop haar rusteloosheid te lijf te gaan, was Siska naar het bureau vertrokken.

Met die rusteloosheid zou het vandaag niet goed komen, dat wist ze ook wel. Maar het idee dat ze in elk geval iets deed om de vele onopgeloste zaken die op haar bord lagen tot een goed einde te brengen, was beter dan thuis gefrustreerd zijn dat er de laatste tijd zoveel bleef liggen. Een serie auto-inbraken was vooralsnog onopgelost gebleven, net als twee woninginbraken en een tasjesroof op klaarlichte dag. Van dat laatste incident waren meer dan vijf getuigen, maar toch had de dader weten te ontkomen.

Camerabeelden hadden een vrij lange, slanke figuur in zwarte kleding laten zien, die zijn hoofd had bedekt met de capuchon van zijn sweatshirt. Zijn gezicht was op de beelden niet te zien geweest. Via Facebook had de communicatieafdeling het signalement verspreid, en tegen de verwachting van Siska in waren daarop tips binnengekomen. Twee ervan leken bruikbaar, maar ze was er gisteren niet aan toegekomen om ze na te trekken. Misschien kon ze vandaag contact opnemen met de tipgevers om meer informatie te krijgen.

Bij de derde slok koffie voelde ze haar maag samentrekken. Ze stond op, leegde haar beker in de gootsteen in het keukentje en trok haar jas aan. Bij de koffietent aan de andere kant van de straat haalde ze een dubbele espresso, en met de beker in haar hand keerde ze terug naar het bureau. Toen ze langs de receptie liep, liet haar telefoon in haar zak een pling horen. Ze zette haar koffie op de balie en keek naar het berichtje, dat van haar moeder was en een foto van een versgebakken appeltaart bleek te bevatten. Siska grinnikte even en stopte haar telefoon terug in haar zak.

Dat was het moment dat haar blik op de envelop viel.

Kim staarde Levi ademloos aan. 'Wat is er dan?' vroeg ze uiteindelijk, toen hij weer stilviel. 'Alsjeblieft, vertel het. Je maakt me bang.'

Levi zuchtte diep. 'Ik had zo graag gewild dat ik dit nooit had hoeven vertellen. Dat het achter ons lag.' Hij trok met zijn mond, er zat iets verbetens in het gebaar. Boosheid, ook.

'Vertrouw je het personeel niet?' vroeg Kim. 'Is er iemand die eerder heeft gestolen? Waarom heb je diegene niet ontslagen dan?'

Levi keek haar recht aan. 'Ik kan diegene niet ontslaan. Omdat het mijn zus is.'

Eerst dacht Kim dat ze hem niet goed had verstaan. Of misschien hoopte ze dat vooral. 'Je... je zus? Petra?' Dat laatste was een vreemde vraag, want hij had geen andere zussen, maar op dit punt dacht Kim dat ze niet verder verbaasd kon worden. Was er misschien nog een zus waar ze niets van wist?

'Ja, Petra', knikte Levi.

'Heeft zij geld uit de kassa gestolen? Maar waarom dan?'

Levi leunde achterover in zijn stoel. Toen stond hij met een ruk op en zei: 'Ik ga even koffie voor ons halen. Daarna zal ik je alles vertellen.'

Hij had even tijd nodig, wist Kim. Zijn gedachten ordenen. Zelf bleef ze achter met een trillend lijf en honderd vragen. Bovendien begonnen haar hersenen onbewust al conclusies te trekken. De rekeningen waren geannuleerd met het pasje van Kim. Het zou Petra natuurlijk wel erg goed uitkomen als niet zij maar iemand anders hier de schuld van kreeg. En Kim... Ze slikte moeizaam. Ze had echt gedacht dat ze een goede band met haar schoonzus had.

Levi kwam terug met espresso voor zichzelf en een latte voor Kim. Hij sloot de deur zorgvuldig achter zich en ging weer zitten. Toen keek hij haar aan. 'Weet je nog dat jij me laatst vroeg waarom Petra en ik geen zakenpartners zijn? Waarom de zaak van mij is en zij hier als werknemer in dienst is?'

Kim moest even nadenken. Toen knikte ze. Het had haar verwonderd dat Levi de bar had gekocht met geld van zijn vader en dat Petra in loondienst was. Waarom waren ze niet samen eigenaar? Zij had toch ook haar deel van de erfenis gekregen? Kim kon zich niet voorstellen dat Annette alleen een schenking aan haar zoon had gedaan en niet aan haar dochter.

'Je zei dat ze dat niet wilde. Dat ze het ondernemerschap maar gedoe vindt en liever gewoon haar werk doet zonder de uitdagingen waar een ondernemer mee te maken krijgt.'

Levi knikte. 'Dat heb ik inderdaad gezegd, omdat dat het verhaal is zoals we dat naar buiten brengen. In werkelijkheid heeft mijn moeder van Petra's deel een huis voor haar gekocht, zodat ze zonder hypotheek kan wonen. Daarnaast is het geld nodig geweest om schulden af te betalen.'

'Schulden?' herhaalde Kim geschrokken. 'Wat voor schulden?'

'Gokken, voornamelijk. Maar ook drugs.'

Kim voelde een rilling over haar rug lopen. 'Is ze verslaafd?'

'Geweest. Een paar jaar geleden ging het niet goed met haar. Papa was net overleden en daar had ze het heel moeilijk mee. Het leek of het bij haar oude dingen naar boven haalde. Zo heb ik haar nooit echt zien huilen om de verdwijning van Luisa, terwijl zij echt goede vriendinnen waren. Maar Petra is een binnenvetter. Ze lijkt spontaan en open, maar haar echte gevoel toont ze niet.'

'Ze stapelt het op', zei Kim zacht.

'Precies, ze drukt haar gevoelens weg, ook voor zichzelf. Bij het verdriet om onze vader en Luisa kwam ook nog dat haar zoveelste relatie uitging. Ze was stapelgek op die man, ik heb haar nog nooit zo verliefd gezien. Die verliefdheid sleepte haar ook door de tijd na papa's overlijden heen. Maar na een jaar zette hij er ineens een punt achter en viel zij in een gat. Dat liet ze niet merken, pas achteraf kwamen we erachter hoe slecht het met haar ging. Ze bleek drugs te gebruiken en die verslaving bekostigde ze door online te gokken, tot dat een verslaving op zichzelf werd.'

Kim beet op haar onderlip. 'Wat erg.'

'Ze is lange tijd behandeld en we dachten dat het goed met haar ging. Dat ze er echt vanaf was.' Levi schudde zijn hoofd. Hij vloekte binnensmonds. 'Dat dacht ik echt.'

Kim had met hem te doen. Hij zag er zo aangeslagen uit. Ze legde haar hand op zijn knie. 'Heb je het al aan haar gevraagd? Je weet natuurlijk niet...'

'Als ik het vraag, zal ze zeggen dat het goed gaat', zei Levi stellig. 'Dat zegt ze altijd. Dat zei ze zelfs toen ze haar huis uit werd gezet, de deurwaarders in de rij stonden en ze met trillende handen voor haar beeldscherm zat, bezeten door die stomme goksites.' Hij schudde zijn hoofd. 'Verslaafden liegen, Kim. Ik zou graag zeggen dat het anders is, maar dit weet ik helaas uit eigen ervaring.'

Kim wist niet goed wat ze moest zeggen. 'Maar ze ziet er

zo...' Ze maakte haar zin niet af. Ze ziet er zo goed uit, dat was het enige wat ze kon verzinnen. En het klonk stom.

'Ja', knikte Levi. 'Maar kennelijk heeft ze met jouw pas ingelogd in de kassa, twee rekeningen geannuleerd en het geld in eigen zak gestoken.' Hij tikte met zijn vinger op het bureau. 'De laatste tijd viel het me al vaker op dat er kleine bedragen waren verdwenen, maar ik dacht er nog niet zoveel van. In totaal is er de afgelopen weken ongeveer duizend euro achterovergedrukt.'

'Jeetje', zei Kim zacht. 'En nu?'

Levi wreef over zijn voorhoofd. 'Nu moet ik met haar gaan praten.'

'Denk je dat ze weer aan de drugs is?'

'Ik weet het niet.' Levi schudde zijn hoofd. 'Ik denk het niet, want ik herinner me van de vorige keer dat ze vaak vreemd deed en te laat op afspraken verscheen. De laatste tijd heb ik niets aan haar gemerkt, maar dat hoeft niet altijd wat te betekenen. Het kan ook zijn dat ze het beter weet te verbergen dan eerst.' Hij zweeg even. 'Ik denk dat ik eerst maar met mijn moeder ga praten. Misschien moeten we samen het gesprek met Petra aangaan.'

'Maar wat ga je doen? Kan ze hier wel blijven werken?'

Levi knikte. 'Ik heb haar beloofd dat ze als personeelslid een bijzondere status heeft. Op papier ben ik haar leidinggevende, omdat ik de eigenaar ben. Maar ik kan haar niet ontslaan. En dat wil ik ook niet. Ze is mijn zus en ze heeft hulp nodig, niet iemand die haar afwijst en wegstuurt.'

Ondanks de situatie voelde Kim een warme stroom van liefde door zich heen gaan. Het zou makkelijk zijn voor

Levi om nu boos te worden en zijn zus eens flink de waarheid te zeggen. In plaats daarvan bekommerde hij zich om haar welzijn.

Toch was er ook nog een ander gevoel, dat zich steeds minder goed liet negeren. 'Hoe kwam ze eigenlijk aan mijn pasje?' vroeg Kim. 'Als ze iets moet doen in het systeem waarvoor ze autorisatie nodig heeft, vraagt ze altijd jouw pas en nooit de mijne.'

'Als jij je pas even laat liggen en je omdraait omdat je wordt afgeleid, kan zij snel jouw pas gebruiken. Petra weet natuurlijk precies hoe het systeem werkt, dus kan ze jouw pas langs de lezer hebben gehaald. Daarna kan ze ongezien die bonnen hebben geannuleerd.'

'Maar waarom zo moeilijk doen als ze gewoon jouw pas kan vragen?' vroeg Kim. 'Jij geeft hem wel vaker aan haar.'

'Omdat ze dan meteen door de mand zou vallen. Ik weet natuurlijk wel dat ik geen rekeningen heb geannuleerd.'

'Maar ik toch ook?' Kim hield haar hoofd schuin. 'Misschien is het wel persoonlijk. Probeert ze de verdenking op mij te laden, omdat ze hoopt dat jij me dan niet meer in de zaak wil hebben.'

Levi fronste. 'Ach welnee', zei hij toen. 'Petra is dol op jou en...'

'Dat weet je toch niet', zei Kim. 'Ik kan me best voorstellen dat het voor haar een hard gelag moet zijn dat ik hier ineens rondloop als manager, terwijl zij al veel langer in de bar werkt en bovendien jouw zus is. De bar is gekocht met het geld van háár vader. Misschien vindt ze dat wel oneerlijk.'

Levi moest daar even over nadenken. 'Daar heb ik de afgelopen jaren niets van gemerkt', zei hij toen. 'Ik heb haar hier ook regelmatig naar gevraagd en ze zegt altijd dat ze haar rol op deze manier prima vindt. Jouw komst heb ik ook uitgebreid met haar overlegd en ik heb haar zelfs de keuze gegeven. Als ze niet wilde dat jij in de zaak kwam werken, was het niet doorgegaan.'

Kim viel stil. Dat wist ze niet.

'Ik heb dat niet aan jou verteld, omdat ik Petra's verleden zo min mogelijk wil delen. Er zijn maar weinig mensen die weten dat ze verslaafd is geweest en zo willen we het ook houden. Een verslaving geeft je een stempel waar je maar moeilijk vanaf komt.' Hij haalde diep adem. 'Ik had echt gehoopt dat dit in het verleden zou blijven. Dat we het hadden afgesloten.'

Kim glimlachte triest. 'En nu heeft ze je misschien wel heel goed om de tuin geleid.'

'En mij niet alleen, mijn moeder heeft ook niets gemerkt. Dan had ze het me wel verteld. Maar als ze nu al zover is dat ze geld moet stelen...' Hij schudde zijn hoofd. 'Het moet al een tijdje aan de gang zijn, want Petra heeft een prima salaris en bovendien hoeft ze geen hypotheeklasten te betalen.'

Kim ging wat meer rechtop zitten. Op een of andere manier wakkerden die woorden iets aan in haar hoofd. Een gedachte die haar een ongemakkelijk gevoel bezorgde. 'Als Petra geld nodig heeft...' zei ze, maar het tweede deel van de zin slikte ze in.

'Wat?' vroeg Levi.

Kim schudde haar hoofd en sloeg haar blik neer. ‘Nee, ik zit te denken...’

Levi keek haar onderzoekend aan. ‘Waar heb je het over?’

‘De ontvoering van Owen...’

Levi keek niet-begrijpend. ‘Wat is daarmee?’

‘Bij een ontvoering hoort losgeld. Dat is niet geëist door degene die Owen heeft meegenomen en je weet dat de politie dat vreemd vindt. Zou het kunnen dat Petra...’ Haar stem stierf weg. Ze merkte dat Levi verstrakte. ‘Misschien vond ze het toch te ver gaan’, zei Kim. ‘Was het oorspronkelijk het plan en zag ze ervan af? En heeft ze daarna Owen toch maar gewoon teruggebracht?’

Levi schudde resoluut zijn hoofd. ‘Dat kan niet’, zei hij. ‘Ik ken mijn zus. Hoe verslaafd ze ook is, ze zou nooit een kind iets aandoen. Bovendien was Petra hier toen hij verdween, ze heeft zelfs nog geholpen met zoeken in het dorp.’

Kim kon de gedachte nog niet helemaal loslaten. ‘Als ze het zelf had gedaan, had Owen haar meteen herkend. Maar ze kan iemand anders hebben gevraagd.’

Bij Levi wilde de gedachte dat zijn zus er iets mee te maken had, er duidelijk niet in. ‘Er is geen geld gevraagd, dus als ze daarop uit was, heeft ze het wel heel slecht aangepakt.’

Kim haalde haar schouders op. ‘Misschien vond ze het toch te ingewikkeld. Of zielig voor Owen. Of ging er iets mis.’

‘We moeten geen spoken gaan zien’, zei Levi. ‘Het enige

wat we weten is dat Petra geld uit de kassa heeft gestolen en daar zal ik haar mee confronteren.'

Kim deed er verder het zwijgen toe. Ergens stak het haar dat Levi haar suggestie zo beslist terzijde schoof. Natuurlijk was het vergezocht dat zijn zus een kind zou laten ontvoeren, maar de hele ontvoering was sowieso bizar. Wie er ook achter zat, het motief was nog altijd totaal onduidelijk. Was het dan zo vreemd om te denken dat iemand die kennelijk geld nodig had, op het idee zou komen daarvoor drastische maatregelen te nemen? Daar kwam bij dat Kims vertrouwen in haar band met Petra een stevige knauw had gekregen. Ja, haar schoonzus was dol op Owen, dat kon ze niet ontkennen. Maar tot een halfuur geleden zou ze ook hebben beweerd dat zij en Petra vriendinnen waren. En blijkbaar had dat Petra er toch niet van weerhouden om te proberen Kim de schuld van de diefstal in de schoenen te schuiven. En daarmee een wig te drijven tussen Kim en Levi. Kim kon er niets aan doen dat in haar hoofd daardoor allerlei conclusies en aannames om voorrang streden. Wilde Petra haar hier niet hebben? Vond ze haar een indringer?

'Je maakt het persoonlijk', zei Levi, toen ze een paar van die gedachten deelde. 'En dat snap ik, want dat deed ik vroeger ook. Maar inmiddels heb ik geleerd dat het niet persoonlijk is. Verslaafden zijn vaak opportunisten. Ze zijn er in de eerste plaats op gericht om hun behoeften te kunnen vervullen zonder dat anderen het opmerken of proberen om hen te stoppen. Dus doen ze veel stiekem en zoeken ze altijd naar mogelijkheden om bijvoorbeeld aan geld te komen. Daarbij heiligt het doel de middelen.' Hij dacht even na. 'Ik denk dat Petra jouw pas een paar keer heeft zien liggen en haar kans heeft gegrepen. Zonder vooropgezet plan en al helemaal zonder intenties naar jou toe.'

Kim liet die woorden op zich inwerken. Ze deed haar mond open om antwoord te geven, maar werd onderbroken door de ringtoon van haar telefoon. Een nummer dat ze niet kende verscheen in haar scherm. Ze aarzelde even, maar nam toen toch op.

'Kim, je spreekt met Siska Wirschmann van de recherche', klonk een vrouwenstem aan de andere kant van de lijn. Kim voelde meteen haar hartslag toenemen. 'Ik denk dat het goed is als je even naar het bureau komt.'

Hoofdstuk 10

'Ga zitten.' Siska Wirschmann wees op de lege stoel aan de ene kant van de tafel en ging zelf aan de andere kant zitten. 'Fijn dat je zo snel kon komen.'

Kim knikte gespannen. Toen Siska belde, had ze meteen de bar verlaten. Levi had gezegd dat hij meeging, maar Kim had dat weggewuifd. 'Misschien is het maar iets kleins', had ze gezegd. 'Jij hebt het druk genoeg hier.'

De waarheid was dat ze niet precies wist of ze hem wel bij zich wilde hebben als de politie nieuws te melden had. Tot vanochtend zou ze daarover niet hebben getwijfeld, maar nu, na alles wat ze over Petra had gehoord, wilde ze liever even alleen zijn. Alleen horen wat de politie te vertellen had en de informatie op zich laten inwerken voor ze die met Levi deelde. Misschien had hij gelijk en had Petra hier niets mee te maken. Maar het zo stellig uitsluiten als hij deed, kon zij niet.

Ze haalde diep adem en keek de rechercheur aan. 'Wat is er aan de hand?'

Voor Siska op tafel stond een laptop met een usb-stick erin. Ernaast lag een witte bubbeltjesenvelop met de naam van de rechercheur erop. Het verwonderde Kim dat de envelop in een afgesloten plastic zak was gestopt en dat de politieagente blauwe plastic handschoentjes droeg.

'Vanochtend vond ik deze envelop, aan mij geadresseerd', zei de rechercheur. 'Er bleek alleen een usb-stick in te zitten, die ik in mijn computer heb gestopt.' Ze draaide de laptop zo dat Kim mee kon kijken op het scherm. 'Op de usb-stick staat een geluidsopname, die ik graag aan je wil laten horen.'

Kim keek heen en weer tussen het scherm en de rechercheur. 'Wat is er te horen dan?'

Siska wachtte even voor ze antwoord gaf. 'Ik hoop dat jij me dat kan vertellen. Ik heb een vermoeden, maar ik weet niet of ik het bij het juiste eind heb.'

'Oké', zei Kim onzeker. Ze voelde de spanning in haar lijf toenemen. De misselijkheid die tegenwoordig nooit ver weg was, werd ook weer heviger.

Siska klikte op *play* en de opname begon te lopen. Kim kneep haar ogen samen om beter te kunnen luisteren. Eerst gebeurde er niets, toen hoorde ze ineens een kinderstem. 'Mama…' zei het jongetje. En daarna nog eens: 'Mama!'

Geschrokken sloeg Kim haar hand voor haar mond. 'Dat is Owen', wist ze uit te brengen. 'Dat is zijn stem.' Met grote ogen keek ze de rechercheur aan. 'Waar komt dit vandaan?'

Siska keek haar aan. In haar blik was waakzaamheid te zien. 'Dat is precies wat we moeten uitzoeken.'

Kim leunde achterover in haar stoel, haar hand nog steeds voor haar mond. Haar hart klopte wild en ze moest slikken om de misselijkheid de baas te blijven. Haar gedachten buitelden over elkaar heen alsof ze in een centrifuge waren beland. 'Wat betekent dit?' vroeg ze zacht. 'Wat wil iemand hiermee zeggen?'

De rechercheur gaf eerst geen antwoord. Pas na een paar seconden doorbrak ze de stilte. 'Dat weet ik niet', zei ze eerlijk. 'Maar het zet de verdwijning van Owen wel in een ander daglicht. Eerst leek het er toch op dat het een vreemde, misschien impulsieve actie was zonder boodschap. Maar blijkbaar wil de dader toch iets duidelijk maken.'

Kim vouwde haar handen nu in haar schoot en sloot even haar ogen. 'Ik moet bellen', zei ze vervolgens en ze pakte haar telefoon om Frieda op te dragen vandaag binnen te blijven met Owen. Ze wilde niet dat haar zoon nog buiten de deur zou komen zonder dat ze zelf voortdurend op hem kon letten.

Toen ze had opgehangen, was het alsof de energie ineens uit haar was weggestroomd. Ze voelde zich uitgewrongen, niet meer tot iets in staat. Owens opgenomen stemgeluid bleef zich herhalen in haar oren. Uiteindelijk keek ze Siska aan. Haar stem klonk breekbaar toen ze begon te praten. 'Ik begrijp er gewoon niets van', zei ze zacht. 'Eerst Owen en nu...' Ze zweeg. Het was beter om niets over het gedoe met Petra te zeggen. Daar had de politie niets mee te maken en Levi had duidelijk gemaakt dat hij het juist niet aan de grote klok wilde hangen om zijn zus te beschermen.

'Nu wat?' vroeg Siska toen Kim haar zin niet afmaakte.

'Nu deze opname', zei ze snel. 'Ik krijg steeds meer het idee dat iemand me iets duidelijk wil maken, maar ik heb geen idee wat. Het lijkt er nog het meest op dat ik moet voelen dat Owen en ik hier niet welkom zijn.'

Siska ging verzitten. 'Denk je dat?'

'Het begint erop te lijken.'

Siska dacht even na. 'We hebben deze optie ook meegenomen in het onderzoek, maar er is geen enkele andere aanwijzing voor, dat is wat ik zo vreemd vind. Lech is ook geen afgesloten dorp met een bevolking die geen indringers duldt. Er zijn hier in de loop der jaren zoveel mensen uit het buitenland komen wonen en dat is nooit een probleem geweest.'

Kim haalde diep adem. Ze was ook uiterst vriendelijk ontvangen in het dorp, daar lag het niet aan. Levi's vrienden hadden haar sowieso het gevoel gegeven dat ze welkom was, maar ook wanneer ze in de winkel kwam of op straat liep, werd ze vaak opgewekt begroet. En toch...

Het was niet 'de bevolking' waar Siska het over had. Als er al iemand vond dat ze niet welkom was, dan ging dat niet om een hele groep. Eerder om een persoon, of enkele personen. Vluchtig dacht ze aan Petra en aan het gestolen geld. En ook wat er met haar ski's was gebeurd schoot door haar hoofd. Toch riep ze zichzelf een halt toe. Als je eenmaal een bepaald idee had, was het makkelijk om overal aanwijzingen voor je gelijk in te zien. Terwijl Levi een logische verklaring had voor de daden van zijn zus – blijkbaar was het ook niet de eerste keer dat ze iets had gestolen. En spullen konden kapotgaan, ook ski's. Daar was niet altijd een verklaring voor. Waarschijnlijk hing ze, in het licht van de andere gebeurtenissen, veel te veel gewicht aan de vrij achteloos uitgesproken woorden van de skishopmedewerker.

Ze zette haar gedachten van zich af. 'Ik weet het ook niet', zei ze met een zucht. 'Soms denk ik: misschien moet ik maar gewoon weer weggaan.'

Ze schrok een beetje van die woorden, die spontaan uit haar mond waren gerold. Het was een gedachte die meer dan eens door haar hoofd was gegaan, maar die ze niet eerder hardop had uitgesproken. Nu ze dat wel deed, merkte ze eigenlijk pas hoezeer ze haar eigen woorden meende. 'Ik bedoel: als Owen hier niet welkom is, en ik ook niet, wat heb ik hier dan te zoeken? Ik heb geen zin om elke keer over mijn schouder te moeten kijken of iemand het misschien op mijn kind gemunt heeft.'

Het leek of Siska was geraakt door die woorden. 'Geef ons nog even de tijd, Kim', zei ze zacht. 'Geloof me, wij willen de dader net zo graag pakken als jij. Het is onze plicht om ervoor te zorgen dat iedere inwoner van Lech en iedereen die hier te gast is, zo veilig mogelijk kan leven.

Als dat niet kan, doen wij ons werk niet goed.'

Kim vond het mooie woorden, maar toch schudde ze haar hoofd. 'Ik heb er veel vertrouwen in dat jullie keihard je best doen, maar ik voel me hier op dit moment niet veilig. De wetenschap dat iemand het blijkbaar op mijn zoon gemunt heeft, is onverteerbaar.'

'Dat begrijp ik.' Siska haalde de usb-stick uit de computer. 'Deze gaat vandaag nog naar het lab, samen met de envelop waarin hij is bezorgd. Daar zullen beide items worden onderzocht op vingerafdrukken en andere sporen. Mijn collega's van de digitale recherche gaan aan de slag met de geluidsopname zelf. Ze zullen onder andere uitzoeken of er aanwijzingen zitten in het achtergrondgeluid en hopelijk kunnen ze ook achterhalen met wat voor apparaat de opname is gemaakt. Zelf zal ik de beelden van de camera bij de ingang van het bureau bekijken. De envelop moet gistermiddag zijn bezorgd en is door een van mijn collega's uit de brievenbus gehaald en achter de balie gelegd voor mij.'

Kim hoorde het aan en knikte een paar keer, maar ondanks de inspanningen die de politie zou doen, voelde ze zich niet beter. Tot nu toe had het politieonderzoek niets opgeleverd. Geen aanwijzing, zelfs geen begin van een spoor in de richting van de dader. Het was allemaal één groot vraagteken en steeds meer kreeg ze het gevoel dat de hele actie misschien wel een stuk beter voorbereid en gepland was dan in eerste instantie het geval leek te zijn. Om zoiets te kunnen doen zonder sporen achter te laten, kon iemand niet over één nacht ijs zijn gegaan. Daardoor begon ze er ook meer en meer van overtuigd te raken dat de op het oog vrij zinloze ontvoering niet het doel was geweest. En ook niet het einde. De angst bekroop haar steeds meer dat dit nog maar het begin was. Eerst de verdwijning, dan de geluidsopname – welk plan lag er nog meer klaar? En was het dom en naïef om hier in Lech te blijven en het maar gewoon af te wachten?

'Wat was er?' vroeg Levi bezorgd toen ze de zaak weer binnenkwam. 'Waarom moest je naar het bureau komen?'

Kim wierp een blik op August die samen met een collega achter de bar bezig was. 'Zullen we even naar kantoor gaan?' vroeg ze en zonder het antwoord af te wachten liep ze door naar achteren. In het kantoor liet ze zich op een stoel zakken. Haar knieën trilden zo hard dat ze het gevoel had dat ze ook geen meter verder had kunnen lopen. De kleine wandeling van het bureau naar de bar leek haar volledig te hebben uitgeput.

'Er is een geluidsopname van Owen op het bureau afgeleverd', zei ze toen Levi de deur had gesloten. 'Je hoort hem twee keer "mama" zeggen.'

Op Levi's gezicht vochten schok en ongeloof om voorrang. 'Een geluidsopname?' herhaalde hij. 'Wanneer is die dan gemaakt?'

Kim realiseerde zich nu pas dat ze dat niet had gevraagd. Automatisch was ze ervan uitgegaan dat het tijdens de ontvoering was gebeurd. 'Dat is toch het meest logisch?' zei ze toen ze haar gedachte met Levi had gedeeld. 'Verder is hij altijd bij ons of bij Frieda geweest, we verliezen hem geen moment meer uit het oog.'

Levi knikte een paar keer. Hij ging ook zitten en schudde wat verdwaasd zijn hoofd. 'En nu?' vroeg hij.

'Nu gaan ze uitzoeken of ze vingerafdrukken of andere sporen kunnen vinden op de stick zelf en de envelop. Ook had die rechercheur het over camera's bij de ingang van het bureau, waarop ze misschien kan zien wie de envelop heeft afgeleverd.'

'Maar...?' vroeg Levi, die het voorbehoud in haar stem duidelijk opmerkte.

'Ik weet het niet.' Kim haalde moedeloos haar schouders op. 'Als je een kind ongemerkt kan meenemen en net zo ongemerkt kan achterlaten, zal het bezorgen van een envelop vast een koud kunstje zijn.'

Daar moest Levi haar gelijk in geven. Met een zucht wreef hij over zijn voorhoofd. 'Ik dacht echt dat we het achter ons konden laten.'

'Ik denk dat het pas net begonnen is', zei Kim. Haar stem trilde. Opnieuw kneep haar maag pijnlijk samen en tegelijkertijd brak het koude zweet haar uit. Met een ruk stond ze op en rende langs Levi het kantoor uit naar het toilet. Daar gaf ze over tot de tranen over haar wangen liepen en haar lichaam eindelijk ophield met schokken. Met haar hoofd tegen de koele tegels van de wand kwam ze eindelijk weer wat tot zichzelf.

'Hier, drink wat', zei Levi, die al die tijd achter haar had gestaan en haar nu een flesje water aanreikte. Hij ging naast haar op de vloer zitten en sloeg zijn arm om haar heen. Kim liet haar hoofd tegen zijn schouder zakken.

De misselijkheid was weliswaar weggetrokken, maar er was een zwaar gevoel voor teruggekomen. Een gevoel dat maakte dat haar ledematen honderd kilo per stuk leken te wegen. Ze wist niet hoe ze nog moest opstaan.

'Kom', zei Levi na een paar minuten. 'Dan breng ik je naar huis.'

Kim schudde haar hoofd. 'Nee, het gaat wel', zei ze. 'Ik voel me al beter.'

Ze liet zich door Levi overeind helpen en liep naar het kantoor, waar ze zich nog wat slap op een stoel liet zakken. Toch leek het zware gevoel weg te trekken.

'Je kunt zo niet werken, Kim', zei Levi. 'Je bent ziek.'

Ze schudde haar hoofd. 'Het zal de spanning geweest zijn. Ik ben me kapotgeschrokken op het politiebureau. En daarvoor al het nieuws over Petra.' Dat was ook een reden dat ze vandaag per se wilde werken. Levi had zijn zus afgebeld – welke reden hij had genoemd wist ze niet – en als Kim nu ook uitviel, had hij te weinig personeel op de drukste avond van de week.

Levi keek haar aarzelend aan. 'Weet je het zeker?'

'Ja.' Kim deed haar best om overtuigend te glimlachen. 'Als het niet gaat, kan ik altijd nog naar huis gaan. Maar ik voel me echt al veel beter. Ik ga eerst even wat bestellingen doen, dan kan ik nog even blijven zitten.'

'Oké dan', ging Levi overstag. 'Maar je moet het wel eerlijk zeggen als je liever naar huis wil.'

Kim beloofde het en hij verliet het kantoor. Toen hij weg was, liet ze haar hoofd in haar handen zakken en bleef even zo zitten. Misschien had ze een beetje overdreven hoe goed ze zich voelde, maar ze wilde hem niet nog ongeruster maken nu hij al zoveel op zijn bordje had. Bovendien wilde ze niet dat hij voor haar moest zorgen. De laatste tijd voelde ze zich zo vaak moe en ziek dat ze soms het idee had dat ze meer patiënt was dan zijn vriendin, al verzekerde Levi haar dat dat in zijn ogen niet zo was.

Kim ging rechtop zitten, nam een paar slokken water en pakte de bestellijst erbij, die ze in de computer moest invoeren. Ze stuurde nog snel een berichtje naar Frieda, die gelukkig meteen antwoordde dat alles goed ging en dat ze een treinbaan door de hele woonkamer hadden gebouwd. Toen legde ze haar telefoon weg en ging aan het werk.

De volgende ochtend werd Kim vroeger wakker dan anders. Het moest nog zeven uur worden en hoewel ze niet extreem lang had geslapen, voelde ze zich uitgerust. Ze had trek. Gisteravond had ze alleen wat lichte dingen gegeten om haar maag niet verder van streek te maken. Nu had ze het gevoel dat ze wel een driegangenmaaltijd op kon.

In haar badjas liep ze de slaapkamer uit. Ze keek om het hoekje van Owens kamer, maar hij lag nog rustig te slapen. In de keuken at ze eerst een banaan en daarna smeerde ze een broodje voor zichzelf, dat ze meenam naar de woonkamer. Ze schoof het gordijn open en keek naar de verse laag sneeuw die vannacht was gevallen. Het was nog donker, maar toch kon je het mooie, aangesloten dek al goed zien. Grappig hoe ze nog elke keer bij die aanblik blij werd, alsof het net als in Nederland iets was om te koesteren omdat het niet vaak gebeurde. Terwijl je in Lech je nooit hoefde af te vragen of het in de winter wel zou gaan sneeuwen.

Een vroege wandelaar maakte een spoor van voetstappen in de sneeuw. In een flits meende Kim Petra te herkennen, maar toen ze beter keek, zag ze dat het iemand anders was. Misschien speelde haar brein spelletjes met haar omdat haar schoonzus maar niet uit haar gedachten wilde verdwijnen. Vannacht had ze een tijd wakker gelegen door alles wat er gisteren was gebeurd. Keer op keer had ze in haar gedachten het moment teruggehaald waarop ze even onoplettend moest zijn geweest en Petra haar pas had gepakt. Het moest echt snel zijn gebeurd, in enkele seconden. Kim wilde best geloven wat Levi zei – dat iemand die verslaafd was daar dag en nacht mee bezig was en als geen ander had geleerd om toneel te spelen – maar toch had ze moeite te geloven dat het zo'n beetje onder haar neus was gebeurd en dat ze niets had gemerkt. Sowieso had ze niets aan Petra gemerkt. Aan de andere kant: hoe goed kende ze haar schoonzus nu helemaal? Goed, had Kim gedacht, maar blijkbaar was dat alleen van de buitenkant.

Vandaag zou Levi met Petra gaan praten. Gisteren had hij in Kims bijzijn zijn moeder al gebeld om haar in te seinen en ze hadden afgesproken om bij de zondagse lunch met Petra in gesprek te gaan. Levi wilde dat Kim daarbij was, al voelde ze daar zelf niet meteen voor. Maar het was belangrijk voor hem, had hij gezegd, en daarom had ze ingestemd. Annette had rustig gereageerd toen Levi haar vertelde wat er was gebeurd. Net als hij had zij meteen geweten wat het betekende als Petra geld stal. 'Dan begint alles weer', had ze gezegd. 'Hopelijk valt het deze keer mee.'

Wat Kim was opgevallen, was dat er een soort berusting in Annettes stem had doorgeklonken. Alsof ze ergens wel had verwacht dat dit zou kunnen gebeuren en er ook vrede mee had.

'Misschien is dat ook wel zo', had Levi gezegd toen Kim die gedachte achteraf had uitgesproken. 'Bij de instelling waar Petra is behandeld, betrekken ze de familie intensief bij het traject. Meerdere behandelaars hebben daar eerlijk gezegd dat veel verslaafden op een dag een terugval krijgen. Dat hoeft niet erg te zijn, als je er op tijd bij bent.'

'Ben je er op tijd bij?'

Die vraag had Levi onbeantwoord gelaten. Kim wist dat hij prints had gemaakt van de rekeningen waar het om ging en de annuleringen. 'Ga je die allemaal onder haar neus duwen?' had ze gevraagd.

'Nee, dat heeft geen zin. Ik vermoed dat ze sowieso alles gaat ontkennen.'

Kim kon niet zeggen dat ze uitkeek naar het gesprek.

Ze stond op om in de keuken koffie en een tweede broodje te gaan halen. Net toen ze weer naar de woonkamer wilde lopen, hoorde ze boven het stemmetje van haar zoon. 'Mama', riep hij zachtjes en even voelde ze een rilling over haar rug, omdat het precies klonk als de opname die ze gisteren had gehoord. Ze haalde diep adem en dwong haar gedachten tot stilstand. Owen mocht niets merken van haar stress.

Hij was zelf uit zijn ledikant geklommen – iets wat hij sinds een paar weken deed – en kwam haar met uitgestrekte armpjes tegemoet op de gang. 'Kleine boef', zei Kim lachend. 'Misschien wordt het tijd voor een ander bed voor jou.'

'Ja!' riep Owen. 'Een groot bed!' Hij wilde niets liever dan groot zijn, zeker sinds hij Tristan als zijn broer beschouwde. Soms als Tristan zijn huiswerk maakte aan de eettafel, ging Owen naast hem zitten met een schrift en een pen en tekende hij onleesbare halen. Kim had daar al talloze foto's van gemaakt omdat het zo'n schattig gezicht was, die twee jongens naast elkaar.

Kim deed alsof ze haar zoontje ging pakken en hij rende giechelend weg. Ze zette de achtervolging in, tilde hem op en knuffelde en kietelde hem tot hij het uitschaterde. Daarna liep ze met hem naar beneden en maakte ontbijt klaar.

De ochtend kroop traag en tegelijkertijd te snel voorbij. Kim zag op tegen het gesprek met Petra. Levi leek ook gespannen te zijn, al merkte je aan hem nooit zo goed hoe hij zich voelde. De eigenschap van binnenvetter zat misschien wel een beetje in de familie. Tegenover Kim en de kinderen gedroeg hij zich in elk geval niet anders dan anders.

'Weet je al hoe je het gaat aanpakken?' vroeg Kim, toen ze met z'n tweeën in de keuken stonden.

Levi fronste wat. 'Hoe bedoel je? Ik ga gewoon precies zeggen wat ik heb ontdekt en wat mijn conclusies zijn.'

Kim zou zichzelf niet als een conflictmijder willen

beschrijven, maar dan ging het meer over zakelijke problemen of geschillen. In de privésfeer ging ze rechtstreekse confrontaties, zeker als er veel emotie mee gepaard ging, toch het liefst uit de weg. Levi niet, hij was van mening dat confrontatie de enige manier was om zijn zus te benaderen. Een subtiele aanpak zou niet werken, had hij al gezegd. Dan zou ze haar muren verder optrekken en nog beter haar best doen om de waarheid te verbergen. En dat zou, daarvan was Levi overtuigd, haar bijzonder goed lukken.

Onderweg naar Annette had Kim nog steeds haar twijfels. 'Weet je zeker dat het een goed idee is als ik bij het gesprek ben?' vroeg ze. 'Ik kan me heel goed voorstellen dat dat voor haar als een bedreiging voelt.'

'Ik wil dat ze weet dat jij en ik één zijn en dat wij geen geheimen voor elkaar hebben', zei Levi stellig. 'En ook dat jij haar wil helpen, net zo goed als mijn moeder en ik.'

Kim knikte, maar gaf geen antwoord. Ze luisterde naar het geknerp van de sneeuw onder haar moonboots. 'Hoe denk je dat ze reageert?' vroeg ze uiteindelijk aan Levi.

Die trok even met zijn mond. 'Dat weet je nooit.'

Daarmee was het onderwerp afgesloten. Ze gingen Annettes huis binnen via de achterdeur. Levi had tegen Tristan en Katarina gezegd dat er iets besproken moest worden, maar dat het niet ernstig was. Beide kinderen hadden enigszins gelaten geknikt en beloofd om Owen even te vermaken in de kamer, terwijl Levi, Annette, Petra en Kim zich in de keuken terugtrokken.

'Wat is er aan de hand?' vroeg Petra verwonderd en ook

met iets van een lach in haar stem. Ze keek toe hoe Annette de keukendeur sloot, terwijl die normaal altijd openstond. 'Hebben we een surpriseparty?' Toen niemand reageerde, werd Petra's gezicht serieuzer. 'Is er iets?'

Kim monsterde haar schoonzus terwijl die heen en weer keek tussen haar moeder en haar broer. Wetende wat er speelde en wat zij had gedaan, zou je denken dat ze nu iets begon te vermoeden. Maar dat was niet zo, ze leek oprecht verbaasd dat de volwassenen zich in de keuken afzonderden. Pas heel langzaam verscheen er iets van bezorgdheid op haar gezicht. 'Ben je ziek, mama? Heb je slecht nieuws te vertellen?'

Waarschijnlijk had Levi gelijk, bedacht Kim. Waarschijnlijk kon Petra gewoon heel goed toneelspelen.

Levi gebaarde haar om te gaan zitten aan de kleine rechthoekige keukentafel en Petra nam plaats. Kim waakte ervoor dat ze niet naast haar schoonzus kwam te zitten en wachtte tot Annette op die plek had plaatsgenomen. Levi ging tegenover zijn zus zitten, Kim schoof naast hem aan. 'Ik denk dat je eigenlijk wel weet waar dit over gaat, Peet', zei Levi.

Er viel een stilte. Petra staarde hem aan. 'Waar heb je het over?'

'Ben je weer aan het gokken?'

Ze schrok echt, zag Kim. Het was of er een barst ontstond in een zorgvuldig in elkaar gezet masker van oprechtheid. Petra deed haar best om haar blik niet af te wenden – blijkbaar had ze geleerd dat leugenaars dat juist wel deden – en terwijl haar lippen licht trilden, bleef ze haar broer recht aankijken. 'Hoe... Waar heb je het over?' bracht ze uiteindelijk uit. 'Je weet dat ik die tijd achter me heb gelaten.'

Levi koos inderdaad voor de rechtstreekse confrontatie, precies zoals hij van plan was geweest. 'Ik weet dat je geld hebt gestolen uit de kassa van de bar.'

'Wat?' Petra zette grote ogen op. Kim kon haar gedachten bijna over elkaar zien buitelen.

'Ik weet ook dat je dat met de pas van Kim hebt gedaan.'

Heel even wendde Petra haar blik af van haar broer, om hem op Kim te richten. Het was vluchtig, te vluchtig voor Kim om haar gevoelens erin af te lezen. Desondanks voelde ze zich ongemakkelijk, alsof zij de aanstichter van dit hele gesprek was.

'Ik weet niet waar je het over hebt', zei Petra.

'Nee?' Levi's wenkbrauwen gingen omhoog. 'Echt niet?'

'Nee.'

'Lieverd...' Dat was Annette, die haar hand op de onderarm van haar dochter legde. Petra trok die arm weg en zette haar beide ellebogen demonstratief op tafel. Haar vingers vouwde ze in elkaar.

'Waar slaat dit op?' vroeg ze met een strijdlustige blik in haar ogen. 'Weet je wel wat je zegt? Je beschuldigt mij van diefstal, terwijl je net zelf vertelt dat het is gebeurd met de pas van Kim. Hoe weet je zo zeker dat zij niet...' Nu bleef haar blik langer op Kim gericht. Waar Kim had verwacht dat er boosheid in te lezen zou staan, of misschien verwijt, zag ze eigenlijk alleen maar onzekerheid.

Petra keek weer naar Levi. 'Je weet hoe hard ik heb

gewerkt om die nare tijd achter me te laten en ook om jullie vertrouwen terug te winnen.' Ze slikte even en Kim meende iets van tranen in haar stem te bespeuren. 'En bij het minste of geringste ga je ervan uit dat ik het wel gedaan zal hebben.'

Levi gaf geen antwoord, Kim ook niet. Annette nam het woord. 'We willen je helpen, lieverd. We zijn er voor je. Als je je weer bezighoudt met gokken en met drugs, dan gaan we er samen voor zorgen dat je opnieuw wordt behandeld.'

Petra had haar blik neergeslagen en staarde naar het tafelblad. Het enige wat bewoog was haar lip, die zo nu en dan trilde. Het was Kim eigenlijk nooit eerder opgevallen dat er een klok in de keuken hing, maar ineens klonk het tikken hard en intens.

'Maar het is niet waar', zei Petra uiteindelijk, haar stem breekbaar. 'Ik ben niet opnieuw verslaafd en ik heb niets gestolen.'

Kim wendde haar blik af. Met Levi had ze deze mogelijkheid besproken, de mogelijkheid dat het Petra inderdaad niet was. Natuurlijk hield hij die optie open, maar het was op dit moment wel het meest onwaarschijnlijke scenario. En dat ze ontkende, zei volgens hem niet zoveel. Ze had eerder haar verslaving ook heel lang ontkend.

Levi keek zijn zus aan. 'Ik zal zorgen dat de waarheid boven tafel komt.'

Petra wilde niet blijven eten. Ze ging naar huis en tijdens de lunch kostte het Kim moeite om het gesprek te volgen. Katarina vertelde over iets wat op school was gebeurd,

Tristan over een afdaling die hij gisteren sneller dan ooit had gemaakt. Kim merkte dat ook Levi en Annette met hun gedachten ergens anders waren.

Pas toen ze thuis waren, kreeg ze de kans om er met Levi over te praten. De oudste twee kinderen waren naar hun kamers vertrokken, Owen keek met zijn koptelefoon op naar *Paw Patrol* op de iPad. 'Hoe vond je dat het ging?' vroeg Kim.

Levi haalde zijn schouders op. 'Het kon erger.'

'Ze gaf het niet toe.'

'Geef haar wat tijd.' Levi tikte op zijn telefoon en de tijd verscheen op het scherm. 'Ik moet gaan.'

Kim knikte een paar keer. Ze verlangde naar een avond thuis met Levi, maar zei: 'Laat maar weten wat ik extra kan doen.' Daarna stond ze op en liet zich door Levi omhelzen. Hij trok zijn jas aan, drukte nog een kus op haar lippen en liep vervolgens naar buiten. De stilte die hij achterliet, zoemde in Kims oren.

Hoofdstuk 11

DE VOLGENDE OCHTEND VOELDE KIM ZICH SLECHTER dan ooit. Nadat ze uit bed was gekomen had ze zichzelf naar de badkamer gesleept, waar ze had overgegeven en een tijdje trillend op de koude vloer was blijven zitten. Uiteindelijk was ze met moeite opgestaan.

Ze had Owen meegenomen naar beneden en hem haar telefoon gegeven om een spelletje te doen. Terwijl ze opnieuw misselijk werd had ze op een of andere manier ontbijt voor hem weten te maken. Zelf moest ze niet aan eten denken.

Tristan en Katarina kwamen naar beneden en maakten zich klaar om naar school te gaan. Katarina keek haar wat onderzoekend aan, maar geen van beiden vroeg iets. Kim deed haar best om niet te laten merken hoe ze zich voelde.

'Veel plezier op school', zei ze toen de oudste kinderen de deur uit gingen. Zodra ze weg waren, liet ze zich op de bank zakken en kreunde licht. Owen hoorde het niet, hij giechelde om iets op het telefoonscherm. Kim strekte haar nek om te zien dat hij inmiddels een filmpje had opgezet. Blijkbaar was dat iets wat hij tegenwoordig zelfstandig kon doen.

Misschien moest ze de dokter maar weer bellen. Uitleggen dat het toch niet normaal was hoe ze zich voelde en dat ze graag doorverwezen wilde worden voor nader onderzoek. Dat ze een beetje moe was door alle veranderingen, oké, maar dit was extreem. En hoogteziekte moest na een tijdje toch ook wel overgaan? Bovendien was het vreemd dat ze er niet altijd last van had. Als het daadwerkelijk door de hoogte kwam dat ze zich slecht voelde, zou alleen afdalen helpen. Maar er waren ook momenten waarop ze zich redelijk oké voelde, op die vervelende vermoeidheid na. Die leek trouwens de laatste dagen ook erger te worden, alsof slapen helemaal niet meer hielp.

Owen was klaar met de telefoon en duwde die van zich af. Ongeduldig schoof hij heen en weer op zijn stoel. 'Spelen, mama?' vroeg hij hoopvol. Kim voelde er meer voor om op de bank te blijven zitten, maar dat was een luxe die niet was voorbehouden aan ouders van kleine kinderen, zelfs niet wanneer je je beroerd voelde.

Ze had even tijd nodig om de duizeligheid te laten wegtrekken die was ontstaan toen ze opstond. Haar eerste stap was zwabberig, bijna alsof ze te veel had gedronken.

De tweede stap ging al beter. Ze tilde Owen op de grond en pakte de bak met daarin zijn trein uit de kast. 'Laat maar zien wat een lang spoor jij kan maken', zei ze, en ze hoopte dat ze nog een paar minuten had voor hij echt samen wilde spelen.

Zo was het nooit geweest, realiseerde ze zich toen ze in de keuken water opzette voor thee. Als moeder was ze altijd energiek geweest en speelde ze juist graag mee. Misschien ook omdat ze lange tijd had gedacht dat er geen speelkameraadje voor Owen zou komen, in de vorm van een broertje of zusje. Maar het had haar nooit moeite gekost en ze was er al helemaal nooit te moe voor geweest.

In de woonkamer hoorde ze haar telefoon gaan op hetzelfde moment dat in de gang de brievenbus klepperde. Dat laatste registreerde ze vaag zonder er acht op te slaan. Snel liep ze naar de kamer, waar bleek dat haar moeder belde. 'Hé, mam', zei ze toen ze opnam en terugliep naar de keuken om de thee te zetten nu het water kookte. 'Hoe is het?'

'Hoe was je weekend?' De jonge rechercheur Timo Weber keek Siska Wirschmann aan met zijn hoofd schuin. 'Nog genoten van het mooie skiweer?'

Siska keek terug en wist niet echt een antwoord. 'Eh... ja', zei ze toen, knikkend. 'Ja, het was echt mooi, hè?'

Ze liet maar niet merken dat ze zich eigenlijk nu pas realiseerde dat het grootste deel van haar collega's net twee vrije dagen achter de rug had, terwijl zij alleen maar had gewerkt. Niet dat iemand haar daartoe verplichtte, het was haar eigen keuze om op zaterdag en zondag uren op het bureau door te brengen in plaats van de bergen in te gaan. Als ze toch eens beter leerde loslaten...

Maar loslaten kon ze niet. Ongeduldig wachtte ze achter haar computer tot het mailprogramma was opgestart. Ze had meteen zaterdag de usb-stick en envelop voor sporenonderzoek naar het laboratorium gebracht en hoewel Siska vond dat het haast had, wist ze dat het laboratorium in het weekend alleen voor echte spoedzaken was geopend. Ze hoopte dat ze er nu mee aan de slag gingen en dat ze voor de middag al bericht kreeg of er vingerafdrukken of andere sporen waren gevonden op de spullen.

Toen het mailprogramma eindelijk tot leven was gekomen, stuurde ze een bericht naar haar collega's van de digitale recherche. Vrijwel meteen kreeg ze een reactie van Christel, een van de teamleden. 'Ik ben er gisteren al mee aan de slag gegaan', mailde de vrouw. 'Bij deze de resultaten.'

Siska glimlachte. Ze kende Christel al langer en wist dat ook zij vaak moeite had haar werk op vrije dagen te laten rusten. Vlug opende ze de bijlage van de mail en liet haar ogen over de regels gaan. Er was achtergrondgeluid hoorbaar bij de opname, las ze. De aard daarvan deed vermoeden dat de opname in een restaurant of andere eetgelegenheid was gemaakt, of mogelijk in huiselijke kring maar dan wel in de aanwezigheid van meerdere mensen. Er was geroezemoes hoorbaar van stemmen en getik van bestek tegen servies. Ook hoorde je op een bepaald moment heel erg op de achtergrond het geluid van brekend glas.

Een restaurant, dacht Siska knikkend. Dat klopte precies.

De opname was van goede kwaliteit. Als die met een smartphone was gemaakt, dan moest het met een redelijk nieuw model gebeurd zijn waarvan de opnamekwaliteit altijd beter was. Of een apparaat speciaal bedoeld voor het maken van opnames, dat kon niet precies worden vastgesteld.

De kinderstem die te horen was, was vergeleken met die van Owen. Het gesprek dat hij direct na de ontvoering met de politie had gehad, was opgenomen en diende als vergelijkingsmateriaal. De experts durfden met bijna honderd procent zekerheid te zeggen dat het zijn stem was die op de opname hoorbaar was. Siska begon te knikken toen ze dat las. Daar had ze zelf ook al niet meer aan getwijfeld.

Ze stuurde een mail terug om Christel te bedanken en voegde het bestand met de resultaten toe aan het onderzoeksdossier. Daarna belde ze naar het laboratorium om te vragen of het sporenonderzoek al begonnen was. Er moest toch iets zijn, de allerkleinste aanwijzing, een minimaal foutje waardoor ze zicht kregen op de afzender van de opname. Niemand werkte foutloos, geen enkele misdaad was perfect uitgevoerd. De kunst was alleen om het losse draadje te vinden en tot haar grote frustratie moest Siska vaststellen dat het in dit geval maar niet lukte.

'Nou lieverd, houd je taai.'

Kim luisterde naar de zachte stem van haar moeder en moest een paar keer slikken. 'Komt goed, mam', beloofde ze zonder te laten merken dat ze het moeilijk had. Het leek wel alsof ze tegenwoordig bij ieder telefoongesprek met haar moeder moest huilen en dat wilde ze niet. Haar moeder maakte zich al zoveel zorgen om haar.

'We komen echt snel naar je toe', beloofde haar moeder nu. 'Maar papa's baas doet lastig over vrije dagen, omdat ze onderbezet zijn. Maar zodra het kan, stappen we in de auto.'

'Dat zou ik fijn vinden', zei Kim. 'En anders kom ik over een paar weken even naar Nederland. Ik wilde eerst een tijd hier blijven om het voor Owen rustig te houden, maar ik denk dat hij er nu wel weer aan toe is.'

'We spreken elkaar snel', zei haar moeder.

Kim hing op en bleef even op de bank zitten, voor zich uit starend. Altijd als ze met haar moeder had gebeld, voelde de stilte na het ophangen zwaar. Ze miste haar ouders meer dan ze vooraf had gedacht. De afstand, zo had ze altijd vrij luchtig geroepen, was makkelijk te overbruggen. Maar in de praktijk viel dat toch tegen, juist nu ze de arm van haar moeder om haar schouders af en toe zo nodig had.

Kom op, sprak ze zichzelf streng toe. Ze was volwassen en ze kon zichzelf best redden. Het was makkelijk om nu te verzanden in zelfmedelijden en zielige gedachten, maar dat had geen enkele zin. Als het virus of de hoogteziekte of wat het ook was waardoor ze zich zo naar voelde, straks over was – want Kim ging er nog steeds van uit dat het van voorbijgaande aard was – zou ze zich ook mentaal weer fit voelen. Daar keek ze misschien nog wel meer naar uit dan naar haar fysieke gezondheid. Al vond ze het ook jammer dat ze nog maar zo weinig echt had kunnen genieten van het skiën en de wandelingen in de bergen.

Ze stond op voor negatieve gedachten haar nog verder zouden overspoelen. Gelukkig voelde ze zich wat beter en ze liep met Owen naar boven om hem aan te kleden. Toen ze weer beneden kwam, begon ze aan het opruimen van de ontbijtboel. Daarna keek ze naar buiten, zag de stralende zon en het witte sneeuwdek en besloot dat het tijd was voor een wandeling in het bos. Misschien was het ook gewoon een vicieuze cirkel die ze moest doorbreken. Van je slecht voelen werd je lamlendig, waardoor je minder ging ondernemen, je nog lamlendiger voelde en uiteindelijk alleen nog maar op de bank zat. Ze moest streng zijn voor zichzelf en de schouders eronder zetten. Dan zou het straks vanzelf beter gaan.

'Kom, lieverd', zei ze tegen Owen, terwijl ze naar de gang liep om zijn wanten en sjaal te pakken. 'We gaan sleeën.'

Hij juichte en rende achter haar aan. Toen Kim plotseling bleef staan, botste hij tot zijn grote hilariteit tegen haar benen aan. 'Kom, mama!' riep hij en stoof langs haar om dan zelf maar zijn spullen te pakken. Kim hoorde hem amper. Haar blik was gericht op een rechthoekige, hagelwitte envelop die op de deurmat lag. Er zat een etiket op met daarop haar naam geprint. Geen adres, alleen haar voornaam. Koud zweet prikte op haar rug, haar knieën trilden. Langzaam stak ze haar hand uit om de envelop op te pakken.

Ineens aarzelde ze. Niet aanraken, riep een stem in haar

hoofd. Dit was niet zomaar een brief. Na alles wat er was gebeurd, ook dit weekend weer, kon ze niet meer zo naïef zijn om dat te denken. Terwijl het bloed in haar oren suisde en ze zich duizelig voelde van de spanning, trok ze wollen handschoenen aan die ze in het laatje vond. Toen raapte ze de envelop op van de mat.

Hij was dun en licht en Kim draaide hem om in haar hand. Behalve haar naam stond er niets op. Ze nam hem mee naar de eettafel, waar ze ging zitten voor haar knieën het zouden begeven.

'Mama!' riep Owen ongeduldig. 'Kom nou!'

Maar Kim hoorde hem amper. Ze stond op om een mesje te pakken, waarmee ze de envelop openmaakte. Toen ze een beginnetje had, schoof ze haar vinger onder de rand. Daarna wachtte ze heel even en haalde diep adem voor ze keek wat erin zat.

Een stuk papier, rechthoekig en niet zo dik. Kim haalde het eruit en draaide het om. Het volgende moment had ze het gevoel dat haar keel werd dichtgeknepen.

Owens lachende gezichtje staarde haar aan vanaf de foto. Hij had een glas appelsap voor zich op tafel staan en aan de achtergrond was te zien dat de foto in een restaurant was gemaakt. Owen droeg zijn skipak, ze had zelf tientallen foto's van hem op haar telefoon in deze kleding. Maar dat was niet wat haar de adem benam.

Er stond een tekst op de foto geprint. Het leek of haar hersenen niet wilden dat ze de woorden tot zich zou nemen. De letters dansten voor haar ogen terwijl de betekenis al tot haar begon door te dringen.

Deze keer kreeg je hem terug. De volgende keer niet. Denk goed na, Kim.

Kim liet de foto vallen alsof die plotseling gloeiend heet was geworden. Vanaf het tafelblad lachte Owen haar toe, zijn ogen vol onschuld, die giftige tekst over zijn borstkas geprint. Kim vloog overeind om haar telefoon te pakken en zocht met trillende vingers het nummer van die ene rechercheur op. Er werd meteen opgenomen. Kim kwam amper uit haar woorden, maar gelukkig begreep de vrouw aan de andere kant van de lijn de urgentie zo ook wel.

'Blijf waar je bent', zei ze. 'Ik kom er meteen aan.'

Toen ze had opgehangen liet Kim haar hoofd in haar handen steunen. Haar hart bonkte wild en ze voelde zich duizelig. Ze belde Levi, maar hij nam niet op.

'Owen!' hoorde ze de vrolijke stem van haar zoon, die zijn eigen gezicht op de foto had herkend. Kims hand schoot naar voren om de foto om te draaien, al kon Owen natuurlijk niet lezen wat er stond. Haar zoon keek haar verwonderd aan. 'Kom', zei Kim, terwijl ze opstond. 'We gaan even op de bank zitten.'

Om de tijd door te komen tot de politie er was, pakte ze een voorleesboekje. Haar gedachten afleiden, dat wilde ze. Haar stress niet overbrengen op haar kind. Het lukte maar matig. Levi belde terug en Kim vertelde wat er was gebeurd. 'Ik kom er meteen aan', zei hij.

Hij arriveerde tegelijk met rechercheur Siska Wirschmann en een jongere collega van haar. 'Timo Weber', zei hij toen hij zich voorstelde en daarna volgde hij Siska snel naar binnen. Levi omhelsde Kim en drukte een kus op haar haar. Even hield hij haar stevig vast. 'Het komt wel goed', fluisterde hij, misschien nog wel meer tegen zichzelf dan tegen haar.

Siska Wirschmann staarde uit het raam naar buiten, waar miezersneeuw naar beneden dwarrelde en de straatlantaarns net waren aangegaan. Het mistroostige weer stond in contrast met de stemming op het bureau, die juist opgewonden was. Niet vrolijk, maar wel vol energie. De foto van Owen was een grote schok geweest voor Kim en hoe naar de tekst ook was, dit was wel weer een nieuw aanknopingspunt. Een nieuw moment voor de dader om fouten te maken. Een nieuwe mogelijkheid voor sporen.

De foto was gruwelijk. Niet de beeltenis zelf, maar de tekst, die er in grote, vrolijke letters op was geprint. Als een kerstgroet op een persoonlijke kaart. Siska begreep dat Kim zich kapotgeschrokken was en eerlijk gezegd kon ze niet zeggen dat haar angst onterecht was. Het was geen loos dreigement. Dat had de eerdere ontvoering al bewezen. Kim had gezegd dat ze zo snel mogelijk met Owen terugging naar Nederland en Siska kon haar geen ongelijk geven.

Het eerste onderzoek ter plekke had weinig opgeleverd. Kim en Levi hadden geen camera's en buurtbewoners hadden niets gezien. Onderzoek van de envelop had aan het licht gebracht dat die van een merk was dat overal verkrijgbaar was. De foto was geprint met een huis-tuin-en-keuken-fotoprinter, die je tegenwoordig voor een paar tientjes online kocht. Voor de vorm hadden collega's fotowinkels in de omgeving gebeld, maar niemand had onlangs een print van deze foto voor een klant gemaakt. Met de nogal uitgesproken tekst erop, wist Siska vrij zeker dat zo'n geval toch zou zijn blijven hangen bij een winkelier.

Ze hadden de foto en de envelop nu naar het laboratorium gestuurd voor verder onderzoek. Een vingerafdruk, een stukje van een haar, er kon van alles op zitten. Het kleinste detail zou al genoeg zijn om een spoor te krijgen.

Siska keek op toen er iemand aan haar bureau verscheen. 'Ha Arnaud', zei ze, en ze keek haar collega vragend aan, maar hij had geen nieuwe informatie.

'Hebben we al iets van het lab gehoord?'

Siska schudde haar hoofd en keek op haar telefoon om te zien hoe laat het was. Bijna vijf uur, ze hadden de spullen aan het begin van de middag weggestuurd. 'Elk moment, denk ik.'

'Ik zat nog eens na te denken over die tekst', zei Arnaud toen. 'Is het opvallend dat hij in het Nederlands is?'

Daar had Siska ook aan gedacht. 'Het enige wat ik er als conclusie uit kan trekken, is dat de dader er zeker van wil zijn dat er bij Kim geen enkele twijfel bestaat over de inhoud. Al zou ze natuurlijk prima in staat zijn die paar woorden in het Duits ook te begrijpen.'

'En dat de dader zich rechtstreeks tot Kim richt en Levi hierbuiten houdt.'

'Ja,' zei Siska, 'maar wat zegt dat? De ontvoering van Owen was wat dat betreft al duidelijk.'

'Wat zou er worden bedoeld met "de volgende keer"? Arnaud tikte nadenkend met zijn vingers tegen Siska's bureau. 'Zou dat verband houden met een bepaalde actie van Kim, die ze bewust of onbewust heeft uitgehaald? Of zou de afzender bedoelen dat er sowieso een volgende keer komt?'

'Dat weet ik niet, maar Kim gaat het niet afwachten', zei Siska. 'Ze gaat terug naar Nederland.'

Arnaud tuitte zijn mond en trok zijn wenkbrauwen op. Na een paar seconden nadenken zei hij: 'Dan heeft de dader toch gewonnen.'

Die nogal trieste conclusie werd vrij snel weggedrukt doordat de telefoon ging. Siska nam op en ging meteen rechtop zitten toen ze hoorde dat het Franz was, een van haar collega's van het laboratorium.

'We hebben iets', zei hij. 'Ik zet het nu naar je op de mail.'

'Ik snap het.' Levi's stem klonk zacht, maar ferm. 'Ik begrijp dat je geen andere keus hebt.'

Kim haalde diep adem en kroop dichter tegen hem aan. Ze zaten op de bank, hij met zijn arm om haar schouders, zij leunend tegen zijn borstkas. Ze voelde zich zwaar en extreem moe, de dag leek haar totaal te hebben uitgeput. Maar ze wist dat ze het niet langer kon uitstellen. Haar beslissing stond vast. Ze ging terug naar Nederland.

'Het is maar tijdelijk', zei ze, maar de poging om wat optimisme in haar stem te leggen mislukte faliekant. Natuurlijk was het maar tijdelijk. Tot de dader was gevonden. Maar in Kims hoofd schreeuwde een stem dat dat misschien wel nooit zou gebeuren. Tot nu toe was er toch ook niets gevonden dat zelfs maar een spoor richting de dader betekende?

'Als je me morgen nog de tijd geeft om dingen te regelen, rijd ik je overmorgen naar je ouders', zei Levi. 'Nu je je elke keer zo naar voelt, vind ik het gewoon geen goed idee dat je zelf gaat rijden.'

Daar moest Kim hem wel gelijk in geven. 'Maar kunnen we dan niet morgen al gaan?'

'Ik moet eerst nog wat dingen regelen voor de bar. Ik heb nu precies in beeld gebracht op welke momenten er geld is verdwenen en dat schema ga ik naast het rooster leggen.'

Kim knipperde een paar keer. 'Denk je dan toch dat het Petra niet was?'

'Jawel, maar ik wil iedere andere optie uitsluiten. Dat ben ik aan haar verplicht.'

Kim knikte begripvol. Ze wist dat het voor Levi bovendien een ingewikkelde operatie was om de bar draaiende te houden, nu zijzelf ook was uitgevallen. Het personeel kon de bar niet op eigen benen runnen, zeker niet voor langere tijd. 'Goed dan', zei ze uiteindelijk. 'We gaan overmorgen.'

Met een zucht liet ze haar hoofd tegen Levi's warme lijf rusten. Ze zou dit zo missen. Eindelijk hadden ze kunnen beginnen aan hun leven samen en ze had van elke minuut in zijn gezelschap genoten. Haar hart deed pijn bij de gedachte dat ze hem nu misschien wel voor langere tijd niet zou zien. En nog meer pijn als ze in haar hoofd de optie toeliet dat ze hierdoor uit elkaar gedreven zouden worden. Ze hoorden bij elkaar – als ze de afgelopen tijd iets had geleerd, was dat het wel. Het klopte gewoon. Op dat ene, grote ding na.

Door de foto die vandaag was bezorgd, snapte Kim er nog veel minder van. Tot nu toe was er ergens op de achtergrond nog altijd de optie geweest dat ze het verkeerd had begrepen. Dat de conclusie die zij had getrokken – iemand wilde haar en Owen weg hebben – niet de juiste was. Ze wist ook niet wat de boodschappen dan zouden moeten betekenen, maar het was in elk geval niet rechtstreeks tegen haar gezegd. Dat was nu veranderd.

Ze keek op toen haar telefoon ging. 'Het is de recherche', zei ze en ze nam op.

'We hebben iets', hoorde ze de rechercheur aan de andere kant van de lijn zeggen met onmiskenbare opwinding in haar stem. 'We hebben een vingerafdruk. En een match in onze database.'

HOOFDSTUK 12

TOEN ZE UIT HET RAAM KEEK EN DE STRATEN VAN LECH aan zich voorbij zag trekken, voelde Siska Wirschmann zich vreemd kalm. Je zou verwachten dat de opwinding de overhand had genomen, maar in plaats daarvan was haar hartslag laag en haar geest scherp. Ze hadden beet, ze wist het gewoon zeker. De feiten moesten het nog aantonen, het bewijs moest nog sluitend worden gemaakt. Maar haar gevoel zei dat ze eindelijk in de goede richting zaten.

Het was minder dan een uur geleden dat ze het telefoontje vanuit het laboratorium had gehad. Er zat een vingerafdruk op de envelop, had Franz gezegd. Blijkbaar had de dader, na eerder smetteloos te hebben gewerkt, deze keer een klein foutje gemaakt. Een duur foutje, want de vingerafdruk was groot en duidelijk genoeg om door de database te halen. En daar was meteen een match uit gekomen.

Viktoria Hoff. Die naam zei Siska helemaal niets. Vluchtig had ze in het dossier van de vrouw gekeken, om te zien dat ze drie keer voor winkeldiefstal op het bureau had gezeten en net zo vaak weer snel op straat had gestaan. Ze was veroordeeld tot het betalen van boetes, maar Siska twijfelde of dat ooit was gebeurd, aangezien in het dossier ook te lezen stond dat de vrouw drugsverslaafd was. Of in elk geval was geweest: de laatste aanhouding dateerde van meer dan een jaar geleden en daarna had ze geen strafbare feiten meer gepleegd.

'Wat heeft die nou met Kim te maken?' had Arnaud gezegd toen ze hem de informatie had gegeven. 'Kennen ze elkaar?'

Siska had haar hoofd geschud. 'Ik heb dat al aan Kim gevraagd, maar de naam zegt zowel haar als Levi niets.'

Ze waren meteen in de auto gestapt. Nu parkeerde Arnaud voor de deur van een laag appartementencomplex, dat er wat vervallen uitzag. De deur die eigenlijk afgesloten zou moeten zijn en door middel van een intercom kon worden geopend, hing ver genoeg uit de sponning om hem gewoon open te duwen. In het portiek flikkerde de tl-balk en het rook er naar schimmel. 'Nummer 18', mompelde Siska, zoekend op de bordjes.

'Deze kant op.' Arnaud opende de deur naar het trappenhuis. Op de eerste verdieping kwamen ze op een galerij uit, nummer 18 was aan het einde. Een voordeur die ooit donkerrood was geweest maar nu schreeuwde om een nieuwe laag verf. Ze zocht naar een bel, maar die was er niet.

Arnaud klopte aan, eerst op de deur, daarna op het keukenraam. Eerst was Siska bang dat er geen reactie zou komen, toen klonk er gestommel in het halletje. Het gordijntje naast de deur bewoog licht, daarna werd het weer stil. Arnaud klopte opnieuw en riep: 'Viktoria, dit is de politie. We weten dat je thuis bent, doe open alsjeblieft!'

Siska verwachtte al niet meer dat de vrouw een reactie zou geven, maar ze keerde toch terug. De deur ging op een klein kiertje en een vrouw die Siska eind dertig schatte, keek weinig vriendelijk van de een naar de ander. 'Wat willen jullie?'

'Met je praten', zei Arnaud. 'Kunnen we binnenkomen?'

'Nee.'

'Dan praten we hier.'

'Ook niet. Ik heb niets te vertellen.'

'Maar wij wel.'

'Als dit gaat over die boetes...' Ze gromde licht. 'Ik heb al uitgelegd dat ik die niet kan betalen. Ik werk daaraan. Jullie moeten nu weggaan.'

'Dit gaat niet over die boetes.'

'Jullie moeten weggaan.' Naast boosheid hoorde Siska nog iets in haar stem. Iets wat haast smekend klonk. 'Nu.'

'We gaan niet weg voor we met je hebben gepraat', zei Arnaud. 'Dat kan hier, binnen of op het bureau.'

'Nee.' Viktoria schudde een paar keer ferm met haar hoofd. 'Ik wil niet praten.'

Ze wilde de deur dichtdoen, maar Siska, die de beweging had voorzien, was sneller. Met een ferme duw opende ze de voordeur. Viktoria had dat kennelijk niet verwacht en het volgende moment had Siska haar voet al tussen de deur gezet. 'Het lijkt me goed als je meegaat naar het bureau.'

Viktoria verzette zich, maar liet zich uiteindelijk meevoeren naar buiten, de trap af, de auto in. Onderweg zei ze niets. Bij aankomst op het bureau nam Siska haar mee naar een verhoorkamer. 'Heb je een advocaat?'

'Wat denk je zelf?'

'Ik bel er eentje voor je.'

Het duurde drie kwartier voor de advocaat er was en toen nog eens een halfuur voor het overleg tussen haar en Viktoria was afgelopen, al wist Siska niet wat er te overleggen viel nu ze niet wisten waarvoor Viktoria op het bureau zat. Dat had ze wel willen uitleggen, maar Viktoria weigerde elke vorm van communicatie en had Siska gevraagd weg te gaan toen ze een gesprek had willen hebben.

'Mijn cliënt heeft al aangegeven bezig te zijn met een regeling voor de boetes die nog openstaan', zei de advocaat toen Siska en Arnaud eindelijk plaatsnamen in de verhoorkamer. 'Ze is zich ervan bewust dat ze meerdere brieven van incassobureaus heeft genegeerd, maar ze kan niet anders.'

'Dit gaat niet over boetes.'

De advocaat fronste. 'Waar gaat het dan over?'

Siska legde een map op tafel. Ze wachtte even voor ze die opensloeg. Viktoria Hoff keek de andere kant op. 'De reden dat je hier bent,' zei Siska desondanks, 'is dat jouw vingerafdrukken zijn opgedoken in een lopend onderzoek. Het onderzoek naar de ontvoering van Owen van Rooij.'

Er kwam geen enkele reactie, ook niet van de advocaat. Siska keek even naar Arnaud, die kort zijn wenkbrauwen optrok. 'Ben je bekend met die zaak?' vroeg Siska aan Viktoria. Die haalde alleen kort haar schouders op.

Voor de volledigheid vatte Siska de zaak kort samen, misschien wel meer voor de advocaat dan voor Viktoria. 'Vandaag is een envelop bezorgd met daarin een foto', besloot ze haar verhaal. 'Op die envelop is jouw vingerafdruk gevonden. Je begrijpt vast wel dat we geïnteresseerd zijn in hoe die daar is gekomen.'

'Wacht even', zei de advocaat. 'Is mijn cliënt gearresteerd voor iets dat als los zand aan elkaar hangt?'

'We willen graag haar verklaring horen hoe haar vingerafdruk op de envelop is opgedoken. Dat is een logische stap in het onderzoek.'

De advocaat leunde achterover en keek vluchtig naar Viktoria. Daarna richtte ze haar blik weer op Siska. 'Ik wil graag overleggen met mijn cliënt.'

'Ze is hartstikke nerveus', zei Arnaud toen hij en Siska op de gang stonden te wachten. 'Ze doet alsof ze amper luistert, maar het is nep. Haar handen trillen, haar blik is helemaal wild.'

'Dat kan ook komen door haar verslaving.'

Arnaud knikte en wilde antwoord geven, maar toen ging de deur van de verhoorkamer weer open. Op hetzelfde moment kwam Timo aangelopen. 'Ik denk dat jullie dit interessant zullen vinden', zei hij en stak Siska een vel papier toe. Nieuwsgierig pakte ze het aan.

Dat het inmiddels kwart over elf was toen haar telefoon ging, deerde Kim niet. Ze kon toch niet slapen. 'Siska?' zei ze toen ze opnam. Ze voelde haar maag vreemde dingen doen, de spanning leek in al haar vezels te zitten. 'Weet je meer?'

De stem van de rechercheur klonk helder als altijd, alsof vermoeidheid geen vat op haar kreeg. 'We hebben haar opgehaald en meegenomen naar het bureau', zei ze. 'Daar zijn we de hele avond met haar in gesprek geweest. Ze ontkent betrokkenheid bij de ontvoering en bij alle andere acties, en heeft geen verklaring voor haar vingerafdruk op de envelop.'

Kim keek naar Levi, die kon meeluisteren doordat de telefoon op de luidspreker stond. Ze knikte een paar keer en had moeite de woorden in een groter perspectief te plaatsen. Wat betekende dit? Kon die vrouw alles ontkennen en dan gewoon de deur uit lopen?

'Nee', zei Siska, toen Kim die laatste vraag hardop stelde. 'En dat heeft ermee te maken dat we aanvullend bewijs hebben gevonden dat pleit tegen haar verhaal dat de vingerafdruk toevallig op de envelop moet zijn beland.'

'Wat dan?' vroeg Kim.

'Ze heeft een connectie met iemand binnen jullie familie. Levi's familie, eigenlijk.'

'Wat?' vroeg Levi. Hij keek Kim aan terwijl de bezorgdheid op zijn gezicht groeide. ‘Mijn familie?’

‘We zijn er inmiddels achter dat Viktoria Hoff gelijktijdig met jouw zus Petra in een afkickkliniek heeft gezeten en navraag heeft geleerd dat ze destijds redelijk goed bevriend waren. Viktoria heeft dat zelf ook bevestigd.’

Kim staarde Levi met grote ogen aan. In haar hoofd begonnen talloze radertjes te draaien. Scenario’s of flarden daarvan schoten door haar gedachten. Als Petra...

‘Heeft mijn zus haar gevraagd al die dingen te doen?’ vroeg Levi.

‘Dat weten we nog niet. Het enige wat Viktoria heeft verklaard, is dat ze in opdracht heeft gehandeld en dat ze daar geld voor kreeg. Ze wil niet zeggen van wie. We hebben het verhoor voor vandaag beëindigd en gaan morgenochtend verder.’

‘Petra...’ zei Kim. ‘Als zij en Petra bevriend waren, dan...’

‘Dat is een optie die we onderzoeken.’

‘Ik kan gewoon niet geloven dat mijn zus hiermee te maken heeft’, zei Levi.

Kim trok haar mond in een boze streep. ‘Er is wel meer dat ze heeft gedaan dat we niet kunnen geloven.’

‘Hoe bedoel je?’ De rechercheur klonk waakzaam. ‘Is er iets dat wij moeten weten?’

Levi ging verzitten. ‘We hebben het vermoeden dat Petra geld heeft gestolen uit de kas in de bar en dat ze heeft geprobeerd Kim daarvan de schuld in de schoenen te schuiven. Ik ben dat nog aan het uitzoeken.’

Kim wilde zeggen dat het wel meer was dan een

vermoeden, maar ze hield haar mond. Siska Wirschmann dacht even na, en zei toen: 'Goed om te weten. Morgenochtend gaan wij met Petra praten en dan weten we vast meer.'

Niet lang daarna hingen ze op. Kim voelde hoe ongeloof en blinde woede in haar om voorrang streden. 'Ik ga nu naar Petra toe', brieste ze. 'En ik ga niet weg tot ze het heeft toegegeven. Hoe durft ze...' Tot haar eigen ergernis brak haar stem op een snik. Ze wilde niet huilen. Ze wilde alleen maar antwoorden. En gerechtigheid.

Levi schudde zijn hoofd. 'We moeten de recherche haar werk laten doen', zei hij. 'Als we nu naar haar toe gaan, walsen we dwars door het onderzoek heen. Dat kan niet goed zijn.'

Kim wist dat hij gelijk had, maar het was lastig om zijn redelijkheid en haar woede met elkaar op één lijn te krijgen.

'Laten we proberen te gaan slapen', zei Levi. 'We weten niet wat er allemaal nog op ons af gaat komen.'

Kim geloofde niet dat slapen zou lukken, maar knikte toch. In de gang, onderweg naar boven, viel haar blik op haar reistas en die van Owen, die klaarstonden om morgen ingepakt te worden. Het voelde ineens vreemd om overmorgen naar Nederland te gaan. Als het daadwerkelijk Petra was – en Kim geloofde eigenlijk niet dat de connectie tussen haar en die Viktoria Hoff toevallig was –, wat zou dat dan betekenen voor haar beslissing om weg te gaan? Als Petra werd opgepakt en misschien wel naar de gevangenis zou gaan, zouden zij en Owen dan niet gewoon in Lech kunnen blijven?

Het donker van de nacht was amper verdreven door het eerste licht van de dag toen Siska Wirschmann al voor het huis van Petra von Welschauzen uit de politieauto stapte. Arnaud Werner was er ook. Siska durfde er niet helemaal op te vertrouwen dat hij vannacht überhaupt naar huis was gegaan. Zijn overhemd was wat kreukelig en zijn haar zat door de war.

Zelf had ze niet veel geslapen. Stukjes van de zaak hadden de hele tijd door haar hoofd gezweefd, waren tegen elkaar gebotst om zich vervolgens om te draaien en verder te zweven. Ze had geprobeerd ze te pakken en in elkaar te passen, maar dat leek telkens maar niet te lukken. Viktoria Hoff had geen connectie met Kim, alleen via Petra. Eerder had Siska gedacht dat Petra geen reden had om Kim niet te accepteren, maar wat Levi gisteren had verteld, wierp daar een ander licht op. Als Petra daadwerkelijk had geprobeerd met een greep uit de kas Kim in een kwaad daglicht te plaatsen, was dat zeker iets om mee te nemen in het onderzoek. Wat interessant was, was dat Kim eerder had laten blijken dat er een warme band tussen haar en Petra bestond en voor zover Siska wist, was Kim als werknemer in de bar gekomen. Levi had het bedrijf niet ineens op haar naam gezet, Kim kreeg loon en had verder geen financieel voordeel en bovendien hoefde Petra zich over geld sowieso al niet erg druk te maken door een schenking vanuit haar vaders erfenis. Daar was, zo had Timo gisteren ver na elven nog boven tafel gekregen, Petra's huis van betaald, waardoor ze nu hypotheekvrij kon wonen. Een financieel motief lag daardoor misschien niet meteen voor de hand, maar aan de andere kant: financiën waren zelden alleen maar cijfers. Siska had genoeg zaken gehad waarbij geld niets anders was dan de deksel voor een vat vol kolkende, giftige emoties. Emoties die families konden splijten en mensen tot daden konden brengen die ze zelf misschien niet eens voor mogelijk hadden gehouden.

Toen Arnaud op de bel drukte, zette Siska haar gedachten aan de kant. Alles wat door haar hoofd ging, waren slechts opties. Meer niet. Ze moest haar blik breed houden en geen dingen invullen die ze niet zeker wist.

Petra had op dit tijdstip duidelijk niet op bezoek gerekend. Ze deed de deur open in een joggingpak en keek wat verwilderd naar de twee rechercheurs. Siska liet haar penning zien. 'Kunnen we even binnenkomen?'

De deur ging verder open. Petra liet niets merken, op haar gezicht was alleen verwondering te zien. Siska en Arnaud volgden haar naar de knusse woonkamer. Ze gingen aan de eettafel zitten. Petra schoof wat spullen aan de kant. Het was rommelig in huis.

'Wat is er aan de hand?' vroeg ze en ze keek alleen Siska aan. Die nam automatisch het woord.

'We hebben gisteren een verdachte aangehouden.'

'Wat?' Petra keek ongelovig. 'Maar daar heeft Levi helemaal niets over gezegd. Wat een geweldig nieuws.'

'Ja?' vroeg Siska.

Petra keek verbaasd. 'Ja, toch? Hoe sneller dit wordt opgelost, hoe beter. Die arme Owen.'

Als dit nep was, kon ze wel goed toneelspelen, dat moest

Siska haar nageven. 'We zijn hier omdat we een paar vragen aan jou hebben. De verdachte die op dit moment bij ons op het bureau zit, is namelijk Viktoria Hoff.'

Het duurde een paar seconden, toen verscheen er iets van herkenning op Petra's gezicht. Meteen gevolgd door ongeloof. 'Viktoria? Waarom zou zij...' Ze schudde haar hoofd. 'Wat vreemd.'

'Dat is precies onze vraag: waarom zou zij bij deze zaak betrokken zijn?'

Petra dacht na en trok met haar mond. 'Ik heb eerlijk gezegd geen idee. Ik heb haar al zeker twee jaar niet meer gesproken. We werden vriendinnen in de...' Ze aarzelde even, maar leek zich toen over een drempel heen te zetten. 'In de kliniek waar we allebei werden behandeld voor onze verslaving. Maar eigenlijk was er weinig anders dat ons bond en uiteindelijk is het verwaterd.' Ze dacht even na. 'Uiteindelijk heb ik het laten verwateren, zo moet ik het eigenlijk zeggen.'

Siska kneep haar ogen samen. 'Je moet ons even helpen, Petra. Ik hoop dat je kunt begrijpen dat we de connectie tussen jou en Viktoria erg toevallig vinden, zeker omdat Viktoria ons heeft verteld dat ze inderdaad betrokken is geweest bij de verdwijning van Owen. En dat ze in opdracht heeft gehandeld.'

Nu staarde Petra haar met grote ogen aan. Ze deed haar mond open, maar na een paar seconden waarin haar onderlip trilde, sloot ze hem weer. 'Willen jullie koffie?' vroeg ze toen en zonder het antwoord af te wachten verdween ze naar de keuken.

Toen ze met drie bekers terugkwam, leek haar eerste schok te zijn gezakt. 'Ik begrijp dat jullie denken dat ik hiermee te maken heb', zei ze, terwijl ze de bekers verdeelde. 'Maar ik kan alleen maar zeggen dat dat niet zo is. Ik vind het verschrikkelijk wat er met Owen is gebeurd.'

Siska leunde achterover. 'Laten we even teruggaan in de tijd. Hoelang ken je Kim nu?'

Ze bouwde het gesprek langzaam op. Van de eerste ontmoeting naar de band die Petra en haar schoonzus hadden opgebouwd, en daarna naar Kims werk in de bar. 'Ik ben blij voor Levi dat hij de liefde heeft gevonden', zei Petra. 'En daarnaast zie ik Kim als vriendin, ik mag haar heel graag.'

Siska fronste. 'Graag genoeg om haar de schuld van een diefstal in de schoenen te willen schuiven?'

Petra's adem stokte. 'Dat heb ik niet gedaan.'

Siska staarde haar aan, maar liet het onderwerp toen gaan. Het gesprek duurde nog een uur en aan het einde had Siska niet het idee dat ze veel verder waren gekomen. Petra kwam rustig over, bedachtzaam zelfs. Nee, ze had niets meer met Viktoria te maken en nee, ze had ook geen idee wie er dan wel achter zat. Ze wist eigenlijk niets over het huidige leven van Viktoria. Verder droeg ze Kim een warm hart toe en wilde ze graag dat haar schoonzus in Lech bleef.

Op de terugweg in de auto zei Siska weinig, en ook Arnaud was in zijn eigen gedachten verzonken. Op het bureau tikte Siska een verslag van het gesprek, dat ze toevoegde aan het dossier. Daarna kwam Arnaud haar halen voor een nieuw gesprek met Viktoria Hoff. Siska volgde hem naar de verhoorkamer. Ze nam plaats aan de tafel en keek de vrouw aan. Het enige wat ze terugkreeg was een lege blik. Siska ging rechtop zitten en drukte op de knop om de opname van het verhoor te starten, maar al die tijd had ze het gevoel dat ze ernaast zaten. De waarheid leek voor het grijpen te liggen, maar ze grepen telkens mis.

Hoofdstuk 13

'Hé', zei Kim toen Levi belde. 'Wacht even.'

Ze klemde de telefoon ongemakkelijk tussen haar oor en schouder, omdat ze net een stapeltje kleding in haar handen had. Die schoof ze in een van de tassen en daarna pakte ze haar telefoon weer in haar hand. 'Ja. Ik ben er.'

Ze had verwacht dat Levi belde om te vragen hoe het ging, maar in plaats daarvan klonk zijn stem vreemd. Gejaagd ook. 'Kim', zei hij, alsof hij niet goed wist hoe hij moest beginnen. 'We hadden het mis.'

Kim fronste. 'Wat?'

'Ik heb het helemaal uitgezocht. Het was Petra niet.'

Wat ze ook had verwacht, dit niet. Kim liet zich op de rand van het bed zakken. 'Wat?' vroeg ze, omdat ze niet wist wat ze verder moest zeggen. 'Hoe bedoel je?'

Ze hoorde Levi diep ademhalen. 'Ik was er echt van overtuigd dat zij het was, maar voor de zekerheid heb ik alle momenten dat er geld is verdwenen vergeleken met het rooster van die dagen, dat heb ik je verteld. Daaruit bleek dat Armin en Laura ook op al die momenten aanwezig waren. Ik heb eerst met Laura gepraat, maar ze zei dat ze van niks wist en ik geloofde haar. Eigenlijk dacht ik dat Armin het ook niet zou hebben gedaan. Ik bedoel, hij werkt hier al bijna een jaar en...' Zijn stem stierf weg.

'Maar wel?' vroeg Kim. 'Was het Armin?' Voor haar geestesoog verscheen het beeld van de jonge, goedlachse barman die vooral bij de vrouwelijke gasten goed in de smaak viel.

'Ik begrijp er helemaal niets van', zei Levi en hij klonk uit het veld geslagen. 'Ik bedoel, als Petra het gedaan zou hebben had ik dat ook verschrikkelijk gevonden, maar met haar achtergrond kon ik het ergens nog verklaren. Maar Armin...'

'Gaf hij het meteen toe?'

'Ja, dat wel. Het leek alsof hij dit gesprek al een tijdje vreesde. Hij moest zelfs huilen omdat hij het zo erg vond wat hij had gedaan.' Levi zweeg even. 'Ik heb hem ontslagen. Ik kan geen personeel hebben dat zoiets doet.'

'Logisch', vond Kim. 'Maar waarom heeft hij het gedaan? Hij leek me echt een oprechte jongen.'

Levi haalde diep adem. 'Blijkbaar was zijn salaris niet voldoende voor zijn levensstijl. Hij wilde veel meer dan hij kon betalen. Kennelijk heeft hij vrienden die ook zo'n hoge levensstandaard hebben en wilde hij niet voor hen onder doen.'

Kim dacht daar even over na. 'Groepsdruk', zei ze toen. 'Je zou toch denken dat je daar op een bepaald moment niet meer zo gevoelig voor bent.'

Levi zweeg even. 'Ik had echt wel met hem te doen', zei hij toen. 'Volgens mij heeft hij nog een paar belangrijke lessen te leren. Maar binnen ons team kan ik hem echt niet houden. Ik vind dat wat hij heeft gedaan, consequenties moet hebben.'

Kim knikte een paar keer. 'En nu?'

'Tja.' Levi schraapte zijn keel. 'Ik ben natuurlijk meteen naar Petra gegaan. Ze is heel boos dat ik haar heb beschuldigd en het blijkt dat de politie ook met haar heeft gepraat door die link met Viktoria. Ze heeft het gevoel dat ze van alle kanten in een hoek wordt gedrukt waar ze niet thuishoort.'

'Dat begrijp ik.'

'Maar ze is wel blij dat de waarheid boven tafel is. Ik heb haar ook mijn excuses aangeboden.'

Kim knikte opnieuw. Levi zei dat hij door moest en ze hingen op. Kim had even tijd nodig om het nieuws te verwerken. Misschien zou ze Petra moeten bellen om ook haar excuses aan te bieden, maar ze liet die gedachte weer varen. Als Petra inderdaad geen terugval had gehad – en er was nu geen enkele reden meer om te denken dat dat wel zo was – was niet meteen haar connectie verdwenen met degene die overduidelijk wél bij de zaak betrokken was. De vraag of die toevallig was, was nu prangender dan ooit.

Kim haalde diep adem. Ze keek op de klok. De tijd ging vandaag tergend langzaam voorbij. Het was stil om haar heen, terwijl ze zich tegelijkertijd in een draaikolk bevond. Zo moest het voelen in het oog van de orkaan. Ze had het idee dat ze langzaam gek werd. Dat ze verstikt raakte door alles, het huis, de gebeurtenissen, de onzekerheid. Haar lichaam dat steeds verzwakter voelde. Het voortdurende idee dat er iemand achter haar, en Owen, aan zat. En dat het nog niet voorbij was.

Het was iets na vieren toen Levi thuiskwam. Hij zag er moe uit. 'Ben je klaar voor vandaag?' vroeg Kim en hij knikte wel, maar het was niet erg overtuigend. 'August heeft vanavond de leiding, dat komt wel goed.'

Kim ging door met inpakken, maar ze bleef zich vreemd voelen. Alsof heimwee naar waar ze nu was, al door haar heen ging. Ze wilde helemaal niet weg, ze wilde niet opgeven wat ze nu had. En tegelijkertijd wist ze dat het niet anders kon. Voor nu.

Pas na een tijdje merkte ze dat Owen, die naast haar op de grond speelde, haar aankeek. 'Wat is er, mama?' Kim registreerde zijn bezorgde blik, maar ze was niet bij machte zichzelf in de hand te houden. Ze trilde en had moeite om haar tranen te bedwingen. Alles begon zijn tol te eisen en het lukte haar gewoonweg niet meer om te kalmeren.

'Mama?'

Ze realiseerde zich dat haar zoontje op antwoord wachtte. 'Niks, lieverd', zei ze met dichtgeknepen keel. Ze keek naar buiten en verlangde naar de frisse lucht, naar de wind in haar gezicht.

Owen liep naar Levi, die de treinbaan pakte en samen met hem ging bouwen. Het beeld was zo lief, dat Kim er alleen maar verdrietiger van werd. Ze keek opnieuw uit het raam en nam een beslissing.

'Ik ga even lopen', zei ze tegen Levi. 'Is dat oké? Ik moet echt even mijn hoofd leegmaken en rustig worden. Even zonder...' Ze keek naar Owen. Ze wilde niet dat haar zoontje haar de hele tijd zo zag. Trillerig en nerveus, op het randje van tranen.

'Ja, natuurlijk.' Hij keek op van de trein en hield zijn hoofd schuin. 'Wil je dat ik met je meega? Dan vraag ik mijn moeder voor Owen en...'

'Nee, met mij spelen!' protesteerde Owen meteen.

Kim aarzelde. Het zou fijn zijn om samen te gaan, maar ze wilde haar zoontje niet teleurstellen. Nu kon hij nog met Levi spelen. Bij de gedachte dat hij niet wist wat er te gebeuren stond, voelde ze opnieuw een brok in haar keel.

'Nee.' Kim schudde beslist haar hoofd. 'Nee joh. Ik red me wel.'

Ze trok haar jas aan, gaf eerst Owen en toen Levi een kus en liep naar buiten. Automatisch nam ze de weg naar het bos, waar ze zo vaak met Owen had gelopen. Nog voor ze het begin van het wandelpad bereikte, hijgde ze al. Haar benen trilden. Boos op haar lichaam dat haar zo vaak in de steek leek te laten, stapte ze door. Op dat moment vielen de eerste sneeuwvlokken naar beneden.

Het was fijn om buiten te zijn. Heel langzaam voelde

ze hoe de kou haar jagende gedachten tot rust bracht. Het gelijkmatige ritme waarin haar voeten zich door de sneeuw bewogen, bracht haar in een cadans waardoor de vermoeidheid naar de achtergrond verdween. Het gekraak van de witte laag onder haar sneeuwlaarzen, het geluid van de vogels, de bomen die hoog en majestueus boven haar uittorenden – het maakte allemaal dat haar hoofd meer en meer leeg werd. Bijzonder dat de natuur altijd dat effect op haar had.

Ze dacht aan Petra. Het voelde niet goed dat ze haar schoonzus vals hadden beschuldigd, al begreep Kim heel goed waarom dat Levi's gedachtegang was geweest. Maar het voelde ook als te makkelijk om nu maar meteen te denken dat Petra er niets mee te maken had. Ze kende Viktoria, dat was gewoon een feit. En Viktoria had een opdrachtgever. Was het dan vergezocht om te denken dat dat Petra zou kunnen zijn?

Kim merkte dat haar longen protesteerden. Ze keek voor zich, het pad liep hier omhoog en dat voelde ze in haar spieren. Vroeger had ze een prima conditie gehad, dan zou ze nooit hijgend omhoog zijn gelopen. Sinds ze hier was, was dat anders. Misschien had haar onderbewuste wel al die tijd stress gevoeld, misschien had haar lichaam al veel eerder signalen opgepikt dat er iets mis was. Misschien had zij het niet kunnen of willen zien.

Ze dook wat dieper weg in haar jas. Vrij plotseling was er een snijdende wind opgestoken. Ze had gedacht dat ze meer tijd had voor de avond viel, maar het werd nu snel donker. De sneeuw bleef ook naar beneden dwarrelen.

Eigenlijk wilde ze wel weer naar huis. Ze was over de helft van haar wandelroute. Het pad vormde een rondje – als ze gewoon doorliep, zou ze vanzelf weer bij het begin uitkomen. Met die gedachte in haar hoofd verhoogde ze haar tempo.

Die advocaten ook altijd, dacht Siska Wirschmann terwijl ze zich op de gang voor de verhoorkamer stond te verbijten. Natuurlijk, ze kende het systeem: verdachten hadden rechten en op andere momenten, waarop bij haar de redelijkheid overheerste, had ze zo een heleboel redenen kunnen opnoemen waarom dat goed was en ook zeker nooit mocht verdwijnen. Maar nu stond ze hier ongeduldig te wachten tot Viktoria met haar advocaat had overlegd en zij en Arnaud weer naar binnen konden. Of eigenlijk was het andersom: tot haar advocaat met Viktoria had overlegd. Het was de advocaat die de leiding had en die voortdurend ingreep in het gesprek, voor zover er al sprake was van een gesprek. De situatie was dat Siska en Arnaud vooral veel vragen afvuurden en Viktoria steeds verder weg leek te zakken op haar stoel. Daarbij leek ze grote desinteresse te hebben voor het gesprek zelf en het hele onderwerp waar het om ging. Nee, was het enige wat ze leek te kunnen zeggen. Ze ging niet vertellen wie haar had ingehuurd. Dat was de afspraak. De keren dat Siska, telkens op een andere manier, had gevraagd of Petra haar opdrachtgever was, had Viktoria blanco teruggestaard.

'We kunnen door', zei de advocaat, en Siska wenkte Arnaud, die verderop in de gang stond te bellen. Hij gebaarde dat hij het had begrepen en kapte zijn gesprek meteen af. Met snelle passen kwam hij hun kant op.

'Mijn cliënt en ik hebben overlegd', zei de advocaat plechtig. 'Ze wil meewerken aan het onderzoek, als dat betekent dat haar medewerking ook wordt meegenomen in de straf die straks tegen haar zal worden geëist.'

'U weet dat wij daar alleen na overleg met de officier van justitie beloftes over kunnen doen', zei Arnaud. 'Maar de officier en de rechter wegen dit doorgaans zeker mee.'

'Dan willen we graag overleg met de officier.'

Siska moest haar best doen om haar ongeduld niet te laten merken. Ze waren dicht bij een doorbraak, dat was nu wel duidelijk. Eindelijk, na al die tijd. Nog één hobbel te nemen. Arnaud stond op. 'Een moment', zei hij en hij verliet de kamer. Siska bleef achter en staarde naar het gezicht van Viktoria Hoff. Ze voelde haar hartslag toenemen. En ineens wist ze heel zeker dat de vrouw hen zou verrassen. Misschien was het intuïtie, misschien was het iets wat ze in haar blik had gezien. Maar ze was ervan overtuigd dat ze zo meteen niet de naam van Petra von Welschauzen zou horen.

Het begon nu toch wel erg donker te worden. Met een zorgelijk gezicht keek Kim omhoog. De lucht was donkergrijs en het weinige licht werd ook nog eens tegengehouden door de hoge naaldbomen. Ze probeerde haar pas nog wat te versnellen, maar haar lijf zat haar weer eens in de weg. Ze hijgde zo hard door de inspanning dat haar longen bijna leken te scheuren en onder haar jas prikte zweet op haar rug. Na de volgende bocht ging het pad gelukkig weer naar beneden, wist ze, ze had het gevoel dat haar benen haar niet lang meer zouden houden.

Plotseling werd ze overvallen door een angst die zo groot en reëel was, dat haar adem nog meer werd afgesneden. Wat als ze hier ter plekke neer zou vallen? Wat als haar lijf het helemaal zou begeven? Niet eerder had ze zo sterk het gevoel gehad dat er iets helemaal mis was. Haar hart dat zo bonkte, dat was niet gezond. De misselijkheid kwam ook weer in volle hevigheid opzetten. Ze was niet alleen duizelig, maar het leek ook of haar hersenen af en toe even uitvielen, als een film die telkens een klein stukje werd doorgespoeld zonder dat ze het doorhad. Of was dat alleen de paniek die bezit van haar nam?

Ze moest verder lopen, maar haar tempo ging alleen maar omlaag. Ze hijgde en kreunde af en toe, ze moest steun zoeken bij een boom voor ze kon doorlopen. Waarom had ze niet bij de arts aangedrongen op verder onderzoek? Waarom had ze al die tijd gedaan alsof er niets aan de hand was? Er was wel iets aan de hand, het was niet normaal dat ze zich zo voelde. Met haar rug tegen de stam liet ze zich langs de boom omlaagzakken tot ze zat. Haar broek was meteen nat en koud, maar ze kon niet anders. Haar benen konden haar simpelweg niet langer dragen. Ze trok haar knieën op en liet haar hoofd erop rusten in de hoop dat de duizeligheid wat minder zou worden. Op haar hoofd daalden sneeuwvlokken neer. Kim keek op, de lucht was nu helemaal donker. Ze moest verder lopen voor de sneeuw doorzette.

Met moeite kwam ze overeind. Het duurde even voor de lichtheid in haar hoofd was weggetrokken en voor ze het gevoel had dat haar knieën haar weer konden dragen. Het zweet op haar rug was ijskoud geworden en ze kon niet stoppen met rillen. Kim stopte haar handen diep in de zakken van haar jack en begon weer te lopen. Haar blik hield ze strak op de grond gericht, zodat de sneeuw niet te veel in haar gezicht zou waaien.

Daardoor zag ze pas op het laatste moment dat iemand haar tegemoet kwam gelopen.

'We hebben de toezegging van de officier van justitie en de rechter-commissaris dat medewerking bij het onderzoek zal worden meegewogen in de strafeis', zei Arnaud Werner, toen hij weer aan tafel had plaatsgenomen. 'Dit wordt nog op papier gezet, maar zoals u weet, is een mondelinge toezegging ook bindend.'

De advocaat van Viktoria Hoff knikte kort, eerst richting Arnaud en daarna richting haar cliënt. Die keek even vragend naar de advocaat, leek een paar seconden na te denken en richtte daarna haar blik op de rand van de tafel. Toen ze begon te praten was haar stem zacht, maar Siska ontging het scherpe randje niet. Ze kon dat niet goed duiden. Misschien was het schaamte, Viktoria leek haar en Arnaud in elk geval niet te willen aankijken.

'Ik had geen ja moeten zeggen', zei de vrouw nu. 'Toen ik hoorde dat het om een kind ging, had ik moeten weigeren. Ik heb me er nooit goed bij gevoeld.'

Siska knipperde een paar keer. Ze wilde druk zetten

door vragen te stellen, maar ze hield zich in. Viktoria had duidelijk tijd nodig om haar gedachten te ordenen.

'Ze wist dat ik het geld nodig had, denk ik. Ze deed het slim, want eerst vroeg ze hoe het ging en toen ik vertelde dat ik niet in een goede periode zat, ging ze op me inpraten. Dat ze me kon helpen, dat ze altijd voor me klaarstond. Ik zei dat ik schulden had gemaakt voor drugs en ze was zo lief, zo begrijpend. Die schulden, dat zou zij wel oplossen. Als ik dan even wat voor haar kon doen, zou ik me ook niet bezwaard hoeven te voelen. Dan was het alsof ik voor haar werkte.' Ze maakte een schamper geluid. 'Dat vond ik goed klinken. Ik had al zo vaak schulden gemaakt. Dat wilde ik niet, maar ik was niet sterk genoeg. Werken klonk beter. Alsof ik mijn problemen ging aanpakken. Iedereen zei altijd dat ik moest gaan werken.'

'Waar bestond dat werk dan uit?'

'Dat jochie meenemen. Ik moest hem gewoon weglokken uit het skiklasje en ergens mee naartoe nemen. Een beetje ver, zodat hij een tijdje niet gevonden zou worden.'

'Had ze dat gezegd?' vroeg Arnaud.

'Ja, en dan moest ik hem op een openbare plek achterlaten.'

'En verder?'

Viktoria leek even diep te moeten nadenken. 'Verder moest ik een paar keer een envelop posten. En dat was het.'

'Wie?' vroeg Siska nu met zachte stem. 'Wie vroeg dit van jou?'

Viktoria haalde nog eenmaal diep adem en richtte toen haar ogen op Siska. 'Annette.'

Siska wisselde een vragende blik met Arnaud. Annette? Die naam deed niet meteen een belletje rinkelen. 'Annette wie?' vroeg ze daarom.

'Annette', herhaalde Viktoria, alsof Siska haar wel degelijk zou moeten kennen. 'Petra's moeder. Ik heb haar leren kennen toen Petra en ik samen in de kliniek zaten.'

Siska staarde haar aan met grote ogen. In haar hoofd begonnen meteen tientallen radertjes te draaien. Petra's moeder, ja, maar belangrijker nog: Levi's moeder. Als het waar was wat Viktoria zei, wat was dan in vredesnaam het motief voor Annette om het zoontje van Kim te laten ontvoeren?

'Geen idee', zei Viktoria toen Siska die vraag hardop stelde. 'Daar heb ik niet naar gevraagd.'

Siska vond het moeilijk te geloven dat je zo'n vreemde en ingrijpende opdracht aannam, je daarvoor liet betalen en niet informeerde waarom dit in de ogen van de opdrachtgever nodig was.

'Hé, ik had het geld nodig', zei Viktoria verdedigend, toen ze de blik in Siska's ogen zag. 'En ik wilde het ook niet echt weten. Hoe minder ik weet, hoe beter.'

'Om hoeveel geld ging het eigenlijk?' vroeg Arnaud.

'Wacht even', zei de advocaat en ze boog zich naar Viktoria om iets in haar oor te fluisteren. Even was Siska bang dat de advocaat vond dat haar cliënt wel genoeg had verteld, maar Viktoria schudde haar hoofd. 'Ik kan het wel vertellen', zei ze en het leek erop dat ze het ergens wel prettig vond om haar geheim eindelijk te delen. 'Ik kreeg driehonderd euro voor de ontvoering, en daarna dertig euro per keer dat ik een envelop in de bus deed.'

Driehonderd euro, dacht Siska en ze liet haar adem ontsnappen. Voor zo'n bedrag was iemand dus bereid om zulke grote ellende te veroorzaken in het leven van een driejarig kind.

'Ik moest er wel wat voor doen, hoor', zei Viktoria nu. 'Ik was al twee of drie keer eerder bij het skiklasje geweest, maar toen deed zich geen goed moment voor. Maar uiteindelijk had ik geluk.'

Noem het maar geluk, dacht Siska cynisch, maar dat zei ze niet. In plaats daarvan vroeg ze: 'Hoe heb je het aangepakt?'

Het was belangrijk voor het verhoor dat ze alles precies bespraken, hoe meer details hoe beter. Viktoria vertelde hoe ze had staan wachten tot het juiste moment zich voordeed en hoe ze een paar zinnen Nederlands uit haar hoofd had geleerd. Ze had tegen Owen gezegd dat ze hem moest ophalen van zijn moeder en hij had gevonden dat ze grappig praatte. Daarna was hij makkelijk met haar meegegaan. Ze had hem in de auto gezet en was weggereden, allemaal in minder dan twee minuten tijd. Eenmaal boven op de berg had ze wat te drinken voor hem gehaald in het restaurant en was ze precies volgens afspraak een uur bij hem gebleven. Ze had hem gevraagd om een paar keer 'mama' te zeggen, wat ze had opgenomen. Waarom, dat wist ze ook niet. Annette had het gevraagd en Viktoria stelde geen vragen.

'Ik heb die jongen geen pijn gedaan', benadrukte de vrouw wel een paar keer. Ze keek erbij alsof ze daarmee een goede daad had verricht. Siska staarde neutraal terug, terwijl die ene vraag maar rond bleef gaan in haar hoofd.

Waarom?

Hoofdstuk 14

KIM KNEEP HAAR OGEN SAMEN. DOOR DE DUIZELIGHEID dansten de beelden een beetje heen en weer, maar ze had sterk het gevoel dat ze deze persoon kende. Het figuur, het loopje...

'Annette?' vroeg ze stomverbaasd toen ze dicht genoeg was genaderd om een gezicht te kunnen zien. 'Wat doe jij hier nou?'

'Levi zei dat je was gaan wandelen.' Haar schoonmoeder keek haar hoofdschuddend aan. 'Ik zei tegen hem: hoe kan je haar nou alleen laten gaan, terwijl je weet dat ze zich nog steeds niet goed voelt?'

'Ach...' zei Kim, maar ze voelde een brok in haar keel bij die bezorgdheid. Eigenlijk was het fijn dat Annette er nu was. ‘Ik red me wel hoor’, zei ze desondanks stoer. ‘Maar ik voel me inderdaad niet al te best.’

‘Kom, ik help je.’ Annette pakte haar arm. ‘Mijn auto staat hier dichtbij, dan breng ik je naar huis.’

‘Dank je wel’, zei Kim warm.

‘Hier.’ Annette liet haar arm los en haalde een flesje tevoorschijn. ‘Neem wat te drinken. Daardoor voel je je misschien ook alweer wat beter.’

Het smaakte zoet, merkte Kim. Misschien iets met suiker, waardoor haar lichaam even een oppepper zou krijgen. Pas nu Annette er was, leek het alsof haar lijf het gevoel had dat het weer kon opgeven. Alsof de adrenaline begon af te nemen.

‘Kom maar.’ Annette pakte Kims arm weer. ‘Deze kant op.’

Kim sloot even haar ogen. Ineens kon ze haar ene voet bijna niet meer voor de andere krijgen. ‘Wacht even’, zei ze, terwijl het zweet haar aan alle kanten uitbrak. ‘Ik voel me echt heel slecht nu.’

Annette keek haar bezorgd aan. ‘Zal ik Levi bellen of hij hiernaartoe kan komen? Misschien kan hij...’

Kim knikte een paar keer. ‘Ja’, zei ze en ze tastte in haar zak naar haar telefoon. Twee keer greep haar hand mis, toen had ze haar mobiel te pakken. ‘Ik kan zelf wel...’

Annette nam de telefoon van haar over. ‘Ik doe het wel’, zei ze en ze drukte op de knop om het scherm tot leven te wekken. ‘Ach, hij is leeg’, zei ze even daarna.

‘Wat?’ Kim fronste. ‘Maar thuis was de batterij nog bijna vol.’

'Ik begrijp het ook niet.' Annette stopte de mobiel in haar zak. 'Maar het geeft niet, ik kan je ook wel helpen.'

'En jouw telefoon...' Kim had moeite een zin te formuleren. 'Kan je niet...'

'Die heb ik niet bij me, ik ben nogal gehaast vertrokken. Kom mee. Mijn auto staat echt heel dichtbij.'

'Niemand thuis', zei Arnaud terwijl hij voor de derde keer de bel indrukte. Siska probeerde door het raam naar binnen te kijken, maar de gordijnen waren gesloten. In de kamer brandde wel licht, zag ze door een klein kiertje. Ze liep om, maar ook aan de achterkant waren de gordijnen dicht. De achterdeur zat op slot.

'En nu?' vroeg ze aan Arnaud toen ze hem voor het huis weer trof. 'Hebben we een telefoonnummer van haar?'

Hij schudde zijn hoofd. Siska haalde haar mobiel tevoorschijn, maar aarzelde even voor ze het nummer van Kim aantikte. 'Ik wil het haar eigenlijk niet op deze manier vertellen. En al helemaal niet voor we Annette hebben gesproken.'

'Bel Levi', stelde Arnaud voor. 'Je kan zeggen dat je het later uitlegt.'

Siska zocht zijn nummer op terwijl ze in haar hoofd alvast oefende wat ze zou zeggen. Hij nam al na één keer overgaan op. Zijn stem klonk wat gespannen. 'Siska Wirschmann, recherche', zei ze. 'Niet schrikken, ik bel even met een korte vraag.'

Hij schrok wel, dat hoorde ze. 'Wat is er dan?'

'Ik heb eigenlijk een vraag aan je moeder, maar ik heb haar telefoonnummer niet.'

'Mijn moeder?' Levi haalde hoorbaar adem. 'Hoezo?'

'Dat bespreek ik graag eerst met haar. Zou je mij haar nummer kunnen geven?'

'Eh... ja. Ja, natuurlijk.'

Siska hoorde wat gerommel en daarna noemde Levi het nummer op. Terwijl Siska de cijfers hardop herhaalde, typte Arnaud ze in op zijn telefoon. 'Oké', zei Siska uiteindelijk. 'Dank je wel.'

'Wacht even.'

Siska fronste. 'Wat is er?'

'Het is Kim...' Levi leek te aarzelen. 'Ze is gaan wandelen, maar ze blijft wel erg lang weg. En ik kan haar niet bereiken.'

Ergens in haar voelde Siska een alarm aanslaan. 'Hoe bedoel je?'

'Kim was nogal opgefokt vanmiddag. Ze ging een stukje lopen om tot rust te komen, maar inmiddels is ze al meer dan een uur weg en haar telefoon lijkt uitgeschakeld te zijn. En het is gaan sneeuwen.'

Siska keek naar Arnaud. Blijkbaar had hij het alarm in haar blik gezien, want hij keek vragend. 'Wat?' vroeg hij zacht, maar Siska schudde haar hoofd.

'Waar is Owen?'

'Bij mij', zei Levi verwonderd. 'Hoezo?'

Siska negeerde die vraag. 'Ben je thuis? Blijf daar, we komen er nu aan.'

Arnaud liep al op een drafje naar de auto. 'Annette

neemt niet op', zei hij, terwijl ze instapten. 'Wat was er met Levi?'

'Kim is weg. Ze is gaan wandelen, maar ze is al lang weg en ze neemt haar telefoon niet op.' Siska zocht het nummer van Kim op en belde zelf, maar de oproep ging meteen naar de voicemail. 'Het zit me niet lekker', zei ze. Ze kauwde op haar onderlip terwijl ze nadacht. 'Kim weg, Annette onbereikbaar, en dat na wat Viktoria Hoff net heeft verteld...'

'Te veel toeval?' vroeg Arnaud.

'Dat weet ik niet. Ik heb er gewoon geen goed gevoel over.'

'Waarom denk je dat Annette iemand heeft gevraagd om Owen te ontvoeren? Duidelijk niet met de intentie om hem iets aan te doen, of om losgeld te eisen.'

'Goede vraag', zei Siska. 'Het enige wat ik kan bedenken is een bepaalde vorm van waarschuwing. Dat is ook wel duidelijk geworden met die foto die ze nog heeft gestuurd.'

'De volgende keer krijg je hem niet terug', herhaalde Arnaud knikkend wat er op de voorkant van de foto had gestaan. 'Zou Annette hebben gewild dat Kim vertrok uit Lech?'

Siska trok met haar mond. Het spanningsveld in recherchewerk was altijd de dunne lijn tussen het bedenken van mogelijke onderzoeksopties op basis van de feiten die verder onderzocht moesten worden, en het te ver invullen van opties die niet bewezen waren. 'Ik weet het niet', zei ze uiteindelijk. 'Maar blijkbaar heeft ze haar redenen om Kim bang te willen maken.'

Arnaud humde wat. Ook Siska deed er het zwijgen toe. In karikaturen kon je natuurlijk van alles bedenken over schoonmoeders die hun zoon liever niet in de armen van een vrouw zagen, maar ze had tot nu toe nooit iets gehoord over een slechte band tussen Kim en haar nieuwe schoonfamilie. Sterker nog, Kim had juist verteld dat ze binnen de familie zo warm was ontvangen in Lech. Al moest dat beeld op basis van de feiten natuurlijk drastisch worden bijgesteld.

Ze stapten uit toen ze voor het huis van Levi stonden. De voordeur ging meteen open. Siska en Arnaud liepen naar binnen. Owen kwam aanrennen, maar stopte toen hij zag wie het waren. 'Mama?' vroeg hij desondanks hoopvol.

Met zijn handen nerveus in elkaar gewrongen keek Levi van de een naar de ander. 'Ik heb hier echt geen goed gevoel over', zei hij. 'Kim zou nooit zomaar zo lang verdwijnen.'

Siska keek hem aan en hakte een knoop door. 'Er is iets dat we je moeten vertellen.'

'Kijk, we zijn er al. Stap maar in.' Annette deed het portier open en Kim liet zich op de stoel zakken. Het voelde weldadig om te kunnen zitten. Ze liet haar hoofd tegen de steun rusten en mompelde: 'Dank je wel dat je me bent komen zoeken.'

Ineens wist ze heel zeker dat ze zonder de hulp van Annette niet thuis was gekomen. Haar benen konden haar echt niet meer dragen en haar hersenen leken nu zelfs af en toe op zwart te gaan. Korte momentjes, die ook weer overgingen, maar het voelde niet goed. Als ze zo thuiskwam, moest ze de dokter bellen. Dit ging verder dan het zich beroerd voelen van de laatste tijd. Er moest nu echt iets gebeuren.

Aan de andere kant: als ze nog heel even kon volhouden tot ze morgen in Nederland was... Kim wilde hier in Oostenrijk niet in het ziekenhuis terechtkomen. En vanavond naar een dokter, dat kon helemaal niet. Ze zou Owen nergens achterlaten, zelfs niet bij Annette. Misschien moest ze thuis maar gaan slapen, morgen haar kiezen op elkaar zetten en zich in Nederland laten onderzoeken in de wetenschap dat Owen dan veilig bij haar ouders was.

Haar gedachten hadden haar afgeleid en ze zag pas na een tijdje dat Annette een andere route naar huis nam. Geen snellere route, ook. 'Waar gaan we heen?' vroeg Kim. 'Is er een straat afgesloten in het dorp?'

Vreemd, daar had ze eerder niets van gemerkt. Ze keek opzij naar haar schoonmoeder, maar die gaf geen antwoord. Het leek er zelfs op dat ze helemaal niet had gehoord wat Kim zei.

'Annette?' vroeg Kim.

'Hm?' Haar schoonmoeder draaide haar gezicht. Kim fronste. Annette had een vreemde blik in haar ogen en om haar mond speelde een glimlachje. Het was alsof ze er met haar gedachten niet helemaal bij was.

'Waar gaan we naartoe?'

'Dat zal ik je zo laten zien.'

Kim schoof even heen en weer. 'Als je het niet erg vindt, ga ik eigenlijk liever naar huis. Ik voel me niet zo goed.'

'O, maar dat weet ik', zei Annette. Haar stem klonk ook raar. Heel opgewekt, alsof ze net goed nieuws had gekregen. 'Ik breng je ergens naartoe waar je hoort.'

'Annette, ik... Ah.' Doordat Kim was gaan verzitten, voelde ze ineens een scherpe pijn in haar buik. Alsof iemand met een mes onder haar huid iets doorkliefde. De pijn straalde helemaal uit naar haar benen. Annette reageerde er helemaal niet op. Ze zette haar richtingaanwijzer aan en nam de weg die het dorp uit leidde.

'Ik wil Levi graag bellen', zei Kim, zwak doordat de pijn haar zo in beslag nam. 'Je hebt toch zo'n lader waarmee je in de auto een telefoon kan opladen?'

'Nee hoor', zei Annette. 'Die heb ik niet.'

'Wil je alsjeblieft omkeren?' vroeg Kim, toen haar schoonmoeder echt het dorp uit reed. Ze bereikten nu de grote weg die naar het volgende dorp leidde. Annette gaf stevig gas.

'Weet je, zet me anders maar uit de auto als je ergens moet zijn', zei Kim. 'Dan loop ik wel terug.'

Het was een absurd voorstel, want hier langs de weg was geen stoep en bovendien voelde ze zich veel te zwak om te lopen. Maar plotseling had ze heel sterk het gevoel dat ze weg moest.

Annette grinnikte. 'Niet van die gekke dingen zeggen, Luisa. We gaan gewoon naar de plek waar je hoort.'

Kim keek haar verbijsterd aan. Ze deed haar mond open, maar sloot hem daarna weer. Het duurde een volle minuut voor ze antwoord kon geven. 'Ik ben Luisa niet', zei ze toen, maar ze had niet het idee dat Annette haar hoorde. Haar schoonmoeder zat daar maar, voor zich uit starend, met dat rare lachje om haar mond.

Dat was het moment dat de angst opnieuw bezit nam van Kim.

'Mijn moeder?' Op Levi's gezicht streden verbijstering en ontreddering om voorrang. Hij liet zijn hoofd even in zijn handen rusten en keek de twee rechercheurs daarna om beurten aan. 'Ik begrijp er echt niets van.'

'Wij hebben ook veel vragen', zei Siska. Ze zat tegenover hem aan tafel en raakte even zijn arm aan. 'Daarom willen we haar graag spreken.'

Ze hadden haar vaak gebeld, Arnaud maar Levi ook. Vijf keer, tien. Maar de telefoon sprong meteen op de voicemail. 'Ze belde me eerder vanmiddag', zei Levi, en meteen daarna gleed er zo'n ijzingwekkende angst over zijn gezicht dat Siska het er koud van kreeg.

'Wat?' vroeg ze. 'Waarom belde ze?'

'Ze vroeg naar Kim. Ik heb gezegd... O nee.' Hij liet zijn hoofd in zijn handen steunen. 'Ik heb gezegd dat Kim een stukje was gaan lopen in het bos.'

Siska belde onmiddellijk naar het bureau om versterking. 'Ze zijn daar binnen twee minuten. Wij gaan ook die kant op.'

'Nu', zei Levi en hij rende weg om zijn jas te pakken. Siska hield hem tegen toen hij terugkwam. De collega's die ze op pad had gestuurd, waren beter uitgerust voor een zoekactie in het donker. Zelf zouden ze alleen maar aan de rand van het bos kunnen wachten, dus haasten had geen zin. Eerst wilde ze Levi vragen stellen, het plaatje compleet maken. Als ze Annette straks in hechtenis zouden hebben, was het belangrijk om het verhoor met zoveel mogelijk informatie te beginnen. 'Heb je enig idee waarom jouw moeder iemand zou betalen om Owen mee te nemen?'

Levi staarde haar aan. Aan zijn blik was te zien dat hij moeite had om de vraag te vatten, om de situatie toe te laten in zijn hoofd. 'Kan het ook zijn dat het niet waar is?' vroeg hij toen. 'Dat die vrouw maar iets roept?'

'Dat is mogelijk', zei Siska. 'We zullen dat ook verder uitzoeken. Maar ik hoop dat je begrijpt dat we in eerste instantie rekening houden met het scenario dat het waar is.'

'Ja.' Levi knikte een paar keer. 'Natuurlijk.' Hij kneep zijn ogen samen. 'Ik kan het oprecht niet bedenken. Mijn moeder is dol op Owen. Het enige wat ik kan verzinnen, is dat ze het op een of andere manier heeft gedaan om hem te beschermen.'

'Beschermen waartegen?'

Met een hulpeloos gebaar haalde Levi zijn schouders op. 'Ik wou dat ik het wist.'

Siska stelde nog meer vragen, die Levi vrijwel allemaal ontkennend moest beantwoorden. Waren er spanningen geweest tussen Kim en zijn moeder, had zijn moeder zich negatief uitgesproken over Kims komst naar Lech, of over Owen? Siska legde de mogelijkheid voor dat Petra er op een of andere manier toch bij betrokken was. Speelde er iets tussen Petra en Annette? Zou het kunnen dat Petra haar moeder onder druk had gezet om dit te doen?

'Ik zou echt niet weten waarom', zei Levi als antwoord op die laatste vraag, daarna pakte hij zijn telefoon en belde zijn zus, maar die nam ook niet op.

Levi keek nadenkend voor zich uit. 'Als Petra Owen echt iets had willen aandoen of als ze op deze manier iets aan Kim duidelijk wilde maken, zou mijn moeder zich daar nooit voor hebben geleend. Dan zou ze naar mij zijn gekomen, me hebben gewaarschuwd. Maar dat is niet gebeurd.'

Hij probeerde nog maar een keer zijn moeder te bellen. 'Voicemail', gromde hij gefrustreerd.

Siska stond op. 'Laten we gaan. Eerst wil ik nog langs haar huis. We weten nog steeds niet zeker of ze daar niet gewoon is.'

'Ik heb een sleutel', zei Levi. Daarna liep hij naar boven. Siska hoorde hem praten en het volgende moment kwam hij naar beneden met zijn dochter in zijn kielzog. Katarina schrok toen ze de politiemensen zag. 'Ik leg het je straks uit', zei Levi. 'Maak je geen zorgen. Fijn dat je even op Owen kan letten.'

Het meisje knikte een paar keer en deed er het zwijgen toe. Met z'n drieën stapten ze in de auto, het was nog geen twee minuten rijden. Ze liepen om het huis van Annette heen, Levi had de sleutel van de achterdeur. Toen die openvloog, beende Levi naar binnen en riep zijn moeder. Hij holde door de kamer en de keuken en daarna de trap op. Siska keek rond in de woonkamer. 'Kijk', zei ze tegen Arnaud, toen haar blik viel op een mobiele telefoon op de eettafel. Ze pakte hem op en drukte op een knop. 'Uitgeschakeld.'

'Ze is er niet', zei Levi, die weer naar beneden was gekomen. 'Wat is dat?'

'Haar telefoon.' Siska overhandigde hem de mobiel. Levi knikte en bleef ermee in zijn handen staan. Hij keek de agenten beurtelings aan. 'We moeten nu naar het bos.'

'We zijn er bijna.' Annette nam een afslag en het asfalt ging over in een hobbelige weg. Kim schrok op en realiseerde zich dat ze weer was weggezakt. Dat mocht echt niet gebeuren, maar het ging vanzelf. Sinds ze in de auto zat, voelde ze zich nog veel slechter dan eerst. Wakker blijven, sprak ze zichzelf in gedachten streng toe.

'Waar zijn we?' vroeg ze, terwijl ze haar best deed om buiten iets te zien. Het was aardedonker, het enige licht kwam van de koplampen, die sneeuwvlokken en naaldbomen lieten zien.

'Zo.' Annette zette de auto stil en trok de handrem aan. 'We kunnen uitstappen.'

'Nee', zei Kim en ze hield haar handen afwerend omhoog. 'Nee, ik blijf liever zitten. Als je hier iets moet doen, dan...' Ze slikte moeizaam. 'Ik blijf gewoon liever hier.'

'Nee hoor.' Annette staarde haar verwonderd aan. 'Jij gaat gewoon mee.'

'Ik ben Kim', zei ze, omdat ze niets beters wist te bedenken. 'Ik ben niet Luisa.'

Annette stapte uit. Met trillende handen zat Kim onhandig met de gordel te hannesen. Toen ze hem eindelijk open had, trok ze aan de hendel van het portier. Ze probeerde uit te stappen, maar haar benen hielden haar helemaal niet. Languit viel ze in de sneeuw. Annette was er natuurlijk allang en in haar huidige toestand zou Kim sowieso nooit kunnen wegrennen. Ze keek op naar haar schoonmoeder en schrok van haar blik. De opgewektheid was verdwenen en had plaatsgemaakt voor kou. 'Zo', zei ze, terwijl ze aan Kims arm trok. 'Wij gaan een stukje lopen.'

'Nee! Nee, ik wil...'

'Lopen.' Het was Annette gelukt om Kim overeind te krijgen en nu duwde ze haar voor zich uit. Kim probeerde zich los te rukken, ze haalde zelfs uit naar Annette, maar haar ledematen waren van elastiek en misten ieder doel. Als ze probeerde te rennen, zakte ze onmiddellijk door haar benen. Daarom deed ze wat haar schoonmoeder haar opdroeg. Voor nu. Tot ze iets beters had bedacht.

'Ik begrijp iets niet', zei Kim zwak, terwijl ze moeizaam door de sneeuw ploegde. Er was hier geen pad, ze liepen gewoon dwars door het bos. Zo nu en dan zwiepte er een tak in haar gezicht.

'Je hoeft het ook niet te begrijpen.'

'Je bent niet door Levi gestuurd, hè. Hij weet helemaal niet dat jij bij mij bent.'

Annette liet iets van een snuif horen. 'Slimme meid', zei ze, maar het compliment leek niet erg gemeend.

'Wat wil je van me?' vroeg Kim. 'Alsjeblieft, zeg het me, dan doe ik het.'

'Je hebt hier niets te zoeken.'

Kim keek verbijsterd op. 'Hoe bedoel je?'

'Je hebt niets te zoeken in ons leven. Je denkt dat je

zomaar kan komen binnenvallen en dat je er dan ineens bij hoort, maar zo werkt het niet.'

'Maar ik dacht...' Beelden schoten door Kims hoofd. De hartelijke ontvangst van Annette, niet alleen bij de verhuizing maar al veel eerder. De cadeaus voor Owen. De band tussen hen, waarvan Kim had gedacht dat die heel bijzonder en sterk was.

'Waarom niet?' vroeg ze uiteindelijk. 'Wat heb ik dan verkeerd gedaan?'

'Je weet dat Levi niet van jou is. Hij zal nooit van jou zijn. Maar jij bent zo dom geweest om te denken dat hij dat wel was, dat je zomaar die belangrijke plek in zijn leven kon innemen.'

Kim voelde haar mond droog worden. Ze begon een idee te krijgen van waar dit over ging. 'De plek van zijn vrouw', mompelde ze voor zich uit.

'Ach, die!' Annette maakte een wegwerpgebaar met haar hand. 'Zij was hem niet waard.'

Kim fronste en probeerde de puzzelstukjes op hun plek te krijgen. Na wat Annette net had gezegd, had ze gedacht dat haar schoonmoeder niet wilde accepteren dat er nu een andere vrouw in Levi's leven was. Dat hij verder was gegaan na Luisa. Ze realiseerde zich dat ze eigenlijk niets wist van de band tussen Annette en Luisa. Automatisch was ze ervan uitgegaan dat Annette ook haar warm in de familie had opgenomen – zoals ogenschijnlijk ook bij Kim het geval was geweest – en dat ze, net als iedereen, kapot was geweest van verdriet toen het noodlot had toegeslagen.

Kim deed haar mond open. Ze moest haar woorden zorgvuldig kiezen, maar angst en stress maakten dat dat niet lukte. 'Wat bedoel je?' vroeg ze uiteindelijk alleen maar.

'Zij dacht het ook', zei Annette en daarna mompelde ze iets dat Kim niet kon verstaan.

'Wat?' vroeg Kim. 'Wat dacht zij ook?'

Annette gaf geen antwoord. In plaats daarvan greep ze Kims arm. 'Hierheen', zei ze en ze trok haar met een ruk naar links. Kim zag ook hier geen pad – in het donker zag ze helemaal niets en de zaklamp van Annette bood weinig soelaas – en het volgende moment struikelde ze over een boomwortel. Ruw trok Annette haar overeind. 'Lopen', zei ze met haar mond vlak bij Kims oor.

'Waar gaan we naartoe?'

Annette zei niets, ze trok Kim alleen maar mee.

'Jij was het, hè?' zei Kim. Ineens wist ze het zeker. Ze wist niet hoe en al helemaal niet waarom, maar haar schoonmoeder moest verantwoordelijk zijn voor alles wat er was gebeurd. 'Jij was het', zei ze en deze keer klonk haar stem niet vragend.

Eerst leek het erop dat Annette helemaal niet zou reageren. Toen liet ze een soort lage brom horen. 'Je hebt een lief zoontje. Hij kan er niets aan doen.'

'Waarom heb je hem er dan bij betrokken?' Beelden schoten als bliksemschichten door haar hoofd. Annette met Owen op schoot, Owen die met zijn armpjes gespreid op haar afrende. Kim keek naar haar schoonmoeder met een furieuze blik. 'Je hebt gelijk: hij kan er niets aan doen.'

Annette keek niet terug, ze staarde gewoon voor zich uit.

'Waarom?' vroeg Kim. 'Waarom heb je dit gedaan? Levi en ik zijn gelukkig samen en als jij...'

'Stil', zei Annette met haar ijskoude stem. 'Je begrijpt er helemaal niets van. Levi is niet van jou. Hij zal nooit van jou zijn.'

'Waarom?' vroeg Kim. 'Waarom zal hij nooit van mij zijn?' Niet omdat Levi in Annettes ogen bij Luisa hoorde, dat had ze net al duidelijk gemaakt.

Annette liet een soort grom horen. 'Omdat hij alleen van mij kan zijn, natuurlijk. Ik laat hem niet gaan. Nooit.' Ze snoof diep. 'Hem niet.'

Kims hersenen werkten traag, maar registreerden toch wat die uitspraak impliceerde. 'Wie dan wel?'

Annette draaide met een ruk haar hoofd opzij. 'Lukas natuurlijk.'

Kim had opnieuw een paar seconden nodig. Lukas? 'Wie is...' begon ze, maar toen wist ze het ineens weer. De foto op het dressoir bij Annette. Levi's broer die hij nooit had gekend. Het gruwelijke ongeluk tijdens het skiën.

'Ik laat hem niet gaan', zei Annette nu recht voor zich uit, alsof ze was vergeten dat Kim er ook was. Ze mompelde een beetje, Kim kon niet alles verstaan. 'Hij blijft bij mij', hoorde ze ook nog. 'Hij blijft altijd bij mij.'

Kim wist niet zeker of ze het nu over Lukas of over Levi had. Ze vermoedde dat in Annettes hoofd de twee namen door elkaar heen gingen. 'Annette...' zei ze zacht. 'Wat er met Lukas is gebeurd...'

Ze moest nadenken voor ze het tweede deel van die zin kon formuleren. Was niet jouw schuld, wilde ze zeggen, maar dat klonk te makkelijk. Bovendien: wie was zij om daar iets over te zeggen? Ze kon zich net zo goed voorstellen dat Annette in haar huidige staat furieus zou reageren op zo'n opmerking.

Uiteindelijk besloot Kim het over een andere boeg te gooien. 'Wat is er precies met hem gebeurd?'

Even leek het erop dat Annette geen antwoord zou geven. Toen keek ze ineens met een ruk opzij. Haar gezicht was vertrokken van pijn. 'Ik had hem moeten beschermen. Ik had hem bij me moeten houden. Die dag wilde ik hem niet laten gaan, maar ik deed het toch. Ik liet me overhalen door Geoff. Maar ik wist dat het niet goed zou gaan, ik wíst het gewoon.'

Kim kon zich geen voorstelling maken van de pijn en het schuldgevoel waaronder Annette gebukt moest gaan, zelfs na al die jaren. Maar met het terugkeren van de kou op Annettes gezicht verdween die korte vlaag van Kims medeleven meteen.

'En toen gebeurde het ook', zei ze, als antwoord op wat Annette net had gezegd.

'Nooit meer laat ik mijn zoon gaan', zei Annette. 'Hij is van mij en van mij alleen.'

Het was duidelijk dat ze het nu over Levi had. Kim haalde diep adem. Ze voelde de adrenaline weer opleven, maar het punt naderde waarop haar lichaam zelfs daarop niet meer kon functioneren. Haar longen stonden in brand, haar maag kneep voortdurend pijnlijk samen en in haar hoofd streden zwarte en witte flitsen om voorrang.

'En dus moet ik weg', zei ze. Ze hield haar stem neutraal, geen vraag. Annette knikte een paar keer.

'Net als Luisa', zei Kim.

Deze keer kwam er geen antwoord meer. Kim praatte door. 'En dus wilde je mij bang maken door mijn kind te laten ontvoeren.' Er schoot haar iets te binnen. 'En met mijn ski's te knoeien. Ik had zwaargewond of zelfs dood kunnen zijn als ik hard was gevallen.'

Annette snoof kort. 'Dat was het makkelijkst geweest.'

'Maar het werkte niet', zei Kim, haar opmerkingen negerend. 'Ik bleef en jij ging door.' Ze kneep haar ogen samen. 'Je had het bijna voor elkaar. Ik zou morgen weggegaan zijn.'

Annette antwoordde mompelend. 'Als Viktoria niet zo stom was geweest. Ik had ook nooit een junk moeten vragen, maar ik wist dat ze voor geld haar mond zou houden. Het klopte precies. Jij ging je slecht voelen, dat kind van je liep gevaar, het was allemaal genoeg om je te laten vertrekken. Het zou perfect hebben gewerkt.'

Kim voelde een nieuwe rilling over haar rug gaan. 'Ik ging me slecht voelen?'

'Door dat gif natuurlijk', zei Annette, alsof het nogal dom was dat Kim dat nog niet had begrepen. 'Het werkte perfect, precies zoals me was beloofd. Jij bent zo stompzinnig dat je het niet eens doorhad. Elke week, door je drinken, door je eten.'

'Gif?' Kim dacht echt dat ze het niet goed had begrepen. 'Heb jij gif door mijn eten gedaan?'

'Ja, natuurlijk.' Annette klonk ineens vreemd monter. 'Daar kom je verrassend makkelijk aan, trouwens. En als je het op de juiste manier gebruikt, zijn er geen sporen te vinden in een lichaam. Ook niet na overlijden. Je hebt er trouwens net nog een nieuwe dosis van gedronken.'

'Ik heb helemaal niet...' Maar toen realiseerde ze het zich. Het waterflesje. Kim bleef staan, omdat ze met de beste wil van de wereld niet meer verder kon lopen. Ze deed haar mond open en weer dicht en uiteindelijk toch weer open. 'Dus elke keer als we bij jou waren...' Er kwamen golven op haar af. Golven van ongeloof, van angst. Angst die aanzwol tot pure doodsangst nu ze wist waartoe haar schoonmoeder in staat was. 'Maar Annette...' bracht ze uit met een piepende stem. 'Ik vind het verschrikkelijk voor je wat er is gebeurd met Lukas, maar dat is toch niet mijn schuld?'

'Niemand,' zei Annette met een donkere stem, 'niemand pakt mij nog een kind af.'

Kim voelde hoe haar knieën het begaven. Ze kon simpelweg niet langer blijven staan en zeeg neer in de sneeuw. Met haar handen voor haar ogen bleef ze zitten, niet in staat tot een beweging, niet in staat om te vluchten. Half verwachtte ze dat Annette haar opnieuw overeind zou trekken, maar dat gebeurde niet. In plaats daarvan hoorde ze de stem van haar schoonmoeder, die ineens een vreemd soort tevredenheid uitstraalde. 'Je stopt precies op het juiste moment. We zijn er.'

Hoofdstuk 15

OPSCHALEN, DAT WAS SISKA'S ANTWOORD GEWEEST OP Levi's vraag hoe ze nu verder moesten. Arnaud had geknikt en was meteen gaan bellen en meteen waren er meer agenten ter plaatse gegaan. Siska's telefoon ging en ze keek vluchtig naar het scherm. 'Momentje', zei ze tegen Levi en ze liep weg om buiten gehoorafstand de oproep van Timo te beantwoorden.

'Petra von Welschauzen zegt dat het niet onwaarschijnlijk is dat haar moeder en Viktoria elkaar na Viktoria's verblijf in de kliniek nog hebben gesproken', zei haar collega, die net met Petra had gesproken. 'Ze konden het altijd goed met elkaar vinden en hebben achteraf nog weleens geappt.'

'Wanneer voor het laatst?'

'Dat weet ze niet. Een paar maanden geleden heeft ze het wel met haar moeder gehad over een Facebookbericht van Viktoria waarin ze vertelt dat ze in een moeilijke tijd zit en dat ze daarom van de digitale radar zou gaan.'

Siska fronste. Waarom zou je zoiets aankondigen?

'Anders weten je volgers niet waar je bent', zei Timo toen ze die vraag hardop stelde. Hij deed het klinken alsof dat volkomen logisch was. 'En je ziet ook vaak dat mensen het doen voor de steun en aandacht van hun Facebookvrienden, die op zo'n bericht reageren.'

Siska humde wat. 'Heeft Viktoria online ook verteld waarom het een moeilijke tijd was?'

'Nee', zei Timo. 'Ik heb het bericht even opgezocht en er staat weinig concreets in.'

Siska knikte een paar keer terwijl ze nadacht. In het gesprek had Viktoria verteld dat Annette haar had benaderd met de vraag om een klus op te knappen. Het was goed mogelijk dat Petra inderdaad niet had geweten van het hernieuwde contact tussen haar moeder en haar vroegere vriendin.

'Wil je haar nog vragen of ze weet of haar moeder vanmiddag plannen had?' vroeg ze uiteindelijk. 'En ik wil graag de communicatie tussen haar en haar moeder inzien, maar daarvoor moet eerst een aanvraag worden gedaan via de rechter-commissaris.'

'Regel ik', zei Timo en daarna hingen ze op.

'Siska!' Arnaud kwam op een drafje op haar af. 'De collega's die al bij het bos zijn, zeggen dat ze Kim niet hebben aangetroffen. Er wordt nog verder gezocht, maar we moeten er rekening mee houden dat ze daar niet is. Haar telefoon is gepeild, maar die staat uitgeschakeld. Het laatste contact is geweest met een zendmast in de buurt van het bos.' Hij praatte snel en gejaagd. 'Ik heb gezegd dat er meer teams ter plaatse moeten gaan in het bos voor sporenonderzoek.'

Siska knikte en liep achter Arnaud en Levi aan naar buiten. Ondertussen belde ze Timo terug. 'Ik wil graag een huiszoekingsbevel voor de woning van Annette von Welschauzen. Er moet hier meer te vinden zijn dan we nu weten.'

'Ik ga het meteen regelen', zei haar collega en daarna hing hij op.

'Waar zijn we?' vroeg Kim met dichtgeknepen keel. 'Wat bedoel je?'

'Dit is de plek.' Annette keek om zich heen, alsof er daadwerkelijk iets te zien was. Het zicht was door het donker en de sneeuw hooguit twee meter.

'Doe je jas uit.'

'Wat? Nee!'

'Doe het.' Annette zette een stap in Kims richting. 'Oké', zei Kim, haar handen afwerend omhoog. Onhandig sjorde ze aan haar jas en overhandigde die uiteindelijk aan haar schoonmoeder. 'Hier.' Daarna vroeg ze: 'Welke plek?'

Annette was alweer afgeleid. 'Hm?'

'Je zei net dat dit de plek was. Maar ik weet niet welke plek.'

'Waar Lukas doodging.'

Die woorden veroorzaakten een schokgolf bij Kim. Annette knikte alleen maar een paar keer en voegde er toen aan toe, alsof ze een interessant weetje deelde: 'En waar jij dood zal gaan.'

'Nee!' schreeuwde Kim. 'Nee, je kan niet... Alsjeblieft, Annette... Ik heb niet...' Ze schopte en sloeg van zich af toen Annette haar handen vastgreep. Het volgende moment voelde Kim een brandende pijn in haar polsen, die ze niet meer van elkaar kreeg. Voor ze doorhad wat er gebeurde, zaten ook haar enkels tegen elkaar. Annette trok de tiewraps nog eens extra stevig aan. 'Nee', zei Kim opnieuw, smekend. 'Vermoord me niet. Ik zal weggaan, echt. Je zult me nooit meer terugzien. Maar laat me alsjeblieft leven. Ik heb een kind...'

Wat ze ook zei, Annette leek het allemaal niet te horen. Uiterst langzaam en zorgvuldig pakte ze haar spullen in. Dat was niet veel. In het licht van de lantaarn zag Kim het bosje tiewraps en een plastic tasje.

Ze moest haar aan de praat houden. Annette mocht niet weggaan, dan was het sowieso over. Kim kon niet meer lopen door de tiewraps en in haar huidige conditie was het uitgesloten dat ze al kruipend terug kon komen naar de openbare weg. Haar lichaam kon dat niet aan en zou gewoonweg opgeven.

'Hoe heb je het gedaan?' vroeg Kim, in de hoop dat Annette die vraag wel zou willen beantwoorden. Ze leek tevreden te zijn met haar werk. Sterker nog, ze leek ervan overtuigd te zijn dat het vermoorden van Levi's vrouwen de enige manier was om van haar zoon te houden. 'Hoe heb je Luisa vermoord?'

Annette stopte met inpakken en bleef even zitten. Ze stak haar neus in de lucht, als een dier dat een geur oppikte. 'O,' zei ze toen, bijna nonchalant, 'dat was niet zo moeilijk. Ik appte haar die ochtend of ze zin had in koffie, zij appte dat ze ging toerskiën. En toen ben ik haar gevolgd om haar vervolgens zogenaamd toevallig tegen te komen. Ik zei dat er iets met een van de kinderen was en dat Levi me had gestuurd om haar op te halen. Ik had mijn auto geparkeerd op een plek die alleen lopend te bereiken was en nam haar mee, want ze wilde natuurlijk de snelste route nemen. Luisa ging meteen met me mee. In de haast viel haar rugzak op de grond en ze had niet eens door dat ze hem vergat.' Annette glimlachte. 'Dat heeft later nog in mijn voordeel gewerkt. De politie snapte er niets van.'

'En toen?' vroeg Kim, omdat Annette stilviel.

'Ik deed hetzelfde als bij jou. Ik nam haar mee naar de auto en reed een eindje. Daarna ben ik met haar naar boven gelopen via een steil pad op een afgelegen plek. Dat wilde ze niet, maar het hielp dat ik een mes had en dreigde daarmee de kinderen iets aan te doen als ze niet luisterde.' Ze grinnikte alsof ze een binnenpretje had. 'Alsof ik ooit de kinderen iets aan zou doen.' Annette dacht even na over haar eigen woorden en schudde haar hoofd. 'Het sneeuwde die dag zo hard dat alle voetstappen meteen verdwenen. Het was echt de perfecte dag.'

Vandaag, besefte Kim, was ook geen dag waarop sporen in de sneeuw lang bleven bestaan.

'Ze begreep het wel', ging Annette verder. 'Dat zei ze. Ze snapte dat ik Levi niet aan haar kon afstaan. Eén zoon afstaan is al veel te veel, twee gaat gewoon niet.'

Kim huiverde van het besef dat Luisa hetzelfde had geprobeerd als zij. Meepraten, begrip tonen, zo lang mogelijk aan de praat houden en hopen op een uitweg. 'Ja', zei ze zo overtuigend mogelijk. 'Dat begrijp ik. En ik denk dat de politie dat ook wel zal begrijpen, Annette. Als we het goed uitleggen...'

Haar schoonmoeder schoot naar voren, als een soort kat. Ze greep Kim bij haar keel, haar vingers klauwden in Kims gezicht. Kim schreeuwde. 'Dat zei Luisa ook', beet Annette haar toe. 'Jullie zijn allemaal hetzelfde. Jullie denken dat ik gek ben.'

Kim probeerde achteruit te wijken, maar kwam niet ver. 'Ik denk helemaal niet dat je...' Maar het volgende moment deed ze er het zwijgen toe. Annette had haar losgelaten en Kim tuimelde achterover. 'Dat was het moment', zei haar schoonmoeder nu, nog altijd razend. 'Dat was het moment waarop ik het deed. Een klein duwtje en ze viel tientallen meters naar beneden. Dat had ze verdiend.'

Kim moest haar best doen om het niet uit te gillen. Ze beet op haar lip tot ze bloed proefde.

'Geen mens komt daar ooit', zei Annette nu. 'Natuurlijk is ze nooit gevonden. En jij... ach.' Ze wuifde iets denkbeeldigs weg met haar hand. 'Het zal lang duren voor ze jouw lichaam vinden. En dan zullen ze mij niet verdenken. Ik heb jou zo warm ontvangen in Lech. Ik ben zo dol op jouw zoontje.'

Het was of er kleine explosies plaatsvonden in Kims lichaam. Het ene moment kromp ze ineen van de pijn, dan was ze ineens weer helder. Zwarte vlekken dansten voor haar ogen. Ze hoorde Annettes woorden, maar werd zo verteerd door doodsangst dat haar hersenen zich ervoor afgesloten leken te hebben. 'Nee', hijgde ze een paar keer. 'Nee, alsjeblieft...'

Maar Annette luisterde niet. Ze stond op en keek een laatste keer naar Kim. Toen draaide ze zich om en liep weg.

'Ieder mogelijk spoor is allang onder de sneeuw verdwenen.' Hannelore, Siska's collega die de leiding had gekregen over de zoekactie, gebaarde naar de dikke laag, die door de vallende vlokken alleen maar werd aangevuld. 'Voetstappen zijn sowieso niet te onderscheiden en de honden hebben ook nog geen geurspoor opgepikt.'

Siska keek gefrustreerd om zich heen. Nu, in het donker, zouden ze op zicht niet ver komen. Zonder een geurspoor of voetstappen of een andere kleine aanwijzing over de richting die Kim op was gelopen, stonden ze machteloos.

Ze keek op haar telefoon. Drie kwartier geleden had Timo een berichtje gestuurd dat de rechter-commissaris de huiszoeking had goedgekeurd – net als het verzoek om de telefooncommunicatie van Petra te confisqueren – en vrijwel meteen was er een team aan de slag gegaan. Tien minuten geleden had Siska om een update gevraagd, maar die was tot nu toe uitgebleven.

'Hoelang kunnen we nog doorgaan?' vroeg Siska aan Hannelore. Die haalde kort haar schouders op. 'Dat is niet zozeer de vraag, we kunnen de hele nacht blijven zoeken. Maar als we helemaal niets vinden, zitten we dan wel in de juiste richting?'

'Ze moet in dit gebied geweest zijn', zei Siska stellig.

Hannelore liep weg om een telefoontje te beantwoorden, Siska keek intussen om zich heen. Inmiddels waren meer dan dertig agenten ingezet om het bos uit te kammen. De portofoon kraakte voortdurend omdat zoekteams hun locatie en bevindingen doorgaven. Vrijwel alles was negatief. Geen sporen, geen personen. Hier, bij het begin van het bospad, had zich inmiddels een groep publiek verzameld die door middel van politielint op afstand werd gehouden. Twee agenten waren in gesprek gegaan met de omstanders in de hoop nieuwe informatie te krijgen, maar ook dat had nog niets opgeleverd.

Net toen ergens diep in Siska het gevoel opkwam dat de hele zoekactie geen zin zou hebben, ging haar telefoon. Timo. Vlug nam ze op.

'We hebben iets gevonden dat je moet zien', zei hij, zijn stem opgewonden. 'Ik ben onderweg.'

Zure gal schoot omhoog en Kim gaf over in de sneeuw. De misselijkheid verdween niet. Op handen en knieën probeerde Kim door de sneeuw te kruipen, maar telkens zakte ze door haar armen. Ze was al haar gevoel voor richting verloren. Het enige wat ze wist, was de richting waarin Annette was verdwenen. Terug naar de auto? En de weg?

Ze had geen ander aanknopingspunt, dus ze moest dit maar volgen. Aan de mogelijkheid dat Annette verderop op haar stond te wachten, dacht ze niet. Aan haar kleding die doorweekt was en de kou die haar botten had bereikt, evenmin. Ze moest doorzetten. Ergens de kracht vandaan halen.

Maar het ging niet. Haar lichaam gaf het op. Ze had veel te veel gevraagd en het gif leek zich als vuur door haar binnenste te verspreiden.

Toen ze opnieuw op haar buik in de sneeuw belandde, kon ze niet meer overeind komen. De enige warmte kwam nog van haar tranen, maar die werden al snel ook ijskoud. Dat was ook het moment waarop niet alleen haar lichaam, maar ook haar geest het opgaf. Alles werd zwart en het laatste wat Kim dacht, was dat ze verlangde naar die verlossing.

Siska had nog niet opgehangen of de politieauto stopte al voor haar neus. Timo viel er zowat uit in zijn haast om bij haar te komen. Hij zwaaide met zijn penning en een collega hield het lint voor hem omhoog. 'Het is een kaart', zei hij tegen Siska, terwijl ze zich samen afwendden van het publiek. Arnaud kwam meteen naar hen toe en scheen hen bij met zijn zaklamp. Tussen zijn handen hield Timo een kaart van ongeveer A3-formaat, die de rand van Lech liet zien en het stuk bos waar ze nu stonden. De rand van het papier was rafelig.

'Dat was al zo', zei Timo toen hij zag dat Siska ernaar keek. 'Alsof hij is afgescheurd van een grotere kaart. Maar kijk.' Hij wees naar een cirkel die met zwarte stift op de kaart was getekend. 'Dit is interessant. We hebben deze kaart gevonden op Annettes slaapkamer, in een doos onder in haar kast. Daar zaten oude spullen in van een kind, als een box vol herinneringen. Er stond een naam op: Lukas. We hebben het nagezocht en Lukas is de zoon die Annette en Geoff vroeger hebben verloren bij een ongeluk. Hij is op de omcirkelde plek om het leven gekomen.'

Siska voelde iets van haar opwinding wegebben. 'Niet zo vreemd dat ze die plek op een kaart heeft aangegeven, toch?'

'Misschien niet, maar kijk, er is een soort route op aangegeven. De inkt van de cirkel is al helemaal licht geworden, die is veel ouder. De inkt van de route lijkt veel recenter te zijn.'

Vertwijfeld keek Siska naar hem op. 'Weet je dat zeker?'

'Het is misschien klein, maar het is iets.'

'Hoe ver is het vanaf hier?' vroeg Siska, en dat had Arnaud in de tussentijd opgezocht. Ook had hij meerdere agenten opgeroepen om naar hen toe te komen. Arnaud liet hun de kaart zien.

'Ik denk dat ik weet waar dat is', zei een van de agenten, die Tobias heette. Hij keek zijn collega's aan. 'Ik ga vaak wandelen in de meer ondoordringbare gebieden. Dit punt hier...' Hij tikte met zijn vinger tegen de kaart waar Annette een donkerblauwe stip had gezet. 'Dit punt is volgens mij een parkeerplaats. Ik heb daar ook weleens gestaan, het is het beginpunt van een paar wandelroutes.'

'Laten we gaan', zei Siska. Ze wenkte Levi, die meteen

kwam aanrennen. Terwijl ze naar de auto's holden, maakte Arnaud via de portofoon kenbaar wat ze hadden uitgevonden. Er bleef een team in het bos om verder te zoeken naar sporen, de rest van de agenten werd opgeroepen om naar de parkeerplaats te komen. Arnaud belde naar een collega op het bureau om zo snel mogelijk de coördinaten van de aangekruiste plek op te zoeken. De plek waar de kleine Lukas von Welschauzen zoveel jaar eerder om het leven was gekomen.

'Lukas?' vroeg Levi verbijsterd, toen Siska hem onderweg snel had bijgepraat. 'Mijn broertje?'

'Ken je die plek?'

'Nee.' Levi keek vluchtig uit het raam van de auto. 'Mijn moeder heeft me nooit verteld waar het precies is gebeurd. Er werd bij ons thuis sowieso vrijwel nooit over gesproken.'

Siska gaf geen antwoord. 'Die kant op', wees ze toen ze de grote weg bereikten. 'En dan straks weer links.'

Het duurde tien minuten voor ze de parkeerplaats vonden en nog eens vijf voor het team compleet was. 'Ik ga mee', zei Siska, toen de collega's klaarstonden om te gaan zoeken.

'Ik ook.' Dat was de vastbesloten stem van Levi, maar Siska hield hem tegen. Ze begreep dat hij mee wilde, maar voor een actie als deze moest je getraind zijn. Zo niet, dan zou zijn aanwezigheid meer kwaad dan goed doen, zeker als het aankwam op het sporenonderzoek dat nog moest volgen.

'Ik heb de coördinaten', zei Hannelore, die ook was

gearriveerd. 'Ik heb ze ook al ingevoerd in de gps en we moeten die kant op.' Ze wees recht voor zich uit. Siska liet haar blik dwalen in de richting die haar collega aanwees en zag niets dan donkere bomen en sneeuw die wit glansde in het kleine beetje maanlicht dat door de bomen heen wist te breken.

Wat ze ook probeerde, haar ogen gingen niet meer open. Die simpele beweging van haar oogleden kostte te veel kracht. Af en toe zonk Kim weer weg in de duisternis die zo aantrekkelijk was, maar na een tijdje – Seconden? Minuten? Ze had geen idee – kwam ze dan weer aan de oppervlakte. Haar hersenen vertelden haar dat ze moest blijven vechten, ook al kon haar lichaam niet meer. Steeds opnieuw zakte ze weg, steeds opnieuw kwam ze terug, als een geruststellend ritme terwijl alles om haar heen in een storm leek te zijn beland.

'Hoe ver nog?' vroeg Siska nadat ze voor haar gevoel een eeuwigheid hadden gelopen. In werkelijkheid was het waarschijnlijk een paar minuten geweest, maar het ging haar niet snel genoeg.

'We zijn er bijna.' In Tobias' stem klonk verbetenheid door. Hij verhoogde het tempo, maar moest het weer verlagen door de vele takken en wortels. Via de portofoon hadden ze contact met het andere team, dat via een andere route naar de plek liep. Op de parkeerplaats hadden ze de auto van Annette von Welschauzen aangetroffen. Omdat zij als een potentieel gevaarlijke verdachte werd beschouwd, hadden ze kogelwerende vesten aangetrokken en droeg Siska nu ook een wapen.

'Daar!' Ineens stond Tobias stil en hij wees. Siska volgde met haar blik die richting en dacht dat hij het verkeerd had gezien. Er was namelijk niets te zien, maar toen ontdekte ze een stipje dat heen en weer ging en dat het licht van een zaklamp leek te zijn. Haar hart sprong opnieuw omhoog.

Tobias deelde hun bevinding via de portofoon en daarna slopen ze behoedzaam verder. Hoe dichterbij ze kwamen, hoe meer Siska kon zien. Beweging. Eén persoon. Ze zocht naarstig naar een tweede, maar die was er niet. Siska legde haar hand op haar wapen, klaar om in actie te komen als het nodig was.

Tobias had het volume van de portofoon op minimaal gezet. Haast fluisterend overlegden ze met het andere team. Ze zouden van twee kanten naderen en tegelijk de verdachte overmeesteren. Annette, daarvan was Siska overtuigd, maar tot ze de hele situatie kenden, was het 'de verdachte'. Ze waren nu allebei dichtbij, de lichtbundel van de zaklamp was sowieso goed te zien en Siska kon ook het silhouet van een mens waarnemen. Nog tien meter, schatte ze. Misschien minder. In hun schuilplaats tussen de bomen hoefden ze niet bang te zijn dat de persoon hen ook zou zien. Dat was hun voordeel: de verrassing. En dat voordeel moesten ze maximaal benutten nu ze niet wisten of hun verdachte misschien bewapend was. Tobias telde af in de portofoon. Siska zette zich schrap.

'Twee... Eén... Go.'

Tegelijk schoten ze overeind en renden naar voren. Vanaf de rechterkant naderde het andere team. 'Politie!' riep Tobias. 'Blijf staan met je handen in de lucht!'

De vrouw – nu kon Siska zien dat het een vrouw was – deed aarzelend wat er werd gezegd. Twee agenten stormden op haar af en wierpen haar op de grond, waarna ze de handboeien omdeden. Siska scheen met haar zaklamp in het rond.

'Waar is Kim?' riep ze naar Annette. 'Waar heb je haar gelaten?'

Maar er kwam geen antwoord. Siska scheen met haar zaklamp recht in Annettes gezicht. Het enige wat ze zag, was een lachje dat om de lippen van de vrouw speelde.

'Door!' riep ze naar Tobias. Hij liet Annette over aan een paar collega's en pakte de gps-apparatuur er weer bij. 'Nog een klein stukje!' riep hij en met stevige passen beende hij verder. Hier en daar waarschuwde hij Siska voor een boomwortel of een tak, verder ploegden ze stug naast elkaar voort.

Plotseling bleef Tobias staan. Siska zag dat iets verderop ook collega's waren gearriveerd. Ze keek om zich heen. 'Hier moet het zijn', zei Tobias, maar Siska zag niets. Ze vloekte binnensmonds. Hadden ze het dan toch verkeerd gehad?

Ze draaide zich om naar haar collega om die gedachte te delen, toen ze ineens een geluid hoorde. Meteen gingen haar nekharen overeind staan. 'Wat was dat?' vroeg ze, maar Tobias had het niet gehoord.

'Jawel.' Siska stak haar vinger in de lucht. 'Ik hoorde...

Daar!' Het geluid klonk weer, al was het zwak. 'Deze kant op.' Hollend baande Siska zich een weg door het bos. 'Kim!' schreeuwde ze een paar keer. Toen bleef ze weer staan om te luisteren. Achter haar hoorde ze beroering ontstaan.

'Siska!' Dat was Tobias. 'Hier!' Daarna vroeg hij via de portofoon om medische assistentie.

Siska rende naar haar collega toe, die over iets heen gebogen stond. Siska slikte en was er ineens heilig van overtuigd dat ze te laat waren gekomen.

Kim kon de oppervlakte niet meer bereiken. Het donker had haar definitief omsloten. Heel ver weg hoorde ze stemmen, ze had handen op haar lichaam gevoeld en gemerkt dat ze werd opgetild, maar misschien wilde ze dat alleen maar heel graag. Wat echt was en wat zich alleen in haar hoofd afspeelde, liep door elkaar. Zo dacht ze dat ze een tijdje na de andere stemmen ook Levi's stem had gehoord, maar daarin durfde ze niet meer te geloven. Het enige wat er werkelijk leek te zijn, was de lange zwarte tunnel waarin ze zich bevond. En waarin ze steeds verder afdaalde. Tot de stemmen verstomden en ze langzaam wegzweefde.

Hoofdstuk 16

'Gaat het?' Levi keek bezorgd naar haar, terwijl Kim met enige moeite haar ene voet voor haar andere zette.

'Ja', zei ze overtuigender dan ze zich daadwerkelijk voelde, maar ze wilde niet voor hem onderdoen. Bovendien was het niet helemaal gelogen. Ze voelde zich vandaag beter dan wekenlang het geval was geweest. De pijn die haar tot nu toe elke dag tot last was geweest, trok langzaam weg. En haar conditie leek zich op te bouwen. Het gif was nu helemaal uit haar lichaam verdwenen, had de arts geconstateerd. Toen eenmaal bekend was welke stof Annette had gebruikt om Kim te vergiftigen, was er met aanvullend bloedonderzoek vastgesteld dat die in grote hoeveelheden in haar bloed aanwezig was. Bij het eerdere onderzoek waren alleen een paar standaardtests gedaan. Kim nam dat de artsen niet kwalijk. Ze konden moeilijk iedereen die met vermoeidheidsklachten langskwam aan een uitgebreid toxicologisch onderzoek onderwerpen.

Dat het gif nu weg was voelde voor haar als een overwinning, en niet alleen op zichzelf.

'Kom', zei Levi en hij sloeg zijn arm om haar heen. 'Laten we teruggaan.'

Kim knikte. Ze hadden een kwartier door het bos gelopen en Kim vond het niet erg om weer om te keren. Ze had juist voorgesteld om naar het bos te gaan omdat ze niet wilde dat zo'n mooie plek voor altijd de plaats zou zijn waar doodsangst haar zou gijzelen en dus dwong ze zichzelf om een paar keer per week te gaan lopen, elke keer een stukje verder. Maar moeite kostte het wel. De sneeuw, die lang bleef liggen dit jaar, het licht, de bomen – alles bracht herinneringen terug die ze het liefst voor altijd uit haar hoofd zou bannen. Maar die waarschijnlijk nooit meer zouden verdwijnen.

Dat wandelen was ook goed voor haar herstel, hadden de artsen haar verteld. Haar lichaam had een ongelooflijke opdonder gekregen. Gelukkig hadden de artsen haar net op tijd kunnen redden en na een paar dagen op de intensive care was uiteindelijk het levensgevaar geweken. Nu was ze er nog lang niet qua herstel, maar dat gaf niet. Kleine stapjes, langzaam voorwaarts, dat was haar manier van leven geworden. En elk succesje, hoe klein ook, samen vieren.

Kim keek om zich heen. Het was mooi weer en het bos lag er fantastisch bij. Oprecht kon ze zeggen dat ze op sommige momenten weer kon genieten van de prachtige hoge bomen en het zonlicht dat op de sneeuw viel. De plek waar het was gebeurd, wilde ze niet meer opzoeken. Gelukkig lag die wat verder weg. Levi bezocht die plek juist wel. Hij was er in de vier weken die waren verstreken, nog een paar keer geweest. Dat had hij nodig voor de verwerking, had hij gezegd, en Kim begreep het. Maar er zelf naartoe gaan, dat kon ze niet opbrengen. Misschien later, maar op dit moment leefde ze bij de dag, dat was genoeg.

De ene dag was het een uitdaging om de tijd door te komen. Dan werd ze geplaagd door haar demonen en kon ze haar eigen gedachten niet stoppen. Gelukkig hielp de traumaverwerkingstherapie waar ze een week nadat het allemaal was gebeurd, al mee begonnen was. Siska Wirschmann had haar dat aangeraden en ze had ook de naam van een goede therapeut doorgegeven. Kim had er veel aan om te praten, keer op keer opnieuw. De therapeut leerde haar dat niet vergeten of wegdrukken de sleutel tot verwerken was, maar het trauma aanvaarden en inpassen in haar leven. Dat was natuurlijk veel makkelijker gezegd dan gedaan en Kim zou veel tijd nodig hebben, maar ze wist dat het uiteindelijk zou lukken.

Op andere dagen ging het beter, soms zelfs verrassend goed. Kims ouders waren meteen naar Lech gekomen en nadat Kim uit het ziekenhuis was ontslagen, hadden ze nog twee weken met elkaar doorgebracht. Die tijd had Kim goedgedaan. Toen Kim wist dat Owen bij hen in de beste handen was, had ze zelf ruimte gehad voor al haar gevoelens. Ze had gehuild, ze was boos geweest, ze had getwijfeld of ze wel moest blijven. Maar ze had ook gevoeld dat ze Levi niet kon loslaten. Nooit. Dat hun connectie zo sterk was dat ze zelfs dit aankonden. En dat ze hem nooit wilde laten gaan. Het was waar wat als cliché zo vaak werd gezegd. In nood weet je pas echt wie er belangrijk voor je is. En ze wist dat ze altijd op Levi kon rekenen, dat hij er altijd voor haar zou zijn.

Andersom wilde ze er voor hem net zo goed zijn. Zijn leven was in duigen gevallen. Dat de resten van Luisa's lichaam op aanwijzing van Annette eindelijk waren gevonden was heftig, maar het zorgde er ook voor dat de onzekerheid voorbij was. Dat ze begraven kon worden en dat Levi en de kinderen eindelijk een echte plek hadden om naartoe te gaan om haar te herdenken. Maar de betrokkenheid van zijn moeder in de dood van zijn vrouw – en bijna in die van Kim – was voor Levi natuurlijk niet te aanvaarden. Ook hij was, los van Kim, in therapie gegaan om hiermee te kunnen dealen. Ook hij zou tijd nodig hebben en misschien zou het litteken dat hij had opgelopen, wel nooit helemaal genezen. Maar Kim wilde niets liever dan naast hem staan en hem steunen waar ze kon.

Eerst kon hij niet goed praten, sinds een week ging dat beter. Nooit had hij iets gemerkt aan zijn moeder en daar kon hij maar niet over uit. Dat het verdriet om de dood van Lukas diep zat, dat wist Levi wel. Maar er werd niet over gepraat, en dus had hij niet in de gaten gehad waartoe het verdriet zijn moeder allemaal had bewogen. Ja, ze had er moeite mee gehad toen hij het huis uit ging, en toen hij met Luisa trouwde, had Levi ook wel gemerkt dat zijn moeder emotioneel was. Maar ja, stonden er niet zoveel moeders met tranen in hun ogen op de bruiloft van hun eigen zoon?

Door alles wat er was gebeurd, had Levi weer veel met Petra gepraat, ook zij was verbijsterd geweest. De gesprekken waren fijn en hielpen Levi, merkte Kim. Wat er tussen hen was gebeurd leek ineens zo onbelangrijk. Petra was er onmiddellijk overheen gestapt en had het geen seconde meer over die valse beschuldiging gehad. Als Kim iets positiefs moest noemen aan de hele situatie, dan was het dat zij weer dichter naar elkaar toe groeiden. Petra appte veel en belde bijna dagelijks om te vragen hoe het met Kim ging. Het was in een volslagen bizarre situatie als deze sowieso goed om lichtpuntjes te zoeken, dat had Kim ook tijdens de therapie besproken. En dan kwam ze al snel uit bij de ouders van Luisa. Ook zij hadden een ongelooflijke klap te verwerken gekregen en Kim zou het hebben begrepen als ze het contact hadden verminderd, of zelfs verbroken. Als Luisa niet met Levi was getrouwd, zou ze immers nog hebben geleefd. Die gedachte kon best gepaard gaan met beschuldigingen, ook al waren die niet terecht.

Maar zo zaten ze niet in elkaar. In plaats daarvan hadden ze hun hart nog verder opengesteld voor Kim en Levi. Hun bezoekjes aan Bernt en Martina waren nog frequenter geworden en altijd namen ze, op verzoek van Luisa's ouders, Owen mee. Kim wist niet of het bewust ging, maar op deze manier waren ze voor hem precies die opa en oma die Kim had gehoopt te vinden in Levi's moeder. Owen was inmiddels verzot op het echtpaar en Kim wist dat Bernt en Martina oprecht van haar zoontje genoten. Ze hadden ook een paar keer opgepast, om Kim en Levi wat tijd samen te gunnen. Dat was, in een periode dat ze veel tijd nodig hadden om alles te verwerken, geen overbodige luxe. Zeker toen Kims ouders terug naar huis waren gegaan. Ergens in Kims hoofd was de gedachte voorbijgekomen dat ze haar kind achterliet bij mensen die ze nog niet goed kende. En dat ze als geen ander had geleerd dat je nooit wist wat er zich daadwerkelijk in het hoofd van anderen afspeelde. Maar toch deed ze het. Omdat ze instinctief aanvoelde dat Bernt en Martina oprecht waren. En ook omdat ze hoe dan ook niet wilde leven uit angst. Dan zou Annette op een of andere manier altijd macht over haar houden.

Ze was zo in gedachten verzonken dat Kim amper merkte dat ze de rand van het bos bereikten. Levi trok Owen achter zich aan op de slee en stopte aan het einde van het pad. 'Zullen we ergens wat gaan drinken?' stelde hij voor. 'Ik heb zin in koffie.'

Kim knikte en ze liepen naar het dorp. Daar vonden ze een plekje in een klein koffiehuis, waarvan Levi de eigenaar goed kende. Die kwam op hen af en keek hen beiden aan met een blik vol medelijden, een blik die Kim inmiddels kende van ongeveer iedere inwoner van het dorp. 'Gaat het?' vroeg hij en Levi knikte.

Ze praatten kort en toen namen Kim en Levi plaats aan een tafeltje. Owen kreeg zijn eigen stoel en een kleurplaat.

Kim keek om zich heen en voelde diverse blikken op zich gericht. Natuurlijk waren de mensen in Lech nog lang niet uitgepraat over wat er allemaal was gebeurd, en dat was oké. In de tijd na die vreselijke dag waren ze bedolven onder de bloemen en kaarten en dat had Kim ongelooflijk veel goedgedaan. Levi was weer rustig aan begonnen met het werk in de bar en ook daar werd hij er vaak door dorpsgenoten op aangesproken. Veel mensen uit Lech kenden Annette en niemand had ooit ook maar iets aan haar gemerkt. Kim vond dat prettig om te horen, vooral voor Levi. Hij had veel schuldgevoel, maar hoe had hij het moeten weten als niemand ooit ook maar iets had gezien of gemerkt?

Kim wist dat hij werd geplaagd door nachtmerries. Dromen waarin zijn moeder weer op vrije voeten was en hem kwam opzoeken om haar werk met Kim af te maken. Ze hadden diverse gesprekken met de recherche gevoerd en ook met het Openbaar Ministerie. Annette zou worden aangeklaagd voor de moord op Luisa en poging tot moord op Kim, en de officier had laten doorschemeren dat hij een levenslange gevangenisstraf zou gaan eisen. Daarnaast zou Annette in de gevangenis worden behandeld voor haar psychische problemen, maar Kim geloofde niet dat die behandeling tot de oplossing ervan zou leiden. Het kon haar eigenlijk ook niet schelen. Misschien zou ze op een dag medelijden kunnen voelen met die vrouw, maar nu voelde ze alleen maar een grote, razende woede over wat zij Levi, Luisa, de kinderen en Kim zelf had aangedaan.

‘Waar denk je aan?’ vroeg Levi en Kim realiseerde zich dat ze al een tijdje naar buiten zat te staren.

‘O.’ Ze haalde glimlachend haar schouders op. ‘Niets bijzonders.’ Ze had geen zin om over zijn moeder te praten. ‘Dat het een fijne wandeling was en dat ik er koude handen aan over heb gehouden.’

Levi leunde naar voren en hield haar handen in de zijne, die heerlijk warm voelden. Hij keek haar aan en glimlachte. Kim deed hetzelfde. ‘Ik hou van je’, zei ze. Op dat moment kwam Owen ertussendoor. ‘Ooo!’ riep hij terwijl hij van de een naar de ander keek. ‘Kusje!’

Kim grinnikte en leunde verder naar voren tot ze Levi’s lippen op de hare voelde. Daarna keek ze hem aan en lachte. Hoewel hij niets zei, kon ze precies in zijn ogen lezen wat hij voelde. Zo bleven ze zitten en Kim besefte dat ze haar hele leven lang niets anders nodig zou hebben.

Sneeuwblind

€ 15,-

Provence

€ 10,-

Zandvoort aan zee

€ 15,-

Familiediner

€ 10,-

Bloedkoraal

€ 10,-

Strandslag

€ 15,-

Casa Ibiza

€ 10,-

Zoutelande

€ 15,-

Costa Brava

€ 6,-

Bestemming Bonaire

€ 6,-

Zomernacht

€ 6,-

Casa Ibiza

€ 6,-

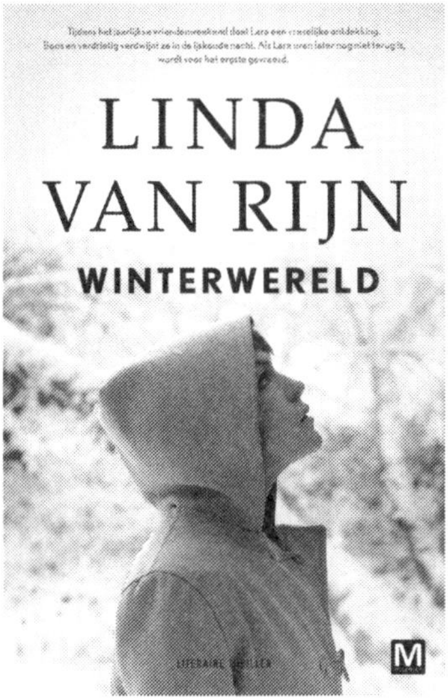

Winterwereld

€ 6,-

Zomerhuis

€ 6,-

Winterzon

€ 6,-

Zeezicht

€ 6,-

De jaarclub

€ 6,-

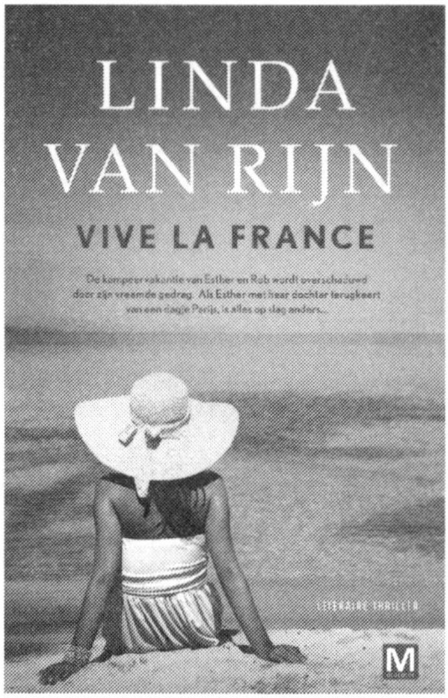

Vive la France

€ 6,-

Ski resort

€ 6,-

Villa Toscane

€ 6,-

Off piste
€ 6,-

Viva España
€ 6,-

Winter chalet
€ 6,-

Blue Curaçao
€ 6,-

Piste alarm

€ 6,-

Last minute

€ 6,-

Vakantievrienden

€ 6,-

Voetbalvrouwen

€ 6,-

Lezers van Linda van Rijn lezen ook graag
Mariëtte Middelbeek

Vier vriendinnen, die elkaar kennen van de middelbare school, zoeken weer contact nadat in de duinen van Bloemendaal het lichaam van de vijfde vriendin uit het groepje wordt gevonden. Maar voor ze elkaar hebben ontmoet, slaat het noodlot ongenadig toe.

Flashback, € 6,-

Als haar driejarige dochter Bibi wordt ontvoerd, begint voor Lena een verschrikkelijke nachtmerrie. Is het geld waar de ontvoerders op uit zijn, of is er iets heel anders aan de hand?

Revanche, € 6,-

Colofon

Redactie: Karin Dienaar
Omslagontwerp: Riesenkind
Omslagbeeld: Max Davidich / Shutterstock
Zetwerk: Mat-Zet bv, Huizen
Druk: Wilco

Eerste druk oktober 2021

ISBN 978 94 6068 472 2
E-ISBN 978 94 6068 732 7
NUR 305

Uitgeverij Marmer BV
Noorderstraat 55
3742 BB BAARN
T: +31 649881429
I: www.uitgeverijmarmer.nl
E: info@uitgeverijmarmer.nl

www.lindavanrijn.nl
@lindavanrijnthrillers
@lindavanrijnthrillers